大唐秘梟
卷·2
邊塞風雲
方白羽 著

大唐秘梟

卷·2

邊塞風雲

目錄

第一章　獵虎　005

第二章　佛爺　033

第三章　魔笛　059

第四章　論佛　083

第五章 黑教 107
第六章 叛亂 131
第七章 鬥法 159
第八章 平叛 185
第九章 暗算 211
第十章 逼債 239
第十一章 遠征 273

獵虎

第一章

花園草坪中，身材修長的白袍將領，正迎著朝陽持劍而舞，時而如猿猴上樹般輕盈，時而又如猛虎下山般威猛。寒光閃閃的寶劍在他手中更是上下翻飛，令人目不暇接。

張寶全不敢打擾，連忙示意任天翔在一旁等候。

長安。即使是在深夜，依舊燈火輝煌，絲竹管弦不絕於耳。

一間遠離喧囂的清幽雅室中，兩盞昏黃的氣死風燈下，一枰散亂的黑白子旁，一老一少皆白衣無塵，分執黑白棋子默默對弈。除了棋子偶爾落枰的清脆聲響，就只有二人細微的呼吸。

二人眉宇有幾分相似，長者恬靜雍容，少者溫潤如玉，舉手投足間，皆有世家望族才有的那種優雅從容，那是打娘胎裏就孕育出的風骨，非後天可以學習和模仿。

一陣由遠而近的急促腳步，打斷了雅室的寧靜。二人同時從棋枰上移開目光，少年望向門外，老者則拈鬚淡問：

「阿書，何事匆忙？」

「龜茲……有信到！」門外傳來微微的喘息。

「甚好！」老者輕輕敲了下棋案。

房門「咿呀」一聲，一個相貌憨直的年輕人推門而入，他雙手捉著兩隻咕咕叫的鴿子，眼裏閃爍著莫名欣喜：「兩隻信鴿先後達到，阿書第一時間就給主上送來了。」

白衣老者微微頷首，眼中隱有一絲期待。阿書熟練地從鴿子腿上取下兩個小竹筒，倒出筒中字條交到老者手中。老者仔細展開字條，將兩張字條併到一起，便是一封完整的信件。他將信默默看完，見阿書好奇地偷眼張望，便將字條遞給他，笑：

「你若想看，就讀來聽聽。」

「西高大任，唐仙天石……」阿書接過字條就大聲讀了起來，剛讀得幾句，就皺眉將紙條還給老者，「這是什麼？阿書實在是看不明白。」

老者揮手示意阿書退下，然後將字條遞給對面的少年：「你怎麼看？」

少年仔細將密信上那些細如蚊蟻的小字默默讀完後，眸子中閃過不以為然之色：「他不過是個不學無術的紈褲，爺爺為何要在他身上花費如許心血？就算他在西域站穩腳跟，且買下了一家客棧，也不過是運氣而已。」

老者微微一笑，抬手指向枰上一枚黑子：「爺爺這一子，你是否一直以為是閒棋？」

少年看了看棋枰，毫不客氣地點頭：「是！」

老者也不說話，抬手在枰上落下一子。少年不甘示弱，立刻落子相迎。二人行棋如飛，片刻間便落下十餘子。少年突然停了下來，望著棋枰目瞪口呆，手中的棋子似乎再難落下。

老者悠然笑問：「你三歲習棋，距今已近十七載，何時見爺爺有過一步閒棋？」

少年滿面羞慚，扔子嘆息：「爺爺妙算如神，孫兒甘拜下風。」

老者指指自己胸口，眼裏隱有一絲遺憾：「你差的不是算計，而是心胸。」

「心胸？」少年有些莫名其妙，反詰道，「爺爺不是常教育孫兒，如果世界是棋枰，咱們是棋手，絕大多數人卻連棋子都算不上，只能算棋枰上的灰，要麼忽略，要麼將它輕輕吹去。這不才是一個優秀棋手應有的心胸嗎？」

老者頷首：「但是你首先得分清，哪些人可以成為棋子，哪些人永遠是棋枰上的灰塵。」

少年眼中隱然有些惋惜，淡淡道：「如果任重遠沒死，那個紈褲也許可以成為棋子，但現在，他只能算是灰塵。雖然我很希望他有所作為，但也不能不正視這一點。」

老者連連搖頭：「你低估了那個紈褲，從他出人意表地選擇去龜茲，就已經展露出他的天賦，從『大唐客棧』這個名字，更可看出他的心胸。所以他已經成為咱們的一步伏棋，現在看似閒棋，他日必起大用。」

少年還是有些將信將疑：「可是，他遠在西域，如何為爺爺所用？」

老者意味深長地笑了笑：「他一定會回來，而且，我們不會等很久。」

長安已經入夜，龜茲卻還是黃昏。這本該是一日裏最忙碌的時候，大唐客棧卻不見一個客人，夥計懶懶地在樓下大堂中打盹，任天翔則在樓上的房間睡覺。

一陣喧嚣將任天翔從半睡中驚醒，側耳一聽卻是褚氏兄弟回來，小澤正跟他們招呼問好。任天翔心中一鬆，這表示高夫人也已平安回府，總算沒有辜負高夫人的信任。

少時褚氏兄弟來到任天翔房中，褚然抹抹滿臉油汗對任天翔笑道：「遵照公子吩咐，一切俱已辦妥。」

「太好了，有勞兩位兄弟！」任天翔拱手一拜，拿出早準備好的十貫銅錢，「這次多虧兩位兄弟幫忙，小小謝禮，不成敬意。」

褚然勃然變色：「公子這是什麼意思？咱們兄弟在這裏白吃白住，幫公子辦這點小事難道還能收錢？你把我褚然看成什麼人了？」

「這錢不是給你們的，你先拿好。」任天翔將錢強塞入褚然手中，「這錢是給你們家中的妻兒老小，你們離家多日，如果兩手空空，將來如何有臉去見家中的親人？再說，以後我還有更重要的生意需要兩位哥哥幫忙，你們若是不收，下次我如何還能再開口？」

褚然見任天翔說得誠懇，只得點頭道：「那好，我們就收下。不過我們在這裏有吃有喝，也用不著多少錢，這錢就暫時存在公子這裏，將來如有需要，我們再向公子支取。」

任天翔想了想，解下兩貫錢分給二人：「俗話說有錢男子漢，沒錢漢子難，兩個大男人腰裏怎麼能少得了錢？這兩貫錢你們先拿著，剩下的就暫時替你們存櫃檯上，你們隨時可以支取。」

兄弟二人推辭不過，只得收下錢。

任天翔將二人送下樓，然後又去後院看望臥病在床的周掌櫃，並徵求他的意見，欲將客棧交給化名薩多的薩克太子打理。

由於客棧生意入不敷出，周掌櫃一個月下來幾乎無錢可賺，因此早有去意。聽任天翔這一說，他頓如卸下千鈞重擔般輕鬆，病也立馬好了大半，急忙就要與薩克太子交接，不過好歹被任天翔勸住，讓他痊癒後再處理這些雜事。

辦妥這事後，任天翔才長出了口氣。這些天為薩克太子的事奔前忙後，根本無暇過問客棧的事務，如今總算可以將客棧交給一個專業人士打理，他也總算可以稍稍鬆口氣了。

看到小芳婀娜的背影在客棧中忙碌，任天翔突然想到，要是她爺爺不再做掌櫃，肯定就要回江南養老，到時候，小芳自然要跟著她爺爺回江南，只怕從今往後再無機會相見。雖然他心中有幾分喜歡小芳，但想到她爺爺當初的教訓，不禁又有些為難。

娶妻生子對他來說還是很遙遠的事情，他還從未想過要對任何女人的一生負責，而欺騙一個無知少女的感情，他卻又做不出來，想來想去，總是沒有兩全之策。

算了，順其自然吧。任天翔在心中嘆息，最多找藉口讓周掌櫃多留一陣子，幫薩克熟悉客棧的生意，這樣小芳就可以暫時留下來。這樣一想，他也就不再煩惱，少年人心性，總是不會為太遙遠的事瞎操心。

「喂！看到人家忙不過來，也不快過來幫忙？」小芳見任天翔在一旁發愣，不禁高聲呵斥。雖然任天翔已經是這家客棧的老闆，不過在她心裏依然是那個什麼也不會幹的笨小二。

「遵命！」任天翔屁顛顛地跑過去，搶過小芳手中的抹布，正要討好兩句，就聽門外一陣亂蹄急響和馬嘶長鳴，跟著是一聲嗓音洪亮的高呼：「掌櫃的，住店！」

隨著這聲高呼，兩個二十出頭的年輕人已大步而入。二人身著對襟短打，腰挎佩刀，一看就是行走江湖的年輕鏢師。

任天翔定睛一看，頓時又驚又喜，只見左邊那個身形彪悍如豹的年輕鏢師，乃是當初護送自己來龜茲的蘭州鏢局鏢師王豹，右邊那個身材高挑健壯的鏢師，卻是當初跟自己不對盤的鏢師張彪，幾個月不見，沒想到竟然又與他們在龜茲巧遇。

「阿豹！阿彪！你們怎麼來了？」任天翔驚喜地與二人招呼，雖然當初阿彪與他有些不對盤，但事過境遷，他早已沒有再放在心上。

「是任兄弟！」王豹也十分意外和驚喜，「你怎麼也在這裏？」

「是在這家客棧做小二吧？」張彪可沒忘任天翔這個情敵，滿是敵意地掃了他一眼，見他衣著隨便，神情謙恭，手中還拿著塊破抹布，自然將他當成了店小二，不由傲慢地吩咐，「先給咱們倒杯茶解渴，再去稟報你們掌櫃，就說大生意上門了，咱們要包下這家客棧。」

小芳看不慣張彪的傲慢，正想告訴他任天翔的身分，卻被任天翔用目光制止。任天翔一面示意小芳去準備酒菜，一面將二人讓到大堂中坐下，親自給二人奉上茶水，笑道：「與兩位大哥一別數月，沒想到今日在此重逢，我當盡地主之誼，請兩位大哥喝杯薄酒。」

張彪啞然失笑：「你請咱們喝酒？你請得起嗎？」

王豹拍拍任天翔肩頭：「兄弟的心意我們領了，不過你的錢掙得不容易，咱們怎麼吃得下去？還是我們請兄弟吧。你先去將掌櫃請出來，就說咱們要包下整個客棧，請他開個價。」

「你們要包下客棧？是不是有重鏢要經過龜茲？」任天翔心中又驚又喜，不由自主想起了那個美麗潑辣的紅衣女鏢頭。

王豹笑著點點頭：「咱們打前哨，大隊人馬隨後就到，這次是咱們總鏢頭親自出馬。」

任天翔正想問有沒有丁蘭，一旁的張彪已不悅地拍桌呵斥道：「叫你去叫掌櫃，問那麼多幹什麼？這是你一個店小二關心的事嗎？」

任天翔暗笑張彪狗眼看人，不過他也不惱，答應一聲回後院轉了圈出來，對二人笑道：「咱們掌櫃身體有恙，不便出來見客，他讓我轉告兩位師傅，難得你們看得起小店，店錢你們看著給好了。」

「有這等好事？」張彪起身四下打量了一圈，挑剔道，「裝修普通，客房也不算大，要不是看你們這兒清靜，咱們也不會住這裏。我們有六十多個人，三十多匹牲口，每天一日三餐加牲口的草料和店錢，就按一天一貫錢算吧。」

一天一貫錢連六十多人的店錢都不夠，更何況還要吃飯和照顧牲口。不過任天翔卻沒有半點異議，笑道：「彪哥說多少就多少吧，咱們掌櫃最好說話了。」

王豹連忙提醒：「任兄弟還是去給掌櫃稟報一下吧，這麼大的買賣你能做得了主？」

任天翔笑道：「豹哥不用擔心，一百貫以下的生意我這個小二都能做主。」

王豹還想說什麼，張彪已喜滋滋地道：「這可是你說的，可不能反悔。這裏有三貫錢，咱們先定三天。」

任天翔接過錢，轉身來到櫃檯。小芳見他竟然要做虧本的生意，氣得滿臉煞白，任天翔對她連使眼色，她卻氣呼呼地將賬本往任天翔面前一扔：「這賬我沒法記，要記你自己記！」

任天翔只好拿起賬本記下賬目，然後拿出所有客房的鑰匙，轉身來到張彪王豹面前，笑道：「鑰匙都在這裏，你們隨時可以住進來。」

張彪搶過鑰匙，對王豹笑道：「你先讓廚下準備酒菜，我這就去請總鏢頭過來，我保證走遍龜茲，再找不到比這裏更便宜的地方了。」說完如飛而去。

王豹卻不像張彪這般愚魯，他將信將疑地打量著任天翔，遲疑道：「兄弟，我要好心提醒你，一貫錢包六十多人的吃住肯定不夠，何況還有牲口的草料。你接下的是單虧本的買賣，你們掌櫃饒得了你？」

任天翔哈哈一笑：「豹哥不用擔心，咱們掌櫃把朋友看得比錢財珍貴百倍。他一聽說是蘭州鏢局丁總鏢頭的鏢隊，就是不收錢，都要交丁總鏢頭這個朋友。」

王豹釋然笑道：「咱們總鏢頭在西域也確實是威名遠播，沒想到你們掌櫃倒也識得英雄。就不知你們掌櫃如何稱呼？我當替總鏢頭先行拜問。」

任天翔眼珠一轉：「咱們掌櫃名叫薩多，是個波斯人。雖然他有病在身，不過既然豹哥這般客氣，我這就去請他下來，他一定不會為一點小病就怠慢了朋友。」說著也不等王豹阻攔，便飛奔上樓。

少時一個年輕英俊的波斯胡商被任天翔領下樓來，那胡商有種天生的雍容華貴，舉手投足更是優雅從容，令閱人無數的王豹心生敬意，連忙上前拜見。二人正在寒暄，就聽門外車馬嘈雜，人聲鼎沸，蘭州鏢局的大隊人馬已陸續趕到。

嘈雜聲中，就見一個年近五旬的漢子被眾鏢師眾星拱月般蜂擁而入，那漢子身材魁偉，一襲玄色大氅隨隨便便披在身上，眉宇間有著江湖人特有的風塵和滄桑。亮如晨星的眸子中隱含冷厲，龍行虎步中透著一絲隱隱的霸氣，那是威鎮一方的豪傑才有的獨特氣質。

不用介紹，任天翔也猜到領頭這漢子就是蘭州鏢局總鏢頭丁鎮西，尤其看到緊跟在他身後的紅衣少女，更是證實了這一點。幾個月不見，丁蘭的臉上多了些江湖上的僕僕風塵，不過這風塵依舊掩不去她的冷豔。

任天翔乍見丁蘭，心中又驚又喜，恨不得立刻就上前相見。不過眾目睽睽之下，少年男女交往多有不便，他只得對丁蘭擠眉弄眼。丁蘭也看到了他，臉上閃過一絲喜色，不過礙於在父親面前，她只得對任天翔微微一笑，算是招呼。

「哪位是這裏的掌櫃？」丁鎮西四下一望，目光立刻落到薩克太子身上，他若有所思地打量著面前這英俊的波斯胡商，沉吟道，「聽說你願以每日一貫的低價留咱們住宿，這可是虧本的買賣，我想知道原因。」

薩克太子早已得到任天翔的叮囑，微微一笑道：「丁總鏢頭是威震一方的豪傑，能交到你這樣的朋友是在下的榮幸。你能屈尊到敝店駐足，就已經是給了我薩多天大的面子，錢財俗物，提它做甚？」

千穿萬穿，馬屁不穿，何況是出自雍容華貴的薩克太子之口。丁鎮西受用地微微頷首，哈哈笑道：「你當我是朋友。我丁鎮西豈能讓朋友吃虧？」說著轉向身後的張彪，「咱們平日住店的花費一般是多少？」

「大概三貫上下。」張彪連忙答道。

「那就按三貫一天，將房錢補足。」丁鎮西說完對薩多拱手道，「我的人不懂事，老想為我省錢，卻不管別人的難處，讓掌櫃見笑了。」

薩多急忙搖手，正待拒絕，丁鎮西面色一沉：「我丁鎮西走遍西域，從不占人便宜，你莫非要讓人誤會我丁鎮西恃強欺人，以低價強行住店？」

薩多見他說得認真，只得嘆道：「丁總鏢頭言重了，既然如此，房錢我就暫且按三貫一天收下，待總鏢頭結賬離去之日，我再按成本價將多收的房錢退還。既然總鏢頭當我是朋友，我豈能賺朋友的錢？」

「好！我就交了你這個朋友。以後這大唐客棧，就是蘭州鏢局在龜茲的落腳點。」丁鎮西豪爽地笑道。能夠以成本價住店，他當然樂意。

薩多片刻間便拉來一個大客戶，卻並不滿足，立刻又道：「既然總鏢頭願將敝店作為龜茲的落腳點，那是敝店的榮幸，還請總鏢頭賜我一件信物，讓我也可向客人們誇耀一二。」

「沒問題。」丁鎮西略一沉吟，回頭從鏢車上拔下一面鏢旗，遞給薩多笑道，「這面鏢旗就是我蘭州鏢局的信物，便暫時寄存在貴店吧。」

薩克大喜過望，雙手接過鏢旗對丁鎮西一拜，回頭高呼：「來人！快將這面鏢旗掛到大堂最顯眼的位置！」

小澤應聲而來，接過鏢旗想掛到櫃檯上方的大梁下，卻苦於找不到合適的墊腳之物。這時就見褚剛上前要過鏢旗，一步躍上櫃檯，手挽廊柱揉身而上，輕盈地將鏢旗掛到了櫃檯上方的橫梁下，跟著一個倒翻穩穩落地，惹得眾人齊聲喝彩。

「好身手！」丁鎮西一聲讚嘆，望向薩克太子的目光頓時有些不同，「你這客棧竟然藏龍臥虎，掌櫃果非常人，丁某能交到你這樣的朋友，實乃一大幸事。」

「總鏢頭有所不知，這裏還有一個朋友。」王豹適時將任天翔推到丁鎮西面前，笑道，「他就是上回幫咱們從沙裏虎包圍下脫困的任兄弟，沒想到他也在這裏。」

丁鎮西有些驚訝地打量了任天翔幾眼，拍拍他的肩頭道：

「上回的事，阿蘭跟我說了，你可是咱們蘭州鏢局的大恩人。我欠你一個人情，更欣賞你在危急時刻的隨機應變。我身邊就缺一個這樣的人才，有沒有興趣跟著我幹？」

任天翔歉然一笑：「多謝總鏢頭抬舉，不過在下在大唐客棧幹得挺好，暫時還沒想過改換門庭。」

丁鎮西突然醒悟，不由一拍自己腦門，歉然笑道：「你看我這人，一看到人才就忘乎所以，忘了你是薩多掌櫃的人。對不起對不起，我不該起奪人所愛之心。」

薩克太子哈哈一笑：「總鏢頭言重了，我已吩咐廚下準備酒宴，咱們邊吃邊聊。」

看著薩克太子與丁鎮西攜手入席，任天翔暗自慶幸大唐客棧終於有了個最優秀的當家人。他先前不計報酬要留住鏢隊，原本只是存了再見丁蘭的私心，誰知這樁虧本生意經薩克太子不露痕跡地巧手點撥，不僅不會虧本，還留住了蘭州鏢局這個大客戶，除此之外，還白賺了一面鏢旗。

這面鏢旗在旁人眼裏或許不值什麼，但是掛到大唐客棧的大堂中，無形中提升了客棧的檔次，連西北道上最大的鏢局都將大唐客棧作為落腳之處，這對來往客商來說，就是最好的口碑和品質的保證。

任天翔正在發愣，肩頭被人輕輕一撞，耳邊傳來一聲溫婉細微的問候：「傻乎乎地想什麼呢？口水都差點流到下巴了。」

任天翔回頭一看，就見丁蘭似笑非笑地望著自己。他心中一蕩，輕薄之詞脫口而出：「除了想你，還能想誰？」

丁蘭臉上一紅，板起面孔瞪了他一眼，小聲啐道：「幾個月不見，還是沒一點長進。」

任天翔涎著臉壞笑道：「其實我長進了不少，你要不要見識一下？」

丁蘭走南闖北，登徒子見過不少，啥瘋言瘋語都能聽出言下之意。她臉色更紅，抬手欲打，卻又礙於廳中人來人往，還都是鏢局的人。她不敢舉動過大，只得恨恨瞪了任天翔一眼：「待會兒找你算賬。」

任天翔嘻嘻一笑：「吃過晚飯，我在客棧後面的大槐樹下等你，咱們的賬慢慢算。」

丁蘭不置可否地哼了一聲，紅著臉轉身走向另一邊，原來那邊丁鎮西已經與薩克太子攜手入席，他的弟子張彪則打橫相陪，張彪此刻正在向丁蘭招手，示意總鏢頭要她過來相陪。

任天翔正依依不捨地目送著丁蘭的背影，就聽身旁小澤在小聲問：「那波斯人什麼來頭？怎麼大搖大擺真當自己是這家客棧的掌櫃？連公子都不放在眼裏？」

任天翔笑著拍拍小澤的頭：「以後薩多就是這家客棧的掌櫃，對客棧的經營有完全的決定權。現在我只是這家客棧的小二，跟你們一樣。去，將我的話轉告大家，讓大家都當我是店小二，千萬別穿幫了。」

小澤雖然不理解任天翔的意圖，卻也沒有再多問，連忙將任天翔的話一一向大唐客棧的同伴們轉達。任天翔也拿起小二的抹布，殷勤地招呼眾鏢師入席。

這一場酒宴直到天色擦黑才結束，待眾人收拾好殘局已經入夜。任天翔抽個空子溜到客棧後的大槐樹下，此時明月如鉤，照得大地如同白晝，真是個難得的月明之夜。

等了不到半個時辰，就見一個婀娜人的人影姍姍而來，雖然看不清面目，但那高挑健美的身材，除了丁蘭還能是誰？任天翔驚喜地迎上去，張臂欲抱，卻被丁蘭側身一讓，差點撲了個餓狗搶屎。

他陡然醒悟，丁蘭可不是宜春院的姑娘，沒給自己一巴掌就算是天大的僥倖，他訕訕地收回手，嘿嘿笑道：「對不起，看到你真的赴約而來，我便有些忘乎所以。」

「誰赴你這小混蛋的約了？」丁蘭嗔道，「我只是晚餐後隨便出來走走，哪想到黑夜裏陡然竄出隻餓狗，嚇了我一大跳。」

「狗在哪裡？狗在哪裡？敢驚嚇我家大小姐，看我不將牠打了燉肉！」任天翔誇張地將丁蘭擋在身後，撿起塊石頭左顧右盼，頗有些英雄救美的氣概。他不是不知道丁蘭口中的餓狗是誰，不過，他更懂得如何逗女孩子開心。

丁蘭果然「撲哧」一失笑，一手扶上他的肩頭：「行了行了，只要你不亂說亂動，一兩隻餓狗我還不放在眼裏。對了，你怎麼在這裏做了店小二？」

任天翔回頭過，自嘲地笑道：「像我這樣文不能詩詞歌賦，武不會一招半式的廢物，不做店小二還能做什麼？」

丁蘭有些同情地拍拍他肩頭：「你不用氣餒，憑你的聰明機智，肯定有出人頭地的一天。對了，我爹爹對你頗有好感，還親自邀你到咱們鏢局來做事，你既然覺著做店小二委屈，何不答應我爹爹的邀請？要知道我爹爹可是很少出口邀請別人。」

任天翔見丁蘭錯以為自己只是個店小二後，對自己態度絲毫不變，心中暗自感動。借著月光迎上丁蘭關切的目光，他嘻嘻一笑：

「我去你爹爹鏢局能做什麼？還不是只能做個跑腿打雜的小夥計，跟做店小二有啥區別？要是你爹爹招我做上門女婿，我倒是可以考慮考慮。」

「你小子又在討打！」丁蘭柳眉一豎，舉手欲打。任天翔急忙抱頭討饒：「不敢了，我再不敢了。誰要做了你家女婿，還不被你這母老虎給吃了？」

「好啊！還敢罵我是母老虎？」丁蘭又羞又惱，舉手虛張聲勢，腳下輕輕一勾，頓時將任天翔結結實實絆了個屁股墩。痛得他一聲「哎喲」，捂著屁股半天爬不起來。

「看你還敢亂說話？」丁蘭怒氣稍消，見任天翔躺在地上半天不起身，她又有些擔心起來，忙問，「摔著哪裡了？有沒有受傷？」

「我摔得頭暈眼花，五臟錯位，四肢無力，半身不遂，你要不扶我，只怕我下半輩子都站不起來了。」任天翔誇張地揉著屁股大聲呻吟。

丁蘭怕他的呻吟讓客棧內的鏢師們聽到，只得上前攙扶：「好了好了，我扶你起來，真怕了你這個小無賴。」

借著丁蘭低下身攙扶自己，二人面對面相距不足半尺的當兒，任天翔突然小雞啄米般在丁蘭臉頰上輕輕一吻，這一下事發突然，丁蘭一怔，猛然一把推開任天翔，像觸電般退了開去。只見她胸膛急劇起伏，柳眉倒豎，臉色煞白，目光更是閃出點點寒星，令人不寒而慄。

任天翔沒想到丁蘭反應如此激烈，他剛翻身而起，丁蘭就一把扣住了他的咽喉，嘶聲道：「我要殺了你！」

任天翔知道現在再叫救命告饒都已經沒用，他坦然迎上丁蘭冷厲的目光：「你就是殺了我，我也無怨無悔，能死在自己喜歡的女人手裏，也算是我這個苦命人最好的解脫。」

丁蘭雖然從小出身市井，遇到過不少地痞流氓，但被人強吻卻還是第一次。她頭腦中一片空白，總覺得必須將強吻自己的混蛋殺掉，才能洗刷方才的羞辱。不過，真要她殺掉一臉坦然的任天翔，卻又怎麼下得了手？

她遲疑半晌，一把推開任天翔喝道：「誰要你喜歡我？不准你喜歡我！從今往後你要再冒犯本姑娘，我定要殺了你！」

「為什麼？為什麼不能喜歡你？」任天翔不依不饒地追問。

「因為，」她別開頭，澀聲道，「爹爹已經將我許給了阿彪，他是我爹爹最寵愛的弟子。除了他，任何人都不能再喜歡我。」

「你爹爹將你許給了阿彪？」任天翔渾身巨震，呆在當場。

丁蘭點點頭，小聲道：「方才的事我就當沒發生過，你也不能對任何人提起。從今往後，我們就只是普通朋友，你……不要再有任何非分之想。」

任天翔心中微痛，追問道：「我只想知道，你是不是也喜歡那個誇誇其談的繡花枕頭？」

丁蘭點點頭，跟著又搖搖頭，眼中有些迷茫：「我不知道，阿彪家世很好，對我也很好，雖然偶爾有些張狂，但也算不得什麼大錯，我爹爹很喜歡他。」

「你爹喜歡他跟你有什麼關係，我只想知道你是不是也喜歡他？」任天翔不依不饒地追問，「嫁人是一輩子的事情，如果你只是因為你父親的關係，嫁給了一個自己並不喜歡的人，那你下半輩子都不會快樂。你對我任天翔怎麼樣都沒關係，但你一定要嫁給一個自己真正喜歡的人，不然我也會為你難過。」

任天翔的話令丁蘭有些感動，但同時也令她更加迷茫。她使勁搖搖頭：「咱們不要再說這個，說點別的好不好？」

任天翔無奈嘆了口氣，沉默半晌，沒話找話問道：「這次你們保的什麼鏢，竟然出動了那麼多鏢師，連你爹爹都親自出馬？」

丁蘭搖搖頭：「我們沒有走鏢，那些鏢車都是裝的石頭。」

任天翔一怔：「這是為啥？」

丁蘭遙望天邊恨恨道：「這次我們是為沙裏虎而來。雖然上次被沙裏虎劫去的鏢咱們鏢局賠得起，但咱們蘭州鏢局萬無一失的信譽卻丟不起，所以爹爹一定要找回這個場子，拿回那批貨，斬下沙裏虎的頭。」

任天翔十分驚訝：「就憑你們這些人？要知道沙裏虎起碼有三百多兄弟啊！」

「就憑我們當然不行。」丁蘭淡然一笑，「所以爹爹已聯絡了安西節度使高仙芝將軍，請他出兵為民除害。高將軍與我爹爹有些交情，所以爽快就答應下來。咱們這兩天在龜茲滯留，就是在等高將軍做好兵馬部署。」

任天翔心神一跳，卻又故作無知地笑道：「茫茫大漠，就算安西軍傾巢出動，只怕也找不到沙裏虎一根寒毛吧？」

「咱們當然不會毫無目的地瞎找。」丁蘭笑道，「我爹爹已與高將軍約好，咱們蘭州鏢局押鏢做餌，高將軍派精銳騎師在遠離鏢隊的兩翼尾隨。一旦鏢隊與沙裏虎的人馬遭遇，就立刻拉響信炮，安西軍精銳騎師便從兩翼包抄，將所有匪徒一網打盡。只要咱們鏢隊在沙裏虎圍攻下堅持片刻，沙裏虎就要變成沙裏蟲。咱們已將這次行動定名為『獵虎』。」

任天翔聽得暗自驚心，這計畫一旦成功，沙裏虎恐怕就真要全軍覆沒。這股匪徒若是就此覆滅，立馬就會斷了自己最大一筆財路，自己在拉賈老爺眼裏也就一錢不值，抵押給拉賈老爺的一年傭金也就不復存在，拉賈肯定立刻就要收回借給自己的高利貸，轉眼就要讓自己一文不名。不僅如此，沙裏虎手下若是有人被俘，多半還會供出自己，到時自己不光是要傾家蕩產，恐怕還要人頭落地！

想到這些，任天翔頭上冷汗已是涔涔而下。

「喂，你怎麼了？」丁蘭發覺任天翔神色有異，以為他是擔心自己，不由笑道，「你不用擔心，這次隨爹爹來的鏢師是我蘭州鏢局的精銳，個個能以一當十。別看人數不多，三百多匪徒也奈何不了咱們，再說還有我爹爹保護，我安全得很。」

「那就好……那就好……」任天翔神色怔忡地敷衍道。

丁蘭見他依舊憂心忡忡，只當他還是放心不下自己，心中感動，正想安慰兩句，就聽遠處有人在高喊：「師妹，阿蘭，你在哪裡？」

「是阿彪在叫我，大概是我爹爹在找我吧。」丁蘭有點依依不捨地對任天翔擺擺手，「我回去了，你也早些休息吧，明天還要幹活呢。對了，方才我說的計畫，你可千萬不能告訴別人，萬一走漏了風聲，我可饒不了你！」

「我知道輕重。」任天翔心情稍稍平復，連忙與丁蘭揮手道別。

目送著她回了客棧，任天翔心中暗自慶幸：幸虧讓我無意間得知這獵虎計畫，不然可就糟糕之極。只要提前給沙裏虎透個信，就可幫他避開這個陷阱，不過這樣一來可就對不起阿蘭，這可如何是好？

任天翔在大槐樹下心事重重地轉了兩圈，最後一跺腳：為了保住我這條小命，也只好對不起阿蘭了。

顧不得天色已晚，任天翔連夜便去找拉賈。見到拉賈後他也顧不得客套，便問：「飛駝商隊最近一趟貨什麼時候走？」

「後天，你負責點貨還不清楚？」拉賈不悅地反問。

任天翔這才想起，這幾天為了薩克太子的事，已經漏點了兩趟貨，不過拉賈還算講信譽，並沒有借機隱瞞貨物，所以沙裏虎也就沒有追究。任天翔也顧不得解釋，急忙道：

「後天商隊出發時，給陰蛇遞個話，就說這段時間要停止一切行動，最好離開巢穴深入大漠遠避，躲得越遠越好。」

拉賈濃眉一跳：「你是不是聽到什麼風聲？」

任天翔知道瞞不過這老狐狸，只得微微頷首：「我最近出入都護府，無意間聽到消息，高仙芝要與蘭州鏢局聯手清剿沙裏虎這股匪徒，他們以蘭州鏢局的鏢隊做餌，以安西軍精銳騎師為主力，欲引沙裏虎進入埋伏，將之一網打盡。」

拉賈面色微變，捋鬚沉吟道：「果然是條好計，幸虧你預先得知，不然咱們都脫不了干係。我會讓商隊向沙裏虎的人傳話，讓他們趕緊遠避，你不用擔心。」

任天翔鬆了口氣，這才起身告辭。

離開拉賈的莊園已是初更時分，入夜後的龜茲寒氣逼人，寒風中隱約飄來不夜巷的絲竹管弦，時斷時續猶如孤魂野鬼在低聲嗚咽。任天翔不禁打了個寒顫，抬頭看看天上若明若暗的點點繁星，不禁在心中暗嘆：明日只怕不是個好天氣。

第二天一大早，任天翔還沒起床，就聽樓下有人粗暴地敲門，不一會兒，就聽小澤在門外急切地稟報：「公子，都護府派人來請，要公子立刻去見高將軍。」

任天翔渾身一個激靈，睡意全無，趕緊翻身而起，心中不住打鼓：莫非我藏匿薩克太子的事走漏了風聲？還是我暗通沙裏虎的秘密讓高仙芝有所察覺？

匆匆穿衣下樓，就見大堂中一個陌生的郎將與幾個虎視眈眈的兵卒在等候，見他下來，那郎將例行公事地拱手道：「末將張寶全，受高將軍之令來請公子，馬車就在外面，請公子上車。」

任天翔硬著頭皮上前拜問：「不知高將軍何事突然召見草民？」

張寶全微微一笑：「高將軍行事卑職豈敢過問，將軍只是請公子即刻去都護府見他。」

任天翔心中忐忑，臉上卻若無其事地笑道：「那就有勞張將軍帶路。」

任天翔硬著頭皮登上馬車，張寶全立刻與幾名兵卒護送馬車疾馳而去。片刻後，馬車直接駛入都護府，張寶全寸步不離地將任天翔帶到了後花園。

就見花園草坪中，一個身材修長的白袍將領，正迎著朝陽持劍而舞，時而如猿猴上樹般輕盈，時而又如猛虎下山般威猛。寒光閃閃的寶劍在他手中更是上下翻飛，令人目不暇接。

張寶全不敢打攪，連忙示意任天翔在一旁等候。就在這時，突見白袍將領手中的長劍突然斜刺而出，直指任天翔咽喉，眼看就要從任天翔咽喉一穿而過，劍鋒卻又於最後關頭一偏，幾乎是擦著任天翔的脖子停在了他的肩頭。

這電光火石間，任天翔反而鎮定下來，他知道對方要殺自己根本不必親自動手，這一劍只是要給自己一個下馬威。他坦然迎上對方冷峭的目光，微微笑道：「高將軍真是好劍法！」

高仙芝微微一笑，緩緩抬起劍鋒，就見劍尖上釘著一隻拇指大的馬蜂，猶在震動翅羽拼命掙扎。他輕輕抖去馬蜂，將劍扔給一旁的張寶全，對任天翔淡淡笑道：「狂蜂浪蝶，差點驚擾了貴客。」

任天翔拱手一拜：「不知將軍一大早將草民召來，有何見教？」

高仙芝接過隨從遞上的汗巾，擦著滿臉汗珠淡淡道：「前日你呈上的那篇《方略》我已仔細看過，確有可行之處。我決定給你一個機會，讓你一展胸中抱負。」

任天翔先是一愣，跟著大喜過望，連忙拱手拜道：「草民多謝將軍成全！」

高仙芝微微一笑，抬手示意道：「我已為你準備下通關文牒和腰牌，以後你持我都護府的腰牌，可以自由出入于闐鎮通往吐蕃的所有關卡。本來我該早一點將文牒和腰牌交給你，只是前日府中遇到點麻煩，所以拖到現在。請跟我來。」

任天翔知道高仙芝所說的麻煩，大概就是指高夫人的失蹤和石國俘虜的逃逸，如今見高仙芝如此從容，那些石國俘虜恐怕大多沒有逃出他的追捕。想起高夫人已經回來數日，自己還沒來得及去看望問候，任天翔心中不禁有些內疚。

隨著高仙芝來到書房，就見他從案上拿過一面腰牌和一紙文牒，遞給任天翔笑道：

「有了這腰牌和文牒，從今往後，你就是與吐蕃通商的唯一合法人選，但願你不要令我失望。」

「草民定不辜負將軍信任。」任天翔恭恭敬敬地接過腰牌和文牒，心中狂喜之餘卻又有一絲疑惑，以前高仙芝對他從來不假辭色，這次卻如此禮遇和客氣，反而令他心中有種隱隱的不安，他就像狡詐的狐狸，從這禮遇和客氣中，隱隱聞到了陷阱的味道。但思前想後，卻始終不知陷阱在哪裡。

也許，是我太過敏感了吧？憑我那篇才華橫溢的治邊方略，讓高仙芝另眼相看也很正常啊。

任天翔在離開高仙芝書房去看望高夫人的路上，只能在心中這樣安慰自己。不過就算他再自信，也無法說服自己相信，僅憑一篇紙上談兵的治邊方略，能讓麾下能人無數的西域之王高仙芝，對自己的態度前後來個徹底的轉變。

佛爺

第二章

任天翔這才看清，那和尚雖然頷下鬍子拉碴，臉上卻沒有一絲皺紋，果然是個天竺僧人。就見他被放下後，對任天翔大咧咧一拜：

「佛爺原是由蓮花中出生，因此信眾都稱我為蓮花佛，你是個俗人，就直呼我蓮花生大師就好。」

朝陽如血，將茫茫沙海浸染得殷紅一片。上百匹駱駝和數十名漢子置身於這樣一片沙海之中，也顯得極其渺小。在如血的朝陽下，蘭州鏢局那繡著飛鷹的鏢旗在溯風中獵獵作響，隨風飄來的是喊山趟子手滄桑悠長的高呼：

「鷹翔——四方——」

任天翔縱馬又追出數十丈，依依不捨地目送著鏢隊漸漸消失在沙海深處。他隱約看到落在最後是粉紅色的一人一騎，雖然看不清面目，也能想見她那縱馬疾馳的颯爽英姿。

——有緣自會再見。他想起分手時她說過的那句話，心中充滿了期待，接著又有幾分愧疚：要是阿蘭知道是自己私下給沙裏虎通風報信，讓他們的獵虎計畫落空，不知會不會一刀殺了我？

任天翔搖搖頭，將這種想法從腦海中趕走。看看鏢隊已徹底消失在地平線盡頭，他才勒轉馬頭，縱馬馳回龜茲。

剛回到大唐客棧，小澤就興沖沖迎出來，接過馬韁興奮地稟報：

「褚家兩位哥哥回來了，還帶回來一個吐蕃老人。」

小澤年紀雖小，卻是十分機靈，雖然任天翔還沒有向任何人透露與吐蕃通商的計畫，但小澤已經從任天翔心情的微妙變化中看出了一些端倪，知道他在做一件大事，所以小澤也不禁透露出一絲躍躍欲試的興奮。

任天翔沒有理會小澤好奇的目光，將馬鞭、轠繩扔給少年，便急匆匆去見幾天前派出探路的褚氏兄弟。

在二樓自己的房門外，褚氏兄弟早已等在那裏。與他們在一起的，還有個年近古稀的吐蕃老者，只看他那渾濁的老眼和黑裏透紅的臉頰，就知道是在雪域高原上討生活的牧民。

任天翔開門進屋，將三人讓入自己房中。不等任天翔問起，褚然就指著那吐蕃老者向他介紹：「巴扎老爹是道道地地的吐蕃人，原本生活在象雄，因為冒犯了神靈要被領主剝皮，便翻越崑崙山逃到了于闐。我們在于闐遇到他時，他已餓得奄奄一息，在路邊望天等死。聽說公子願意收留他，便跟我們回來見公子。」

幾天前，任天翔讓褚氏兄弟去于闐尋找一個吐蕃嚮導，沒想到這麼快就有了消息，還是來自象雄的逃難牧民。象雄緊鄰大唐與吐蕃的交界，是從于闐進入吐蕃的必經之路，象雄原本也是一個獨立的國家，不過在百年被吐蕃一代雄主松贊干布征服，成了吐蕃附屬國。松贊干布還將自己妹妹嫁與象雄王為妃，以實現對象雄的籠絡和控制。從那之後，在外人眼裏，吐蕃與象雄已是一個國家，不過象雄王並不甘心受吐蕃擺佈，一百多年來，象雄王族一直沒有放棄爭取自己的地位，對吐蕃王室也經常是陽奉陰違。

任天翔為了打通從龜茲到吐蕃的商路，一直在打探與吐蕃有關的消息，對象雄的情況也有所瞭解。聽說巴扎老爹正是來自象雄，他心中暗喜，正待向巴扎老爹請教，不想，對方突然匍匐到自己面前，用含混不清的吐蕃語高聲頌唱著什麼，令任天翔既有些莫名其妙，又有點手足無措。

「巴扎老爹在祝福公子萬壽無疆。」褚然略通吐蕃語，連忙笑著解釋，「巴扎老爹原是末羯羅領主的屬民，這是他們覲見領主時的禮節。」

任天翔心下釋然。為了打通與吐蕃的商路，他這段時間都在苦研吐蕃風俗民情，知道屬民就是奴隸，也稱娃子，是吐蕃最卑賤的階層。他們沒有人身自由，像牲口一樣被領主和頭人任意買賣甚至殘殺，因此，他們隨時隨地都要戰戰兢兢地匍匐在領主和頭人面前，小心翼翼地討好和侍候主人。

「巴扎老爹快快請起。」任天翔連忙起身相扶，「咱們這裏不興這個，你這是要折殺在下。」

可惜巴扎聽不懂唐語，見任天翔如此待他，反而越發惶恐，匍匐在地不敢抬頭，渾身更是嚇得簌簌發抖。

一旁的褚然見狀對任天翔笑道：「你還是由他吧，像他這樣的屬民，從小就跪慣了領主，你要他坐下來說話，他反而不習慣呢。」

任天翔無奈點點頭，拿了張氈毯鋪在地上，讓巴扎老爹跪坐在氈毯上，這樣能稍微舒服點。做完這一切，他才對褚然道：

「你問問他，從象雄到于闐有沒有路？好不好走？還記得回象雄的路麼？」

褚然用吐蕃語問了巴扎半晌，然後對任天翔道：「他說從象雄往北要翻越神山，也就是崑崙山，過了崑崙山，順克里木河支流于闐河而下，三天時間就可抵達于闐。他說他還記得如何回象雄，不過他這輩子都不會再回去。」

說到這，褚然遲疑了一下，終於忍不住問，「公子打聽這些做什麼？莫非……」

褚然欲言又止，其時吐蕃與唐王朝時而和好時而交戰，因此與吐蕃的關係極其敏感和複雜。如果沒有官方的委派，民間私自去往吐蕃或象雄，難免有通敵之嫌，因此褚然不好再問，不過心中的疑慮卻是寫在了臉上。

任天翔先讓小澤帶巴扎老爹下去好好安頓，然後才對褚氏兄弟道：

「我以前就說過有大生意要仰仗兩位哥哥，只是當時條件還不成熟，所以不敢輕易透露，不過現在是時候了。」說著，他拿出地圖鋪在桌上，指著地圖微微一笑，「我想打通去吐蕃的商道，請兩位哥哥幫我。」

褚然褚剛面面相覷，二人臉上盡皆變色。

任天翔知道他們的顧慮，忙從懷中拿出通關腰牌和文牒：

「兩位哥哥放心，我有安西都護府的腰牌和文牒，通過安西軍任何關卡都沒問題。這是得到安西都護府支持的行動，不是私自行動。」

任天翔說著，指向地圖，「我想經于闐逆于闐河而上，翻越崑崙山直達象雄，讓大唐盛產的茶葉、瓷器、絲綢等等商品，經由象雄進入吐蕃，換回吐蕃盛產的藥材、馬匹和金銀珠寶。高仙芝將軍已委我為對吐蕃貿易的唯一合法商賈，可惜我對商道一竅不通，兩位哥哥走南闖北，做的正是行腳商的買賣，因此我想請兩位哥哥幫我。」

褚然接過腰牌和文牒仔細看了看，眼中閃過一絲驚訝和敬佩，將腰牌和文牒還給任天翔，他望著地圖沉吟道：「既然兄弟有通關文牒，何不就走于闐？于闐盛產美玉，其中極品羊脂玉更是天下馳名，除此之外，于闐的錦絹也是絹中極品，無論販運到長安還是波斯，都能賣個好價錢。」

任天翔搖頭笑道：「于闐美玉雖然天下馳名，錦絹更是西域一絕，但這些買賣早已為世人熟知，往于闐收購美玉與錦絹的商賈多如過江之鯽，咱們若去湊這個熱鬧，不過拾點殘羹剩飯而已。經于闐去吐蕃就不同了，由於吐蕃曾經多次翻越崑崙騷擾安西四鎮，因此朝廷特在于闐設軍鎮抵禦吐蕃，往南越崑崙通往吐蕃的道路皆有唐軍把守，這對別人來說是無法逾越的禁區，對有通關文牒的咱們來說卻是坦途，有此特權不用，豈不等於守著金山討飯？」

褚然對著地圖沉吟半晌，搖頭嘆道：

「兄弟年紀雖輕，眼光和心胸卻令人肅然起敬。你要做的是老哥想也不敢想的買賣。這買賣要做成了，整個龜茲，不，整個安西四鎮只怕都不會有人比你更有錢；但要是失手，你全部身家性命恐怕都要賠進去。除此之外，你還要冒許多無法預測的凶險。」

任天翔眉頭一皺：「願聞其詳！」

褚然看看地圖，輕嘆道：

「老哥雖然沒去過吐蕃，卻也聽人說過它的凶險和神秘。貞觀年間，吐蕃一代雄主松贊干布統一了吐蕃各部，成為吐蕃贊普，並趁勢向太宗皇帝求親，被太宗輕蔑而拒。松贊干布怒而發兵，放言要攻破長安，殺太宗娶公主。那一戰唐軍艱難取勝，之後乘勝追擊進入吐蕃疆域，誰知前軍剛登上吐蕃高原，兵卒便呼吸困難，大半病倒，人困馬乏失去戰力，被松贊干布回師砍殺，差點全軍覆沒，直到退出吐蕃人馬才恢復正常。從那之後，唐軍一直視吐蕃為畏途，輕易不敢踏足。據說吐蕃疆域有巫神庇佑，外人進入輕則大病一場，重則一命嗚呼，因此就連足跡遍天下的波斯商人，輕易也不敢踏上吐蕃國土。」

任天翔啞然笑道：「我聽說過松贊干布與太宗皇帝那一戰，還知道經那一戰之後，松贊干布上表向太宗皇帝請罪，太宗皇帝也不敢小覷吐蕃實力，於是將文成公主下嫁松贊干布，成就了大唐與吐蕃幾十年的和平，而且吐蕃現今的大贊普赤德祖丹也娶了中宗皇帝的女兒金城公主。兩位公主和扈從既然能在吐蕃生活，可見外人不能踏足吐蕃疆域之說的荒謬。」

褚然點頭道：「公子的看法雖然不無道理，但有關吐蕃的種種可怕傳說，也不能不察啊。」

任天翔點頭道：「為了今日的冒險，我請教過曾經抵達吐蕃首邑邏些城的波斯商人，對吐蕃一些基本情況也有所瞭解。吐蕃地廣人稀，疆域大多為雪域高原，氣候條件極其惡劣，不熟悉當地情況的外地人，很容易被各種惡劣環境奪去性命。出意外的人多了，人們自然將之歸為怪力亂神，於是就有了關於吐蕃巫術的種種可怕傳說。不過，我更欣賞流傳於吐蕃的一句諺語：雪蓮是在最高的雪峰盛開，蒼鷹只在最險的峭壁築巢。用咱們的話來說，就是機會與危險同在。」

任天翔說著指向桌上的地圖：

「你們來看，自從吐蕃與大唐交惡，吐蕃貴族必不可少的茶葉、絲綢、瓷器、珠寶、美玉等等奢侈品，都是繞道波斯和吐火羅，經大、小勃律等國輾轉進入吐蕃，堪稱千山萬水。如果咱們能在于闐至吐蕃象雄之間找到一條新的商路，至少能節省大半路程，加上省去吐火羅和大小勃律等國的關稅，一來一回，咱們至少比別人多賺兩倍的利。吐蕃雖然氣候條件惡劣，地廣人稀，但也因此不用擔心途中有盜匪打劫。既然吐蕃兵馬能越崑崙北上騷擾于闐，咱們的商隊自然也能從于闐越崑崙南下進入吐蕃，憑著這些有利條件，加上有經驗豐富的嚮導領路，咱們還有何顧慮？」

褚然也是經驗豐富的行腳商，一點就透。對著地圖沉吟片刻，他微微頷首道：

「公子的眼光確非常人可比，令我也不禁心動。不過，我聽說吐蕃人最是野蠻，向無公平交易的概念，萬一他們強搶貨物，甚至將咱們當成奸細抓起來，這可如何是好？」

任天翔微微一笑：「吐蕃人如果真像你說的那樣，吐蕃就不可能有今日的國勢，一個國家絕無可能靠相互搶劫強盛。如果咱們能得到吐蕃貴族的庇佑和認同，就不用擔心被搶劫。」

褚然有些疑惑：「咱們在吐蕃人地生疏，如何能得到吐蕃貴族的庇佑？」

任天翔胸有成竹地笑道：「我既然敢拿身家性命去冒險，自然就有十拿九穩的辦法。兩位哥哥如果信得過小弟，就無需再多問；如果對我有疑慮，我也不敢要兩位哥哥陪我冒險。」

一旁一直不曾說話的褚剛突然開口道：「任兄弟年紀輕輕，都敢拿身家性命冒此奇險，我褚剛孤家寡人一個，有何不敢？任兄弟何時出發？只需吩咐一聲，褚剛便陪你上路。」

褚然心中雖然還有疑慮，但兄弟已經開口，他也不好再問，點頭道：「公子待咱們兄弟恩重如山，有何差遣儘管吩咐，褚某絕不皺半個眉頭。」

「兩位哥哥言重了！」任天翔連忙擺手道，「小弟豈敢差遣兩位兄長。如果兩位哥哥看得起小弟，咱們就合作去吐蕃闖一闖，我出本錢，兩位哥哥出力，若有盈利，咱們便按人平分。」

褚然聞言悚然動容，雖然走南闖北見多識廣，卻也沒見過這麼大方的東家和雇主。他急忙擺手道：「這萬萬使不得，咱們一文不出，卻要占大半利益，天底下絕沒有這樣的道理。」

褚剛也道：「咱們兄弟落難之人，公子隨便賞幾個工錢便是，豈敢與你平分利益。」

任天翔正色道：「咱們既然以兄弟相稱，就該有福同享，有難同當，盈利當然要平分。」

褚氏兄弟齊聲反對，三人爭執半晌，最後各讓一步，約定盈利任天翔占五成，褚氏兄弟占五成，雙方這才勉強接受。先前褚剛還有些顧慮，如今在這巨大的利益面前，他已不再將吐蕃視為畏途。

任天翔從小在義安堂耳濡目染，知道要別人盡心辦事，必先許以重利的道理。見褚氏兄弟不再擔憂踏足吐蕃的凶險，他笑道：

「明天我便讓人準備貨物，你們則負責招募夥計和刀客，然後咱們先出發去于闐。一旦打通于闐到吐蕃象雄的商路，還怕錢財不滾滾而來？」

大計畫擬定，剩下的就只是細節，三人又仔細商議了半晌，這才各自分頭去準備。

任天翔剛把褚氏兄弟送出門，小澤就溜了進來，躍躍欲試地小聲問：「公子要出遠門？」

「嗯。」

「是要去吐蕃？」

任天翔有些驚訝小澤的機靈，反問：「你怎麼知道？」

小澤嘿嘿一笑：「公子這段時間都在留意與吐蕃有關的一切消息，今日褚家兄弟又帶回一個吐蕃老頭，我要還猜不到，豈不笨死？」說著，他湊近兩步，涎著臉笑道，「公子把我也帶上吧，好歹多個人跑腿。」

任天翔想了想，身邊也確實需要一個機靈孩子跑腿，便點頭笑道：「帶上你可以，不過，千萬不要走漏消息。」

「沒問題，我一定守口如瓶！」小澤興沖沖地答應而去。

他剛出門，就見小芳冷著臉端茶進來，任天翔正待伸手去接，誰知她卻側身一讓，質問：「你這段時間在搞什麼鬼？」

任天翔尷尬地縮回手，心知瞞不過，只得道：「我正在準備去吐蕃。」

「去吐蕃？你瘋了？」小芳驚訝地瞪大雙眼，「吐蕃與大唐經常在打仗，你這一去還不讓人當成奸細給抓起來？我聽說吐蕃人極其野蠻，有的還吃人肉，你是想找去找死啊？」

任天翔攤開手無奈道：「你知道我借了一大筆高利貸，如果到時不能還清，只怕再無法在龜茲立足。為了還債，我不得不冒險。我想吐蕃人也是人，他們肯定也需要各種吐蕃沒有的貨物，如果我能幫助他們，他們沒有理由殺我。」

「你怎麼肯定吐蕃人不會為難你？」小芳不依不饒地質問。

「我不能肯定，不過，如果什麼事都等到十拿九穩才去做的話，這世上也就不再有『機會』這個詞。」任天翔笑著將小芳推出房門，「好了好了，我心裏有數，萬一形勢不對，我立馬丟下貨物逃命。吐蕃人再野蠻，也不至於追殺丟下貨物逃命的客商吧？」

小芳咬著嘴唇遲疑片刻，突然道：「我要跟你一起去！」

任天翔一怔，失笑道：「傻妞，你以為我去吐蕃是旅遊啊？你不怕吐蕃蠻子將你搶去做老婆？我逃命的時候，可不一定顧得上你了。」

小芳眼眶微紅，澀聲道：「萬一你遇到危險再回不來，我……」

「呸呸呸！烏鴉嘴！」任天翔誇張地吐了兩口唾沫，對小芳嘻嘻一笑，「你放心，無論走多遠我都不會忘記，還有個老婆在大唐客棧等著我呢。」

小芳臉頰一紅，半幽半怨地啐道：「你是在說丁姑娘吧？自從她住進大唐客棧，你就像個跟班一樣，整天在她屁股後面轉悠。」

任天翔臉上一紅，沒想到自己向丁蘭獻殷勤的場景，全落在了小芳眼裏。他尷尬地撓撓頭，嘿嘿笑道：「丁姑娘已經許給了她師兄，你吃什麼飛醋？你要不放心，還是趕緊嫁給我吧，免得讓人搶了先，反正你心裏早就想著要嫁我的。」

「呸！誰想嫁給你了？」小芳又羞又惱，舉手欲打，任天翔趕忙抱頭大叫饒命。

二人正在打鬧，就聽到樓下傳來周長貴不悅的咳嗽聲，小芳不好意思地吐吐舌頭，趕緊逃下樓去。

任天翔依依不捨地目送著她的背影，想到此去吐蕃，身邊再沒有小芳的淺笑薄嗔和嬉戲打鬧，不免有幾分遺憾。不過為了儘快在西域出人頭地，難免要做出點犧牲。想像著將源源不斷的貨物送到吐蕃，換回吐蕃名馬和滾滾錢財，任天翔心中便充滿了嚮往和期待，甚至有一種難以抑制的激動，這種激情甚至超越了對任何女人的嚮往和衝動。

吐蕃，我一定要將你征服！任天翔在心中發下了一個讓他都覺得狂妄的誓言。

三天後，任天翔與褚氏兄弟率一支由十多匹駱駝和馬匹組成的商隊，出龜茲南門，踏上了去往于闐的旅途。薩克太子與小芳等人將任天翔一行直送出十餘里，這才依依不捨與眾人道別。

「大唐客棧有我打理，公子不必記掛。」薩克太子遙遙拜道。

「快去快回，莫要貪戀錢財，遇到危險保命要緊。」小芳淚眼婆娑，遙遙揮手。

任天翔哈哈一笑，揮手道：「都回去吧，我快則兩個月，慢則半年，定會平安回來。」

十幾匹駱駝馬匹組成的商隊，加上新雇的十幾個夥計和刀客，帶著對財富的渴望，慢慢踏上了一條未知的旅途。

他們先沿塔里木河逆流而上，然後轉道塔里木河支流于闐河，沿于闐河兩岸的綠洲橫穿整個塔里木盆地。龜茲到于闐雖有千里之遙，但路途大多是綠洲和河谷，加上去往于闐採買玉石錦絹的商旅不在少數，因此這一段旅途就如同遊山玩水般舒適愜意。

十天後，商隊沿于闐河抵達崑崙山北麓，但見巍巍崑崙如巨龍橫亙天邊，于闐河如銀帶蜿蜒與之相接，發源於崑崙雪峰的河水不僅澆灌了廣袤無垠的草原綠洲，也將崑崙山中的美玉沖刷而下，河谷中玉礦多如繁星，因此于闐河也有玉河之稱。

在玉河之畔，一座巍巍城郭固若金湯，與十餘座衛城如一道鎖鏈，緊緊扼守著崑崙山北麓，成為抵禦吐蕃北侵的第一道屏障，也使崑崙北麓到塔里木盆地之間的數千里草原，成為西域有名的富饒樂土。

「于闐，咱們終於到了！」任天翔遙望寥廓天宇下那巍巍城郭，不禁勒馬駐足，目醉神迷。眾人也都紛紛停下腳步，遙遙眺望那傳說中盛產美玉的地方。

大唐安西四鎮雖然以龜茲為首府，但要論到富庶繁華卻要算于闐，于闐美玉和錦絹早已馳名天下，遠銷長安和西域各國，成為各國王公貴族爭相搶購的奢侈品。除此之外，于闐也是大唐安西四鎮中唯一還保留著國號和國體的屬國。當年唐軍攻佔龜茲，于闐國王尉遲氏急忙遣使向大唐皇帝上表稱臣，被授予右威衛將軍之職，兼于闐鎮守使和安西節度副使，永久世襲，地位僅在安西節度使一人之下，國體也因此得以保存。

「公子，咱們要不要先準備點禮物給于闐王送去？」褚然縱馬來到任天翔身旁，提醒道，「于闐雖是大唐屬國，可畢竟也是個不大不小的國家，咱們的貨物經過它的地盤，怎麼也得交點稅吧？」

任天翔微微一笑：「不用，咱們有高仙芝將軍的通關文牒和腰牌，于闐王不知道咱們底細，巴結還來不及呢，哪敢收咱們的稅？不過，咱們還真要去拜見一下這位地主，如果他是個深得百姓愛戴的好國王，咱們就順便交個朋友；如果他是個昏庸無能甚至殘暴的國王，咱們可得好好敲他一竹槓，也不枉高仙芝將軍給我的腰牌和通關文牒。」

褚然將信將疑地問：「咱們不過是行腳商，別人好歹是一國之主，哪會將咱們放在眼裏？」

任天翔哈哈笑道：「這你就外行了。別看于闐王是一國之主兼于闐鎮守使，像他這種屬國國王，絕不敢得罪宗主國的使節。咱們有高仙芝的腰牌和文牒，就相當於安西節度使的使節。他要不怕咱們在高仙芝面前胡言亂語，就得好吃好喝款待咱們，這是官場慣例，我在長安時見得多了。」

見眾人都是將信將疑的模樣，任天翔哈哈一笑：「你們要是不信，咱們就走著瞧。」說著，雙腿一夾，縱馬馳向前方的于闐城。眾人連忙吆喝牲口，緊緊跟了上去。

一個時辰後，眾人來到城下，但見城樓高有數丈，南望崑崙山北麓，西臨滔滔玉河，氣勢頗為恢弘。此時已是黃昏，城門早已關閉，吊橋也高高收起，眾人正在打量，就聽城樓上有兵卒高聲喝問：「什麼人？」

褚然上前望城樓上喊道：「軍爺，咱們是來自龜茲的商隊，有安西都護府簽發的通關文牒，請放下吊橋讓咱們入城。」

城樓上一個年輕校尉看了看任天翔一行，高聲道：「城門只在每日卯時至未時開放，你們先在城外將就一宿，明日再進城吧。」

褚然連忙請那校尉通融，對方卻一副公事公辦模樣。任天翔見狀縱馬上前，舉起腰牌對城樓上高聲斥道：「咱們乃是高仙芝將軍親自授權的商隊，不僅有安西都護府腰牌和通關文牒，還有高將軍口諭帶給于闐王，你們若耽誤了咱們的行程，吃罪得起嗎？」

那校尉聞言急忙問：「可是去往吐蕃的商隊？貨主是任公子？」

「正是在下！」任天翔話音剛落，那校尉便匆匆道：「我這就去稟報尉遲將軍，請公子稍候。」說完飛奔而去。

眾人在城樓下沒等多久，就見吊橋「軋軋」放下，一白袍將領縱馬飛馳而出，那將領年紀在三旬上下，一頭捲曲褐髮披在腦後，面目生得眉高目深，顯然不是漢人。他在任天翔面前勒住奔馬，拱手拜問：「不知哪位是任公子？」

任天翔有些意外，回拜道：「正是在下，不知將軍……」

「在下于闐鎮守副使尉遲曜，奉王兄之命特來迎接公子。」那將領笑道，「咱們早已收到高將軍來信，說公子近日就要率商隊來于闐。高將軍要咱們為公子提供一切方便，我已令人為公子安排下住處，請隨我來。」

任天翔更是十分驚訝，沒想到對方竟是于闐王尉遲勝的兄弟，既是王族子弟，又是唐軍高級將領，論身分論地位，都比自己這個白丁高出不知多少，卻對自己這般客氣，竟親自出城迎接，想必高仙芝在信中對于闐王有所託付，所以才如此優待自己。他心中對高仙芝暗生感激，連忙拜道：「在下不過一普通行商，豈敢有勞尉遲將軍？」

「公子乃高將軍特許的貿易商，咱們豈敢怠慢。」尉遲曜忙道。任天翔又客氣一回，這才隨尉遲曜進城。

但見城中繁華猶在龜茲之上，雖然天色已近黃昏，街頭行人依舊熙熙攘攘，尤其是在買賣于闐玉的集市上，更是雲集了來自東西各方的各族商賈，正用不同的語言在與路邊小販討價還價，挑選著從于闐河和崑崙山中採來的原石。

「公子有沒有興趣買點原石回去？要是能賭到一塊好石頭，賺上十倍百倍也不在話下，比做任何生意都強多了。」路過玉石市場，尉遲曜回頭笑問。

褚氏兄弟和和小澤都有些躍躍欲試，只有任天翔不為所動，他笑著搖搖頭：「咱們對玉石一竅不通，隨便買兩塊石頭玩玩可以，當成正業肯定就只有虧死。」

見褚氏兄弟和小澤都有些不甘心，他沉吟道，「難得咱們到了這美玉之國，明天就在這裏休整兩日，所有人都去挑塊石頭做個紀念，算在我的賬上。」

眾人一聽頓時歡呼雀躍，那些一輩子沒摸過玉石的夥計和刀客，更是為遇到這樣的東家慶幸不已。褚然連忙小聲提醒：

「公子，那些石頭價格差別極大，便宜的也要百十個銅板，貴的卻要幾十甚至上百貫錢，要是大家都挑貴的買……」

任天翔揮手打斷褚然的話，大度地笑道：「咱們接下來的路程凶險無比，能隨我去冒險的都是好兄弟，送大家一塊石頭算得了什麼？只要大家喜歡，花多少錢都沒關係，我相信大家也不會讓我這個小老闆一下子就破產。」

眾人聞言紛紛鼓掌叫好，臉上滿是發自內心的感激與敬佩，就連尉遲曜望向任天翔的目光也都有些不同。他稍稍落後兩步，回頭對任天翔小聲道：

「難怪公子年紀輕輕就能得高將軍看重，以微不足道的代價就換來手下的耿耿忠心，公子心胸果然非一般商賈可比。」

「尉遲將軍過譽了，在下不過是看大家一路辛勞，給大家買個小小的希望罷了。」任天翔連忙道。

尉遲曜笑著點點頭，小聲道：「我與公子雖然初次相見，卻有一見如故之感，尤其欣賞公子的心胸和氣魄。我有心與公子結為異姓兄弟，不知公子可否賞臉？」

任天翔一怔，實在有些出乎預料，雖不至於到受寵若驚的地步，卻也有種難以置信的感覺。尉遲曜乃于闐王族，鎮邊重將，主動要與一個年未弱冠的白丁少年結為異姓兄弟，任天翔打破頭也想不通這是為什麼。

「怎麼？公子不願意？」尉遲曜見任天翔遲疑不決，臉上頓時有些失落。

「在下一介布衣，能與將軍做兄弟，那是天大的榮幸。」任天翔忙笑道。

「公子雖然年少，但他日必有飛黃騰達的一天，能與公子結交那是我的幸運。」尉遲曜遲疑了一下，「不過為兄身分特殊，不便與人稱兄道弟，以後你只在心裏將我當兄弟便是。」

原來如此！任天翔心下釋然。他從小在義安堂廝混，早就懂得「禮下於人，必有所求」的道理。只是他想不通尉遲曜對自己會有何求，不過他也不點破，只是靜觀其變。

「哦，對了！」任天翔突然想起一事，忙將貼身藏著的那塊「義安堂代代相傳的聖物」拿出來，雖然它早已被當鋪的朝奉和古董小販判為一錢不值，不過任天翔還是不甘心。

他將那殘片遞給尉遲曜道，「大哥從小在盛產美玉的于闐長大，又是王族子弟，定是熟悉各種玉器。請幫兄弟看看這塊玉器殘片，可有何特別之處？」

尉遲曜接過那塊玉質殘片，翻來覆去仔細看了半晌，沉吟道：

「這應該是一塊玉瑗或玉璧的殘片，玉瑗和玉璧均是上古禮器，現在已經很少看到。不過從這塊殘片的玉質看，它應該沒什麼來歷，稍有點地位的王公貴族，都不會用如此低劣的材質做禮器。兄弟是從哪裡得來的這東西？」

任天翔大失所望，意興闌珊地收起殘片，強笑道：「是先人留給我的遺物，雖然不值錢，不過好歹是個紀念。」

尉遲曜沒有再多問，轉而令隨從為任天翔一行安排驛館。

有他親自安排，商隊的食宿雜事便都變得簡單起來，任天翔也樂得享兩日清閒，將商隊雜務交給褚氏兄弟打理，自己則陪著尉遲曜在于闐四處遊玩。就見于闐城中寺廟甚多，竟比龜茲有過之而無不及。

這日，任天翔隨尉遲曜來到一座氣勢恢宏的寺院，尉遲曜勒馬笑道：「兄弟來到于闐，這是必定要遊玩的去處。當年玄奘大師西去天竺，途徑于闐時就曾經在這裏開壇講經，在這座龍興寺修行了近兩年時間，寺中至今還保留著玄奘大師留下的聖跡。」

任天翔雖不信佛，不過對玄奘大師也是素來敬仰，聞言立刻翻身下馬，隨尉遲曜去寺中瞻仰玄奘大師留下的聖跡。

進寺一看，原來所謂聖跡，不過是玄奘大師當年講經坐過的蒲團，以及親筆抄寫的經書，想必是寺中僧人借玄奘大師之名吸引信徒的噱頭。任天翔興味索然，在大雄寶殿草草上了炷香後正待離開，突聽殿後傳來一陣喧囂，隱約是僧人的呵斥叫罵聲。

「怎麼回事？」尉遲曜不悅地問。

陪同他的方丈有些尷尬，正要示意小沙彌去看看，任天翔已笑道：

「好像是有人打架，佛門聖地，這倒有些新鮮，走！去看看！」

任天翔少年人心性，不容方丈阻攔便循聲而去。

眾人來到後院，就見幾個僧人正用長棍架著個衣衫襤褸的邋遢和尚往外走，那邋遢和尚也不掙扎，只是破口大罵：「好好的龍興寺，都讓一幫假和尚給糟蹋了，除了巴結權貴，哪裡懂什麼佛理？可惜玄奘當年還在此講過兩年佛經，都白瞎了。」

「怎回事？這和尚是誰？」任天翔抱著看熱鬧的心理，興沖沖地問。

「是個流落到這裏的天竺和尚，整天瘋瘋癲癲，常被俗人戲弄欺負。」方丈連忙道，「貧僧念著佛門一脈，留他在後院種菜，沒想到他狂放不羈，竟敢自稱是無量佛轉世，還經常在寺中闖禍，不知今日又幹了什麼好事。」說著高聲喝問，「慧明，怎麼回事？」

領頭的僧人停下腳步，義憤填膺地稟報道：「這混蛋竟然偷了玄奘大師手抄的經書擦屁股，實在罪無可恕，大家正要將他押送到戒律堂治罪。」

那邋遢和尚哈哈大笑：「玄奘的經文你們一竅不通，卻偏偏把那卷破經書當聖物一樣供著，不過是借之吸引愚夫愚婦的香火錢罷了，玄奘大師地下有知，必定寧可送給佛爺擦屁股。」

方丈聽這瘋和尚竟毀了龍興寺鎮寺之寶，氣得渾身哆嗦，尉遲曜也為這瘋和尚的舉動勃然變色。玄奘大師的手跡不僅是龍興寺的聖物，也是于闐一寶，如今被人所毀，他作為王族子弟，自然也是痛心疾首。

只有任天翔這個局外人，抱著唯恐天下不亂的心態笑問：「你這狂僧，也實在夠膽大妄為，不知怎麼稱呼？」

方丈雖然不知任天翔身分，但見尉遲曜親自陪同，卻也不敢怠慢，連忙示意眾僧將那瘋和尚放下來。

任天翔這才看清，那和尚年紀似乎並不太大，雖然頷下鬍子拉碴，臉上卻沒有一絲皺紋，但見他皮膚黝黑，濃眉大眼，鬍鬚濃密捲曲，果然是個天竺僧人。

就見他被放下後，對任天翔大咧咧一拜：「佛爺原是由蓮花中出生，因此信眾都稱我為蓮花佛，你是個俗人，就直呼我蓮花生大師就好。」

任天翔見他渾身污穢，臉上更是骯髒得看不清本來面目，卻偏偏自稱是由出污泥而不染的蓮花中出生，還取了個雅致的法號，更狂妄地自稱為佛。任天翔不禁莞爾失笑，饒有興致地問：「不知你為啥要偷玄奘大師的手跡擦屁股？」

蓮花生怪眼一翻，理直氣壯地道：「給佛爺擦屁股，總好過留在這幫假和尚手裏騙錢。」

眾僧一聽這話，頓時群情激奮，抄起棍棒就要喊打喊殺，只是礙於方丈和尉遲曜在前，才忍著沒有動手。

任天翔心知若非有外人在，這瘋和尚多半要被打個半死。他對佛門寺院用各種手法撈錢也十分反感，因此對這瘋和尚的舉動頗有幾分讚許。見眾人都恨不得殺這瘋和尚洩憤，他急忙對方丈道：「方丈大師，他不過是個不明事理的瘋和尚，就算毀了玄奘大師的手跡，也罪不至死吧？」

方丈雖然不知任天翔底細，不過只看尉遲曜對他的態度，就不能不給面子。方丈雖是方外之人，對人情世故也並不陌生。就見他略一沉吟，立刻抬手示意眾僧：「快將這瘋僧趕出寺門，永遠不准再回。」

眾僧雖然心有不甘，但礙於方丈的命令和尉遲曜的身分，只得讓開一條路。

蓮花生哈哈大笑：「你這破廟，佛爺好想回來麼？」說著，拍拍屁股大步就走，臨出門卻又回頭對任天翔笑道：「小施主宅心仁厚，不像這幫禿驢可惡，佛爺定會保佑施主。」

任天翔哈哈一笑：「那就多謝大師了！」

瘋和尚大步離去後，任天翔也沒有心思再遊玩。與尉遲曜出得龍興寺，任天翔看看天色不早，第二天一早就要離開于闐出發去崑崙山了，而尉遲曜至今沒有求自己任何事，他終於憋不住問：「尉遲大哥，這裏沒有外人，不知你有什麼事需要小弟效勞，請儘管開口。」

尉遲曜一怔：「兄弟幹嘛這樣說，是不是以為為兄是有事相求，才與你做兄弟？」

「難道不是？」任天翔有些將信將疑。

「當然不是！」尉遲曜懇切地道，「你當我尉遲曜是什麼人？」

任天翔見他說得誠懇，心中不禁有些糊塗：難道尉遲曜真只是想跟自己結交，沒有抱任何目的？

魔笛

第三章

任天翔側耳一聽，
隱約聽到風聲中夾雜著一絲陰鬱尖銳的笛音，
笛音不成曲調，如發自地獄最深處怨魂的哀呼，
於幽怨哀絕中飽含著無盡的仇恨，
就像是無數冤魂在哭泣，令人從骨髓一直冷到靈魂。

第二天一早，經過休整的商隊離開于闐向崑崙山中進發。商隊的駱駝換成了更耐高寒的犛牛，而夥計們也更加盡心盡力。雖然他們每人只選了一塊賣價不到一貫的于闐原石作為紀念，但他們對任天翔這個慷慨的東家已是發自內心的喜歡，願追隨他去冒任何風險。

尉遲曜親自將任天翔送出于闐城南門，遙望橫亙於眼前的巍巍崑崙，他喟然嘆道：「兄弟冒險闖入那個神秘國度，凶險不可預測，為兄有一件禮物相贈，危急時或許可以救命。」

任天翔嘻嘻一笑：「難得兄長有心，我就不客氣了，不知是什麼樣的禮物？」

尉遲曜拍拍手，就見遠處隨從中大步走來兩個身材魁偉的漢子，二人步伐看似徐緩，實則極快，轉眼就來到任天翔面前。

但見二人膚色黝黑，渾身肌肉虯結鼓凸，面目深沉彪悍，讓人不由自主聯想到行動敏捷、出擊無聲的黑豹。更讓人驚訝的是，二人長得幾乎一模一樣，顯然是一對孿生兄弟。

任天翔雖然不諳武功，卻也看出二人絕非泛泛之輩，這一瞬間，他恍然有所醒悟：難怪尉遲曜要跟自己做兄弟，原來是要借機將這兩個心腹安插到自己身邊，就不知這兩個傢伙是刺探吐蕃虛實的奸細，還是監視我的眼線，或者兼而有之？

任天翔心有七竅，當然不願留兩個眼線在身邊，他對尉遲曜遺憾地攤開手：

「多謝兄長美意，不過兄弟是去吐蕃做買賣，要是帶兩個于闐武士在身邊，難免要被吐蕃人當成奸細。」

「兄弟誤會了，他們不是于闐人，更不是唐軍兵將。」尉遲曜笑道，「他們也不是去刺探吐蕃虛實的奸細，更不是監視兄弟的眼線。因為他們既不識字，又都是啞巴。」說著，他示意二人張開嘴，果見二人舌頭齊根而斷，斷處整整齊齊，竟像是被利刃所割。

「怎麼會這樣？」任天翔十分驚訝，仔細打量二人，但見二人膚色黑裏透紅，確實一點不像皮膚白皙的于闐人，反而有些像是吐蕃人，他遲疑道，「那他們是……」

「他們原本是吐蕃人。」尉遲曜嘆道，「二十多年前，一個吐蕃漢子帶著兩個吐蕃少年從崑崙山中逃到于闐，正好遇上外出打獵的先王，三人都重傷在身，兩個吐蕃少年為先王所救，那吐蕃漢子卻傷重不治。那時兩個少年舌頭就已經被割去，既不會說話又不會寫字，先王只好將他們留在了王府，由於不知道他們的名字，就稱他們為崑崙奴。二人年紀與我相仿，所以先王就讓他們做了我學武的陪練，跟我一起向王府武師學武。二人學武天分甚高，幾年後王府中就無人是其對手。不過二人始終以奴隸自居，對先王忠心耿耿，先王去世後他們就跟了我。如今兄弟要去吐蕃，我想，他們既是吐蕃人，又熟悉崑崙地形，危急之時或許對兄弟有所幫助，所以就讓他們跟隨照應。」

任天翔有些感動地點點頭：「兄長為何對我如此之好？」

尉遲曜笑道：「你我既然是兄弟……」

「我想聽實話。」任天翔突然盯住尉遲曜的眼眸，意味深長地笑道，「如果兄長再有半句不實，兄弟以後也就只在口頭上將你當兄長，你送我這份大禮我也絕不敢受。」

尉遲曜臉上閃過一絲尷尬，正要繼續編造下去，但一看任天翔的眼神，就知道根本騙不了這個精明得有些可怕的少年。他遲疑片刻，示意任天翔避開商隊幾步遠，這才輕嘆道：「實不相瞞，是王兄收到高仙芝將軍的信，要咱們為你提供一切方便，並派人暗中保護你的安全。雖然當初我與你結交是看在高將軍面上，但經過這幾天的接觸，為兄已知兄弟是個值得一交的朋友，所以也就不再有任何隱瞞。若兄弟不計前嫌，咱們就效法古人撮土為香，正式結為異姓兄弟。」

任天翔恍然大悟，難怪尉遲曜對自己如此客氣，原來只是看在高仙芝面上。想必高仙芝信中並沒有說明自己身分，于闐王尉遲勝不知自己底細，所以派出親兄弟結交籠絡。

高仙芝新近才對石國和突騎施用兵，鬧得西域諸國人心惶惶，即便一直對大唐忠心耿耿的于闐王，也不免心生驚懼，對高仙芝的任何吩咐也不敢怠慢。如今尉遲曜要與自己結拜，也是看在高仙芝對自己特別看重的份上，希望將來對他們有所幫助。

不過，高仙芝為何會如此看重自己，任天翔卻是百思不得其解，他自忖自己跟高仙芝並無多少交情，以高仙芝堂堂安西節度使之尊，實在沒必要為一個白丁少年特意寫一封信。

尉遲曜見任天翔沉吟不語，不由急道：「兄弟是不是還在恨哥哥的虛情假意？若是如此，為兄願磕頭賠罪！」說著就要跪倒。

「兄長快快請起！」任天翔急忙扶住尉遲曜，「只要兄長將我任天翔當兄弟，那些繁文縟節的儀式有沒有都沒關係。小弟年幼無知，以後仰仗兄長的地方還多呢。」

任天翔知道像西域這些小國王族，看起來很威風，可一旦為朝廷猜忌，甚至僅僅是得罪鎮邊的節度使，就可能遭遇滅頂之災，他可不想將自己的命運，與這樣的小國王族綁在一起。口頭上稱兄道弟沒關係，要是真撮土為香正式結拜，將來一旦有事，可就百口莫辯了。

在尉遲曜來說，真要與一個年未弱冠的布衣少年結拜，難免有失身分，見任天翔推託，他也就不再堅持。揮手召來崑崙奴兄弟，他對二人吩咐道：

「你倆追隨任兄弟去吐蕃，從今往後，任兄弟便是你們的主人，在任何情況下，你們都要保證主人的安全。如果我兄弟有任何閃失，你們便自刎謝罪吧！」

兩兄弟「啊啊」地答應了一聲，先向尉遲曜匍匐道別，然後一人牽過任天翔的坐騎，一人則跪伏在坐騎旁，等候任天翔上馬。

尉遲曜見任天翔有些茫然，笑著解釋道：「他們生來就是奴隸，從小就是這樣侍候主人上下馬，至今未改。兄弟來自漢地，大概沒見過這等規矩，待哥哥給你示範。」說著走上前，踩著地上的崑崙奴後背登上馬鞍，縱馬馳騁一圈。

兩名崑崙奴健步如飛緊追在馬後，竟不比奔馬慢多少。待尉遲曜勒馬停步，兩名崑崙奴立刻搶上前，一個牽馬一個伏地，侍候尉遲曜下馬。

任天翔看得目瞪口呆，雖然長安的大戶人家幾乎都蓄有家奴，可也從未見過踩著人上下馬的規矩，他心中對此有種本能的反感。接過尉遲曜遞來的韁繩和馬鞭，他遲疑了一下，回頭問：「兄長將這兩個崑崙奴送給小弟，是不是我讓他們做什麼都可以？」

尉遲曜笑道：「那是自然。」

任天翔點點頭，對伏在馬蹬旁的崑崙奴道：「你起來吧，從今往後都不必如此侍候我上馬，因為我只習慣踩著馬蹬上馬。」說著踏上馬蹬，翻身爬上馬鞍，回頭對尉遲曜一拱手：「多謝兄長大禮，小弟就暫且收下。送君千里，終有一別，兄長請回吧。」

兩個崑崙奴眼中有些惶恐，似乎不知自己做錯了什麼。任天翔見狀，對二人吩咐道：

「你們去前面跟巴扎老爹一路，為商隊帶路吧。」
二人應聲而去後，任天翔這才與尉遲曜拱手拜別，然後縱馬來到商隊前方，揚鞭一指巍巍崑崙：「出發！」
眾夥計牽起犛牛騾馬，徐徐向崑崙山深處進發。
隊伍剛走出幾步，突聽後面傳來一陣大呼小叫的呼喊：「喂！等等！佛爺來也！」
任天翔回頭一看，就見一個衣衫襤褸、渾身骯髒的禿頭和尚正氣喘吁吁地追了上來，仔細一看，竟是在龍興寺見過那個自號蓮花生的瘋和尚。
任天翔啞然失笑：「大師來做什麼？」
蓮花生在任天翔身前停下腳步，反詰道：「你又在做什麼？」
任天翔沒有計較他的無禮，笑道：「咱們是去吐蕃做買賣……」
「好極好極，佛爺正要去吐蕃。」蓮花生鼓掌笑道，「咱們正好同路。」
「你也要去吐蕃？」任天翔有些驚訝，「你可知此去吐蕃山高路遠，千里無人煙，途中可找不到人家求齋化緣。」
「所以佛爺才要跟你們同路嘛，你不會吝嗇每日一餐白飯吧？」蓮花生笑道。
任天翔當然不會在乎路上多一個人吃飯，不過卻想不通這瘋和尚為何要去吐蕃，便問：「你為何要去吐蕃？」

蓮花生左右看了看，小聲道：「佛爺毀了龍興寺騙錢的法寶，那幫禿驢肯定不會放過佛爺，所以無論如何，佛爺得趕緊離開此地。」

任天翔見他說話時目光左顧右盼，不由笑道：「大師此話有些不盡不實吧？可別忘了出家人不打誑語的戒律啊。」

蓮花生有些驚訝地打量了任天翔一眼，無奈道：

「實不相瞞，佛爺是夢見我佛在吐蕃受惡魔欺壓，佛門弟子在吐蕃受愚民淩辱，才一心要去吐蕃光大佛門正法，以助我佛門弟子脫此危難。只是此去吐蕃要翻越渺無人跡的崑崙，僅靠佛爺自己是萬萬不能，所以佛爺一直在此等候一支翻越崑崙去吐蕃的商隊，今日終於等來了公子。」

任天翔有些驚訝：「你怎知道會有商隊翻越崑崙去吐蕃？」

蓮花生嘿嘿一笑：「趨利避害是人之天性，由于闐越崑崙進入吐蕃可節省一大半路程，在此大利面前，必有商隊會鋌而走險。所以佛爺必然會等到南下的商隊，不過今日遇到公子卻是緣分。」

任天翔越發驚訝於對方的眼光和頭腦，幸虧他是和尚不是商人，不然倒是個強勁對手。聽他能說一口流利的唐語，甚至還帶有一點長安口音，任天翔笑問道：「大師去過長安？」

蓮花生點點頭：「佛爺生在泥婆羅，後在天竺那爛陀寺學習佛法，中年後，遊歷過不少地方，其中包括東土的兩大佛門聖地五臺山和白馬寺，長安也曾小住過幾年。」

任天翔聽他在長安住過，心中便覺有幾分親切，暗忖也不怕多個人吃飯，枯燥的旅途中若有人聊聊長安風物，也可聊解思鄉之苦。想到這他笑道：

「帶上你沒問題，不過，路上你可不能給我添亂。尤其像亂拿東西擦屁股這樣的事，可千萬不能再幹。」

蓮花生怪眼一翻：「也只有玄奘的手跡才配給佛爺擦屁股，你有嗎？」

「我沒有。」任天翔老老實實地答道。他早已發覺這瘋和尚雖然看起來瘋瘋癲癲，可說起話來卻條理分明，甚至暗藏機鋒，絕不是個不可理喻的瘋子。

「那你還怕什麼？」蓮花生說著看看天色，「你還不上路？莫非要等到天黑再走？」說完率先而行，竟有反客為主之嫌。

「這個瘋和尚，路上定會給咱們添亂，還是將他趕走吧。」褚然在一旁小聲提醒任天翔。

「我看這和尚有趣得緊，路上有他說笑，倒也不怕枯燥。」小澤少年心性，自然喜歡旅途中有人調侃逗趣。

任天翔對褚然笑道：「與人方便自己方便，路上多個人說話也熱鬧些。讓大夥兒加緊趕路吧，咱們已經耽誤了不少時辰。」

褚然無奈點點頭，揮手示意商隊加快步伐。一行人尾隨著嚮導巴扎老爹，慢慢走入崑崙山中。

此時已是深秋，但見山谷中秋風蕭瑟，樹葉凋零，遠處的山峰更是白雪皚皚，險絕孤高，似乎有種與天相接的錯覺，令人不禁望峰興嘆。

黃昏時分，商隊通過了唐軍最後一道哨卡，再往前便是人跡罕至的崑崙群峰。商隊在一處避風的山谷中停了下來，褚然一面指揮夥計紮下帳篷、餵養牲口，一面讓褚剛和小澤負責升起篝火。他曾是走南闖北的行商，這些雜事沒人比他更在行，任天翔很慶幸商隊有這麼個能幹的管家。

篝火升起，簡單的飯菜很快就冒出熱騰騰的香味，大家圍坐在篝火前，一面吃著旅途中難得的熱飯，一面談論著想像中的吐蕃女人。除了巴扎老爹和崑崙奴兩兄弟，所有人都是第一次去吐蕃，自然對吐蕃的一切都充滿了好奇和嚮往。

吃過晚飯天已黑盡，褚氏兄弟去營地四周巡視了一圈，確信沒有什麼不妥後，這才安排人手負責輪流守夜。

經過一日的艱苦跋涉，夥計們早已疲憊不堪，早早就鑽入帳篷歇息，沒多久就鼾聲四起。

任天翔第一次冒險去往一個既神秘又陌生的國度，興奮得難以入眠，看看同帳的小澤早已熟睡，他便披衣而起，悄悄鑽出帳篷。帳外席地而臥的崑崙奴兄弟立刻翻身而起，警覺得就像是兩隻黑豹。

任天翔示意二人不用緊張，繼續休息。

他環目四顧，發現除了在樹上值夜警戒的褚剛，還有一個身影在篝火旁盤膝而坐，仔細一看，卻是那瘋瘋癲癲的蓮花生。此刻只見他正瞑目打坐，眉宇間隱然有幾分寶相莊嚴的味道，哪裡還有半分瘋癲模樣？

任天翔躡手躡腳來到他對面，只見蓮花生呼吸細微，渾身紋絲不動。就在任天翔以為他已經入睡，正要悄然離開時，突聽蓮花生淡淡道：「坐下，佛爺有好東西給你。」

任天翔依言坐下，笑問：「大師還沒入睡？」

「佛門秘法，醒即是睡，睡即是醒，睡不睡又有什麼區別？」蓮花生說著，從懷中掏出一本破舊殘缺的冊子，遞給任天翔道，「你小子真是走運，憑空得了這麼大個便宜。」

「這是什麼？」任天翔好奇地接過冊子，只見冊子是本手寫的經書，外表破舊不堪，連封皮都已不知去向，中間甚至還有被撕去的痕跡。他信手翻了翻，在內頁中看到有《法華經》三個字。任天翔曾經為高夫人抄寫過佛經，對《法華經》依稀有些印象，知道它是佛門常見的一部經書。只是這本冊子模樣古舊殘破，似乎已有些年月。

蓮花生臉上閃過一絲詭笑，再沒有半點寶相莊嚴：

「這就是佛爺拿來擦屁股的龍興寺鎮寺之寶，玄奘大師手抄之《法華經》。嘿嘿，難得是你幫佛爺將它拿出龍興寺，見者有份，佛爺便將它送給你了。」

任天翔十分驚訝：「你不是將它拿來擦屁股了麼？怎麼還在你手上？是我幫你將它盜出，此話怎講？」

蓮花生面色一沉道：「佛門戒偷盜，佛爺豈會犯此大戒？佛爺只是拿它擦屁股，不能算偷。是龍興寺那幫禿驢有眼無珠，以為這冊經書已經全部擦了屁股，哪知道最重要的部分我悄悄留著呢。那日佛爺被龍興寺那幫禿驢抓住，正要送戒律堂受罰，若非你給佛爺解圍，這本經書當時就要給搜出來。佛爺雖不怕那幫禿驢，卻也不想節外生枝。你既然幫了我，又讓我同路去吐蕃，佛爺受人恩惠，定要加倍報答。這本經書佛爺早已爛熟於心，所以這冊經書一定要送給你。」

任天翔聽得目瞪口呆。這和尚明明是偷人經書，卻偏偏編個藉口來騙他，讓人鄙視；自己無意間幫他帶走經書，他卻又不忘報答，令人欽佩。

不過任天翔也不是個君子，沒覺得偷一本經書是多大的罪惡。他信手翻了翻經書，笑道：「玄奘大師的手跡在信徒眼中或許是至寶，在我眼裏卻與其他佛經沒什麼兩樣。大師的好意我心領了，不過這佛經還是你留著吧。」

蓮花生嘿嘿冷笑道：「龍興寺那幫假和尚瞎了狗眼也就罷了，想不到你也是個俗人。若這部經書只是本普通的《法華經》，值得佛爺伸手？」

任天翔聞言詫異問：「莫非這冊經書還有什麼奧妙不成？」

蓮花生微微頷首笑道：「如果你讀過佛門的《法華經》，又仔細看過玄奘大師抄寫的這一冊，立刻就能發現其中奧妙。只有龍興寺那幫假和尚才將它供在佛堂中，卻沒人仔細讀過，多少年過去，竟沒有一個人發現其中奧妙，說明那幫假和尚與此經無緣。佛爺機緣巧合發現其中奧秘，當然要將它帶走，免得它繼續被埋沒。」

任天翔將信將疑地翻了翻經書，遲疑道：「這經書中究竟有何奧秘？」

蓮花生悠然一笑：「如果你熟讀《法華經》，又仔細看過玄奘大師留下的這部手跡，立刻就能發現，玄奘大師親筆抄寫的經書中，竟然有不少錯別字。」

任天翔十分驚訝：「玄奘大師乃佛門高僧，精通各種佛經，怎麼可能如此粗心？」

蓮花生得意笑道：「當初佛爺發現這一點，心中也是十分驚訝。如果偶爾寫錯一兩個字，也還可以理解，可玄奘大師抄寫的這部《法華經》，幾乎有一半書頁上都有錯別字。剛開始佛爺也是百思不得其解，後來佛爺將錯別字按順序連起來一看，才發現那是一套從未見過的內功心法，其高明奧妙實乃佛爺平生僅見。」

「內功心法？」任天翔越發驚訝，「玄奘大師也懂武功？」

蓮花生嘿嘿笑道：「玄奘大師豈止是懂武功，他在武學上的造詣只怕已臻絕頂，不然他孤身一人豈能翻越萬水千山，平安往來於大唐與天竺？只是玄奘大師僅將武功當成健身防身的微末技藝，因此既未傳下弟子，也沒有公開留下任何武學典籍，世人因此只記得玄奘大師在佛學上的功德，不知道他在武學上的成就。

「玄奘大師既精通中原佛門武功，又在天竺那爛陀寺學過天竺武功，這本手冊中暗藏的內功心法，正是融合了中原與天竺武功之精華，堪稱空前絕後！只要照之修習，定能成為絕頂高手。可嘆龍興寺那幫和尚守著這本《法華經》多年，卻無人看出其中奧秘，與它失之交臂也是活該。」

任天翔聽得目瞪口呆，仔細看看經書，才發現所有錯字都已被仔細標記出來，如果順著這些字看下去，就是玄奘大師留下的內功心法了。

蓮花生怕他不明白，指著冊子上的錯字道：「將這些錯字連起來，就是一部高深莫測的內功心法。它是玄奘大師在融合了東土與天竺絕頂武功的基礎上所創，由於東土尊龍而天竺崇象，所以佛爺稱它為《龍象般若功》。你小子機緣巧合得此至寶，實乃僥天之幸。這套心法佛爺早已牢記在心，這本冊子對佛爺也已無大用，所以便送給你作為報答。」

任天翔感動地點點頭：「多謝大師的美意，大師既然將這冊子送給了在下，是不是可以由我任意處置？」

「那是自然。」蓮花生淡淡道，「你若有何不懂之處，還可向佛爺請教，佛爺願傾囊相授。」

「那就多謝大師！」任天翔說完站起身來，向遠處守夜的褚剛招招手，褚剛立刻跳下高樹過來問：「兄弟何事相招？」

任天翔笑道：「褚兄學的是少林武功，也算是釋門俗家弟子，想必與玄奘大師傳下的這套《龍象般若功》有些淵源。這冊子就送給你吧，希望對褚兄有所幫助。」說著，將玄奘大師的手跡交給了褚剛，並將如何研讀的訣竅也告訴了他。

褚剛問明這冊子中的奧秘，頓時大喜過望，恭恭敬敬地接過冊子，對任天翔屈膝一拜，含淚道：「兄弟贈寶之恩，為兄永世銘記。從今往後，我褚剛願永遠追隨兄弟，作為報答。」

任天翔連忙扶起褚剛，笑道：「你要謝，就謝這位蓮花生大師吧，是他勘破這本《法華經》中的奧秘，並將它送給了我。你在修習這《龍象般若功》之時若遇到疑難，還可向他請教。」

褚剛轉頭對蓮花生一拜：「多謝大師！希望今後能得到大師指點。」

蓮花生被任天翔的舉動驚得目瞪口呆，待褚剛帶著秘笈離開後，他不禁失聲問：「你、你小子竟將玄奘大師傳下的武功秘笈，轉手就送給了他人？」

任天翔有些不好意思地攤開手：「在下平生最怕練武，這本秘笈在我手中不過是件廢物。俗話說，紅粉贈佳人，寶劍贈勇士，武功秘笈當然是要送給用得著的朋友。難道你讓我起五更睡半夜，辛辛苦苦親自去修習？人生苦短，大好光陰若用來練那枯燥乏味的武功，豈不是無趣得很？」

蓮花生怔怔地瞪著任天翔愣了半晌，最後仰天嘆道：

「枉佛爺自詡精通佛理，看破凡塵，誰知卻還不如你一個俗人看得透。佛門弟子本該與世無爭，練不練武又有多大關係？玄奘大師身懷絕技卻不傳弟子，也沒有公開的武學秘笈流傳後世，想必正是怕後人追本逐末，沉溺於對武功末技的偏執之中吧。」

任天翔不好意思地撓撓頭：「大師過譽了，在下不過是懶惰罷了。如果只需三五天時間就能練成絕技，我也不妨下幾天功夫。可惜我也知道，短時間能練成的武功，肯定也沒什麼大用，所以早已不在武功上費心。再說古往今來，凡成大事的英雄豪傑，並沒有誰是完全靠武功成就偉業，武功對人雖然有所幫助，卻也不用過分誇大它的作用。」說著他站起身來，「時候不早，大師早些歇息吧，明日一早咱們還要趕路呢。」

蓮花生目送著任天翔離去的背影，不禁在心中暗嘆：這小子實在有些特別，其心胸之豁達灑脫，竟不在佛爺之下。

第二天一早，任天翔率商隊繼續上路。只見山勢漸漸陡峭，四周儘是崇山峻嶺，幾乎無路可覓。隨著地勢的升高，任天翔與不少夥計開始感覺胸悶氣短，呼吸不暢，每走一步都要付出比平日更多的體力，尤其數日後快到山頂時，任天翔和不少夥計相繼病倒，不僅渾身無力呼吸困難，就連吃飯都成了一種痛苦的折磨，不少人勉強吞下一點食物，但很快又給嘔了出來。

商隊中除了巴扎老爹、崑崙奴兄弟，以及蓮花生、褚氏兄弟和幾個身懷武功的刀客還算正常，其他人無論身體還是精神，都已處在崩潰的邊緣。

「是巫神的詛咒！」褚然雖然走南闖北多年，卻也沒遇到過這種情形，雖然他還能勉力支撐，但心中的恐懼已令他失去了往日的鎮定。他來到懨懨欲睡的任天翔身旁，低聲道，「公子，這是一片被巫神護佑的國度，外人貿然闖入，必遭巫神的懲罰。難怪行腳商中流傳著這樣一句話：寧走沙漠，莫入吐蕃。以前我只當是誇大之詞，現在看來，吐蕃比沙漠更加可怕。如今夥計們大半病倒，沒病的人也只是在勉力堅持，照這樣下去，咱們無法越過崑崙。我看，咱們還是原路返回吧。」

任天翔看看眾人，只見大多萎靡不振，就連體壯如牛的褚剛，也是三步一喘，五步一歇。只有巴扎老爹、崑崙奴兄弟和蓮花生等寥寥數人，依舊行動如常。這讓人不得不懷疑，這片寥無人跡的雪域高原，是否真有巫神的庇佑。

這一瞬間，他幾乎忍不住就要放棄，但看到近在咫尺的崑崙雪峰，他無論如何也不甘心。沉吟良久，他勉力喘息道：「將重病不能行的夥計和不願再冒險的人留下，讓他們原路返回于闐。其餘人願意跟著我冒險的，就隨我繼續前進！」

商隊很快分成兩部，一部分體力不支的夥計和刀客沿原路返回，其他人堅持隨任天翔繼續前進。經過分派，任天翔帶著不到十頭犛牛的貨物及褚氏兄弟和崑崙奴兄弟，以及巴扎老爹和另外兩名尚有體力的刀客，繼續向崑崙雪峰進發，其他人則帶著病倒的小澤原路返回于闐。至於蓮花生，巫神的詛咒對他似乎沒有任何影響。

商隊越是向上走，那種呼吸困難、舉步維艱的感覺越發明顯，任天翔甚至到了渾身無力，只能靠兩個崑崙奴輪流背負前進的地步。褚氏兄弟走南闖北多年，也從沒遇到過這種情形，眾人心中充滿了對巫神的恐懼，只有任天翔依舊不願放棄。

商隊已經來到雪線之上，四周是白茫茫一片冰天雪地，尤其在翻越兩峰相夾的山口時，更是狂風呼嘯，飛雪漫天。這樣的地方不說紮下帳篷，就是升起一堆篝火也不容易。幸好巴扎老爹和兩個崑崙奴有經驗，他們在雪地中掘出一個洞穴，讓所有人畜進入洞穴中躲避，只等風雪停了後再走。

眾人食不知味地吞食著乾糧，褚然仔細問了巴扎老爹半晌，然後對任天翔道：「巴扎老爹說，只要翻過前面的風神口，再往前便都是下山的路。照巴扎老爹的經驗，今夜風雪就該停了，明天一早咱們就可翻越風神口。」

任天翔疲憊不堪地歪在氈毯之上，聽到這話臉上稍稍泛起一絲笑容。他掙扎著坐起身來，對垂頭喪氣的褚氏兄弟和兩個刀客道：

「這一路雖然艱苦，但只要走過一次，以後也就有了經驗。待明天翻過風神口，往下的路就好走多了。我從來不信那巫神的傳說，如果這山中真有什麼巫神，他首先要詛咒的應該是那自稱是佛的蓮花生，其次是背叛吐蕃的兩個崑崙奴，他們都沒事，可見巫神只是個穿鑿附會的傳說罷了。」

「可是，咱們為何兩眼發暈，渾身無力，連呼吸都十分困難？而那些吐蕃人卻一點事沒有？」一個刀客囁嚅道。他是褚然從龜茲雇來的幫手，名叫趙猛，與另一個刀客周剛是同門師兄弟，是唯有的兩個追隨任天翔到此的刀客兼夥計。

任天翔勉力笑道：「我想，那是咱們還不適應這雪域高原的惡劣氣候，不像那些吐蕃人，生於斯長於斯，早已適應了這種環境。當年唐軍追擊松贊干布，剛踏上吐蕃高原便人疲馬乏失去戰力，原因也正在於此。不過我想，文成、金城兩位公主以及她們的扈從既然能適應這高原的環境，咱們遲早也能適應，所缺不過是時間而已。只要咱們堅持下去，遲早跟那些吐蕃人一樣，不再懼怕什麼巫神。」

聽任天翔這樣一解釋，褚氏兄弟和趙猛、周剛心下稍寬，不再對莫須有的巫神感到那麼恐懼。

褚剛側耳聽聽雪窟外的風聲，點頭道：「風聲小了很多，今夜大概就會停了吧。」

眾人稍稍鬆了口氣，正準備休息，突見一直盤膝打坐的蓮花生猛然睜開了眼睛，滿臉驚訝地瞪著虛空，神情駭人。任天翔忙問：「大師，怎麼了？」

蓮花生「噓」了一聲，指指雪窟之外，澀聲道：「你們聽！」

任天翔側耳一聽，隱約聽到風聲中夾雜著一絲陰鬱尖銳的笛音，笛音不成曲調，如發自地獄最深處怨魂的哀呼，於幽怨哀絕中飽含著無盡的仇恨，就像是無數冤魂在哭泣，令人從骨髓一直冷到靈魂。

在這樣的天氣，在人跡罕至的崑崙雪峰，實在不該有人出現，尤其那笛音，更像是冤鬼在哭泣。眾人面面相覷，都從彼此的臉上看到了心底的恐懼。

巴扎老爹突然向著笛音傳來的方向翻身跪倒，渾身戰慄匍匐在地，嘴裏用吐蕃語結結巴巴地念叨著什麼。兩個崑崙奴手握刀柄緊緊靠在一起，陰沉的眼眸中閃爍著仇恨與恐懼交織的寒光。

任天翔對褚然示意道：「巴扎老爹好像以前聽到過那笛音，問問他是怎麼回事？」

褚然依言用吐蕃語向巴扎老爹發問，他卻充耳不聞，只抖著身子低聲禱告。直到那笛聲消失多時，他才慢慢直起身子，眾人這才發現他兩眼空茫，臉上已為冷汗濕透。

「方才那是什麼聲音？」褚然問，雖然那聲音聽起來像是笛音，但天底下沒有任何竹笛，能吹出如此陰鬱尖銳，如冤魂哭號一般的聲音。

「我……我不能說！」巴扎老爹上下牙依舊在「嗒嗒」作響，臉上有著發自靈魂深處的驚恐，望著虛空喃喃道，「這是一個警告，咱們再不能往前走，不然……不然……」

「不然會怎樣？」褚然追問道。

巴扎老爹憋了半晌，終於顫聲道：「不然咱們有可能就會變成那種笛子。」說完趕緊翻身跪倒，向著虛空連連磕頭禱告。

眾人聽到褚然翻譯的話後，都有些莫名其妙，實在想不通人怎麼可能變成笛子。褚然再問巴扎，他卻抖著身子縮在雪窟角落，眼裏滿是驚恐，再不願洩露半個字。

「阿彌陀佛！」蓮花生宣了聲佛號，輕嘆道，「你們不用再問，他是被旁門左道的巫術嚇破了膽，看來這一帶是巫術盛行之地，不過既然佛爺到來，終要讓佛光驅散這雪域高原上的所有魍魎和魔障。」說著他盤膝打坐，瞑目念起了令人昏昏欲睡的佛經。

說來也怪，眾人雖然聽不懂他在念些什麼，但在他那「哦嘛呢瑪呢吽」的念叨聲中，心神漸漸平靜，就連巴扎老爹也不再顫抖。

一夜無話，第二天一早，兩個崑崙奴推開堵在雪窟洞口的浮雪，但見外面陽光燦爛，暴風雪過後的天空纖塵不染，藍色的天幕深邃幽遠，令人心曠神怡。眾人鏟掉浮雪來到雪窟外，就見外面風和日麗，天高地遠，令人心曠神怡。

難得的好天氣令眾人神清氣爽，任天翔也覺得呼吸不再那麼急促艱難。他揚鞭指向風神口，振臂高呼：「出發！」

眾人牽起犛牛魚貫而行，慢慢翻過了旅途中最高的風神口。但見前方豁然開朗，無數山巒險峰俱在風神口之下，在極遠的天邊，隱約可以看到如茵的草原與天相接，恍若天上仙境，令人目醉神迷，無限嚮往。

眾人一聲歡呼，紛紛加快了步伐，下山比登山輕快了許多，不到半個時辰，風神口就已被遠遠甩在身後。但見前方山勢和緩，一路行來，比昨日輕鬆了不少。原本那種渾身乏力，呼吸困難的感覺在漸漸消失，大家皆覺神清氣爽，巫神的詛咒似乎正在離眾人而去。

任天翔已無需再由兩個崑崙奴背負，他與褚然緊跟在巴扎老爹身後，不顧大病初癒後的虛弱，大步走向前方那充滿希望的神秘國度。

巴扎老爹原本不敢再往前走，不過經褚然又是好言籠絡又是虛言恫嚇之後，總算勉強帶著商隊繼續前進，不過他的眼底，始終有一種發自靈魂深處的恐懼。

轉過一個山坳，任天翔突然看到不遠處稀疏的冰雪中，有團暗紅色的岩石突兀地立在那裏，顯得十分怪異。

這一路走來，他還從未見過如此鮮豔的岩石，正要向巴扎老爹請教，突聽這吐蕃老者一聲驚恐的尖叫，轉身就往回跑，卻被殿後的褚剛一把抓住。巴扎老爹拼命掙扎，眼裏寫滿了無盡的恐懼和驚嚇。兩個崑崙奴也緊緊靠在一起，手握刀柄在微微發抖。

任天翔顧不得理會巴扎老爹，好奇心驅使他緩緩走向那塊怪異的岩石。當他終於看清那團暗紅色的東西時，頓覺腹中一陣翻滾，差點將先前吃下的乾糧全給嘔了出來。他一動不動地瞪著那團東西，渾身不由自主在簌簌發抖。

那不是一塊紅色的岩石，而是一團血肉模糊的赤裸人體，鮮血早已凝固成冰，在那薄薄的冰血之下，是一條條繃緊的肌肉，縱橫交錯的血管，以及白森森的肋骨，它渾身上下竟然沒有一寸皮膚！在它身後，兩行殷紅足跡猶如鮮豔的路標，靜靜地指向遠方……

論佛

第四章

蓮花生頷首笑道：

「在我佛眼裏，人人皆有佛性，所以人人皆可成佛。

有第一個人堪破生死輪迴，達到涅槃之佛境，

他就是世間得真感覺的第一人，他就成了佛。

然後他把自己的悟和覺，灑向迷濛塵世，

如同星月把光輝灑向黑夜。」

眾人圍在那團血肉模糊、寸皮不剩的殭屍周圍，誰都沒有說話。剝了皮的動物有人可能見過，剝了皮的人大家卻都沒見到過，這讓人實在難以想像當時的血腥和慘烈。

褚然小心翼翼將殭屍翻了個身，仔細查看半晌，低聲嘆道：「確實是被剝了皮，不過奇怪的是，屍體上並沒有其他傷痕，這怎麼可能？除非他在剝皮前就已經死去，可這些血足印又是從何而來？」

「死人不會流血，他是在被剝皮以後，才一路逃到這裏。」蓮花生一掃先前的瘋癲，若有所思地望向兩行血足印的盡頭，神情凝重肅穆。

眾人想像著一個被剝去皮膚、渾身血肉模糊，猶在雪地中呼號奔逃的身影，不由激靈靈打了個寒顫。有人已轉過身去，伏在雪地上哇哇嘔吐。任天翔胸中也是一陣氣血翻滾，差點將先前的乾糧嘔出。

他別開頭，望向褚然問道：「天底下怎麼會有如此惡毒之人？剝皮也就罷了，卻還要讓人在無窮恐懼和極端痛苦中慢慢死去？」

褚然搖頭輕嘆道：「在吐蕃，除了少數貴族和平民工匠，絕大多數人是領主和頭人的奴隸，主人對奴隸有著生死予奪的權力。為了讓眾多奴隸乖乖聽話，主人會用各種殘酷的刑罰來懲處違法和逃跑的奴隸，像什麼挖眼、割舌、抽筋、砍手都是極普通的刑懲，更殘酷的還有剝皮、點天燈、開膛破腹等等不一而足。以前我聽人說起還不敢相信，沒想到咱們進入吐蕃遇到的第一個人，竟然就是剛被剝皮的殭屍，這只怕不是個好兆頭。」

任天翔見眾人臉上皆有恐懼之色，如果再不制止這種情緒的蔓延，只怕有人會打退堂鼓。他強壓心中的恐懼，勉強笑道：「也許這是個十惡不赦的罪犯，才被人處以極刑。咱們將它埋了吧，別耽誤咱們的行程。」

眾人在雪地中掘出一個坑，將那具血肉模糊的殭屍埋入坑中，這才繼續上路。此時所有人一掃先前翻越崑崙山後的欣喜，人人臉色凝重，步履匆匆。那具血肉模糊的殭屍，就像妖魅一般長久盤繞在眾人心頭，令人久久無法釋懷。

前方的積雪漸漸稀少，零星的野草頑強地在岩石和積雪中冒出頭來。商隊漸漸來到雪線之下，就見遠方山坳那稀疏的林木中，隱約顯出一角青瓦紅牆的古樸建築，孤零零立在崑崙山南麓的崇山峻嶺之中，頗像是避世隱居的仙家福地。

終於在這崇山峻嶺中看到人類的建築，眾人不由發出一聲歡呼，不約而同向那裏趕去。大夥兒已好幾日沒吃過一口熱飯，能到那裏討口熱湯喝，就是天大的美事了。

任天翔看那建築的樣式，有幾分像是廟宇，不由對蓮花生笑道：

「大師，只怕你當初的噩夢有些不準，在這偏遠的深山中竟然也有了佛家寺院，想必佛門弟子在吐蕃還是頗受優待。」

蓮花生皺眉遙望隱在山坳中的廟宇，微微搖頭道：「那看起來像是佛門寺院，但現在這時辰應該是午課的時候，它卻沒有半點鐘磬之聲，只怕不是真正的佛家寺院。」

「管它什麼寺廟，咱們去借宿一晚再走。」刀客兼夥計的趙猛笑道，「咱們已經好些天沒睡個好覺，就連熱湯也沒喝過一口，今晚終於可以舒舒服服睡個安穩覺了。」

眾人加快了步伐，漸漸走向那座半隱在林木中的廟宇，這時被褚剛挾持著的巴扎老爹突然掙扎起來，大喊大叫不願再往前走。他的眼神渙散血紅，精神似乎就要崩潰。

任天翔見狀停下腳步，對褚然道：「咱們還是分成兩撥，我與趙猛、周剛先去廟裏看看情況，你們和巴扎老爹暫時留在這裏。如果沒什麼問題你們再過來。」

褚然忙道：「這等小事，理應由咱們代勞，哪能要兄弟去冒險？再說，這裏除了巴扎老爹和蓮花生大師，就我還懂得吐蕃語，這事當然應該我去。」

任天翔想想也對，只得點頭叮囑道：「那你千萬要小心，萬一遇到危急情況，你要趕緊拉響信炮，咱們就立刻趕過去接應。」

褚然笑道：「兄弟多慮了，強盜是不會住到這人跡罕至的崇山峻嶺中，能安心住在這裏的，肯定是真正的修行隱士，他們沒有理由拒絕幫助咱們這些遠道而來的客人。兄弟在這裏歇著，我先前去看看，如果他們不反感有客人上門，我再叫你們過來。」說完也不等任天翔反對，褚然便帶上刀客趙猛，與眾人分手作別。

任天翔示意大家原地歇息，等候褚然回來。此時眾人已在崑崙山雪線以下，先前那種令人呼吸不暢的感覺已徹底消失，大家的體力和精神也都基本恢復。此時再看周圍山景，才發覺雲淡風輕，和風習習，白雪皚皚的山峰在陽光照射下，閃爍著炫目的七彩神光，令人恍若置身仙境。

眾人正在貪看美景，突聽遠處那寺院中陡然傳來一聲驚恐至極的尖叫，聽聲音像是出自褚然之口，不過那種發自靈魂深處的恐懼和驚駭，卻是眾人從未聽過。褚剛擔心族兄有事，急忙飛奔過去察看，眾人緊跟在褚剛之後，也都奔了過去。

任天翔跟著眾人匆匆來到那寺廟門口，就見褚然和趙猛面色慘白地迎了出來，二人嘴唇哆嗦，張口結舌不成語調。褚然指著身後的廟門，臉上驚恐猶未散去。

任天翔抬頭望去，就見小廟十分簡樸，門外廊柱上有幅木刻的對子，上聯：「真情禮佛，何必遠走他鄉？」下聯：「心有靈山，處處皆是勝景。」

任天翔又驚又喜，既驚於在此深山竟看到了熟悉的唐文，又喜於這幅對子的精雅別致，與以前見過的名剎古寺全然不同。不過這驚喜很快就被廟門內飄出的血腥味沖散，他上前兩步，小心翼翼地推開虛掩的廟門，頓覺濃烈的血腥之氣撲面而來，待看清廟中情形，腹中不由一陣翻江倒海，他急忙用衣袖捂住口鼻，將噁心欲吐的感覺強行壓制下去。

寺廟不大，進門是個小小的天井，只見天井中血色殷然，橫七豎八倒斃著幾具血肉模糊的殘屍，每一具殘屍渾身上下看不到一寸完好的皮肉，它們像先前眾人看到的那具屍體一樣，都被剝去了全身的人皮。

任天翔強忍噁心和恐懼一具具看過去，就見有殘屍還被割開了腿上肌肉，生生抽去了腿骨，有的更是被砍下了天靈蓋，屍體上殘留的那種血肉模糊的猙獰表情，令人不寒而慄。

他在廟中仔細檢視了一圈，這才慢慢退出廟門，對等在廟外的褚然低聲問：「你怎麼看？」

褚然面色煞白，搖頭澀聲道：「不知道。這事跟咱們沒半點關係，咱們還是趕緊離開這是非之地，千萬莫要在此耽擱停留。」

任天翔點點頭，最後看了看廟內情形，就見天井過去是大雄寶殿，殿中供奉著寶相莊嚴的釋迦牟尼佛，果然是一處佛門禪院。不過此刻佛像已被潑滿了血污，顯得十分詭異猙獰。

他正要招呼大家離開，就見蓮花生神情肅然從廟中出來，平靜道：「這是一處小乘佛教的寺院，寺中應該有四個僧人，這裏有三個，咱們先前在雪地中看到一個，他們都被剝去了人皮，其中一個還被取去了大腿骨和天靈蓋，死得慘不忍睹。」

任天翔皺眉問：「凶手會是什麼人？竟然如此狠毒，殺人也就罷了，還要剝皮抽筋？」

「凶手只怕不是一般人。」蓮花生輕嘆道，「你注意到地上那個大坑沒有？」

任天翔搖搖頭，任何人在突然看到那廟中情形時，肯定注意力都在那幾具血肉模糊的屍體上面，不會注意到其他東西，現在任天翔回想起來，那天井中果然有一個大坑，看周圍土質的濕潤，像是新近才挖掘。

「那個坑就是用來活剝人皮的坑。」蓮花生嘆道，「佛爺曾看過一些邪門外教的秘法典籍，其中就記載有如何活剝人皮，並用人皮製作法鼓的記載。據記載中描述，是先在地上掘坑，並將人直立埋入坑中，四周填土封好，僅留頭顱在外。然後割開頭頂皮膚，將水銀從頭頂皮膚與顱骨縫隙中灌進去，利用水銀無孔不入和重似金銀的特性，讓它一直滲透到人的腳下，一點點將人的肉體從皮中擠出。最後在地上留下一張完整無缺的人皮，那被脫去皮膚的血肉模糊肉體，據記載，最長會掙扎呼號三天才死。以前佛爺看到那記載，還只當是源自古人的虛構和妄想，沒想到今日竟真看到了剝皮留下的現場，實在是超出了常人最大膽的想像。」

任天翔強笑道：「這事跟咱們沒半點關係，咱們還是儘快離開這是非之地為好。」說著正要招呼眾人離開，就聽蓮花生輕嘆道：「只怕咱們現在已不能輕易離開了。」

話音剛落，就聽遠處隱約傳來低沉的號角和沉悶的鼓聲，悠悠揚揚似乎就在山下不遠。褚剛急忙登上高處張望了片刻，回頭對任天翔急道：「有不少人正向這裏走來，已經快到這山坳中了。」

褚然一聽急忙道：「大夥兒快走，千萬莫讓人誤會！」

就見山坳外已隱約現出飄揚的旗幡，正向這裏緩緩而來。任天翔示意大家少安勿躁，然後平靜如常道：「現在咱們要走，恐怕反而會引起別人誤會，再說咱們還帶著貨物牲口，走不遠也逃不掉，不如留在這裏靜觀其變。」

說話間，就見那一行人已經轉過樹林現出身形，領頭的是幾個身披黃色法袍、頭戴雞冠高帽的法師，緊隨其後的是身形彪悍、縱馬佩刀的吐蕃武士，在這陡峭的山林中，那些矮小健碩的吐蕃馬卻是如履平地一般的輕鬆。

眾人乍見任天翔一行，都十分意外和驚訝，幾個吐蕃武士縱馬圍了過來，領頭那黝黑彪壯的武士首領用吐蕃語在喝問著什麼，褚然連忙陪著笑臉上前兩步，用吐蕃語匆匆解釋。那武士首領聞言似乎有些將信將疑，一面示意手下將任天翔一行團團圍住，一面翻身下馬，與幾個身披法袍的法師一起進了廟門。

「咱們這下麻煩了。」趁著領頭那吐蕃武士離開的功夫，褚然匆匆向任天翔低聲解釋道，「這些人是特意來拜望在這裏隱居修行的一位禪師，看他們這排場和架勢，這位禪師在信眾心目中的地位只怕不低。」

話音剛落，就見先前那吐蕃武士已旋風般從廟中衝出，三兩步便來到褚然面前，拔刀架到褚然脖子上厲聲喝問。褚然結結巴巴正待解釋，就見任天翔坦然上前一步，對褚然道：「你告訴他，我才是領頭的，有什麼話可以問我。」

褚然連忙將任天翔的話翻譯成吐蕃語。那吐蕃武士將信將疑地打量了任天翔，然後才對褚然一連問了好幾句話。褚然回頭對任天翔翻譯道：「他問咱們是什麼人？怎麼會出現在這裏？無塵禪師和他的弟子是怎麼回事？誰幹的？」

任天翔對褚然從容道：「你告訴他，咱們是來自龜茲的商販，帶著象雄和吐蕃急需的貨物翻越崑崙山，只是想將這些貨物賣個好價錢。咱們比他們也就早到小半個時辰，我們來的時候，廟裏所有人都已經死了。咱們只是因意外才闖入這裏，這事跟咱們半點關係沒有。不過，咱們願盡最大的努力，協助他們找出凶手，還死難者一個公道。」

褚然將任天翔的話對武士首領翻譯了一遍，就見他一聲冷笑，回頭對幾個手下招了招手。幾個吐蕃武士蜂擁而上，正要將任天翔捆綁拿下，就見一旁寒光一閃，一直緊跟在任天翔身後的兩個崑崙奴已拔刀而出，擋在任天翔身前，揮刀逼退了幾個擁上來的吐蕃武士。

武士首領一聲怒喝，一刀劈向一名崑崙奴，另一名崑崙奴立刻揮刀斜斬，直劈武士首領手腕，逼得他不得不變招收刀。他心有不甘揮刀再上，與兩名崑崙奴鬥在了一處，轉眼間三人便交手數招，就見兩名崑崙奴配合默契，進退有度，那武士首領占不到絲毫便宜。

數十名吐蕃武士拔刀圍了上來，將任天翔一行團團圍困。褚剛和另外兩名刀客立刻拔刀在手，做好了廝殺的準備。

這時，就聽一名黃袍法師用吐蕃語嘰哩哇啦對眾人呵斥著什麼。褚然急忙對任天翔翻譯道：「他讓我們所有人立刻放下武器，跟他去見什麼殿下，不然殺無赦！」

任天翔聞言笑道：「你告訴他，咱們既不是殺人凶手又不是盜匪，沒理由要像犯人一樣束手就擒。我們可以跟他去見那個什麼殿下，但絕不會放下武器。」

見褚然有些遲疑，任天翔笑道：「你不用擔心，咱們是凶案現場第一批目擊者，而他們只是那個什麼殿下的前哨和探馬，還不敢做主將咱們不加審訊就處決。」

褚然這才將任天翔的話對那黃袍法師翻譯了一遍。

那法師沒料到任天翔會如此難纏，冷著臉沉吟片刻，最後一揮手，吐蕃武士紛紛退後，給任天翔一行讓出了一條路。那法師翻身上馬，對任天翔一招手，示意眾人跟上來。

任天翔對眾人低聲道：「咱們跟他去見那個什麼殿下，大家保持警惕和克制，不到萬不得已不要動粗。」

一行人被數十名吐蕃武士虎視眈眈地包圍、監視著，徐徐向山下而行。

穿過一個兩山相夾的山谷，就見前方豁然開朗，半山腰出現了一大片綠草如茵的河谷，崑崙山上融化的雪水在這裏聚集成河，像銀帶一樣徐徐飄向遠方。

在河谷中，十多座營帳像是五彩斑斕的巨大蘑菇，在陽光下閃爍著耀眼的光芒。營帳前有高高飄揚的旌旗，旌旗上繡著展翅飛翔的雄鷹。

看到那旌旗上的飛鷹，褚然臉上微微變色，忙對任天翔低聲道：「鷹在吐蕃人心目中是神鳥，只有王族才能以牠作為徽記，看來那個什麼殿下來歷還真是不小。」

任天翔若無其事地道：「那殿下該不會是象雄王的兒子吧？那就實在再好不過。咱們要打通從于闐經崑崙山到象雄的商道，就必須要取得象雄王的首肯和支持，我原本還在為如何見到象雄王犯難，現在豈不是正好？」

任天翔表面輕鬆，心裏卻有些忐忑，雖然他心中原本早有一套面見和打動象雄王的計畫，但現在這種情形卻是在他的計畫之外，他甚至對將要見到的「殿下」是個什麼樣的人，有什麼喜好和忌諱，也完全沒有一點概念，只能在心中做好隨機應變的準備。

有武士縱馬先行去大帳稟報，片刻後就見數百名吐蕃武士在最中央那座大帳外持刀列隊。高原的烈風捲動著他們飄揚的亂髮，使他們看起來顯得越發狂野粗獷。

任天翔一行除了留下來照看犛牛的兩個刀客兼夥計，其他所有人都被帶到那座大帳前。有吐蕃武士在大聲呵斥，雖然任天翔聽不懂對方的話，卻也知道是要他們先解下武器。

「告訴他們，咱們是尋常商旅，不是盜匪。」任天翔對褚然平靜吩咐道，「除非咱們知道那位殿下的身分，不然絕不會解下武器。若要用強，唯有一戰而已。」

褚然擦著滿臉油汗，低聲道：「公子，萬一激怒了他們……」

任天翔微微一笑：「放心，在沒有見到那位殿下之前，他們不會輕易動手。」

任天翔的沉著讓褚然稍稍安心，連忙照他的吩咐將他的意思告訴了那吐蕃武士。周圍的武士頓時群情激奮，拔刀圍了上來，將任天翔幾人團團圍在中央。在潮水般擁上來的吐蕃武士面前，幾個人就像是被狼群圍困的羔羊一般渺小。

無須任天翔吩咐，褚剛和兩個崑崙奴都手執兵刃，做好了拼死一搏的準備。就在這時，只聽大帳中一聲呵斥，但眾武士頓時停止呼喝，紛紛後退肅立。

只見帳簾掀起，一名吐蕃少年在兩名武士護衛下緩步而出。

那少年看模樣僅有十三、四歲，卻已如成年人一般高矮，黑裏透紅的面龐英氣逼人，劍眉下那雙修長鳳目，透著一種與生俱來的自信和雍容，加上他那一身綴滿金銀珠寶的華貴服飾，任誰也能猜到，這就是那些吐蕃武士口中的「殿下」。

那少年先用吐蕃語斥退眾武士，跟著又用流利的唐語問任天翔一行：「你們是漢人？」

任天翔有些驚訝於那少年流利的唐語，甚至還帶有一絲長安口音，他忙拱手為禮：「在下是長安人，見過殿下。」

少年眼中閃過一絲驚喜：「你是長安人？不知如何稱呼？」

任天翔笑道：「在下任天翔，從小在長安長大，如今則行走西域，做點小本買賣。恕在下冒昧，斗膽請教殿下的名諱？」

「我叫赤松德贊，雖是吐蕃王子，生母卻是道道地地的長安人。」少年笑道。

任天翔心思一轉，驚訝道：「莫非令堂便是當年遠嫁吐蕃贊普赤德祖丹的金城公主？」

少年微笑頷首：「正是。」

任天翔又驚又喜，連忙屈膝一拜：「不知殿下便是金城公主的兒子，在下方才多有簡慢，還望殿下恕罪。」

赤松德贊不悅問道：「你不拜吐蕃王子，卻拜大唐公主之子，這是為何？」

任天翔懇切道：「雖然金城公主當年遠嫁吐蕃，我還只是個剛懂事的孩子，但從長輩口中，也知道公主殿下是為了百姓的安寧和親吐蕃，每一個大唐百姓都該感激公主的恩德。殿下既然是金城公主之子，在大唐百姓心目中，就如同公主本人一般值得咱們感恩和尊敬。」

赤松德贊冷厲的眼眸中閃過一絲感動，微微頷首道：「想不到母親去世多年，你們還記著她的好處。」

任天翔渾身一顫：「公主殿下已經去世？」

赤松德贊黯然頷首道：「母親已去世三年有餘，因吐蕃與大唐近年來一直處於敵對狀態，消息幾乎完全閉塞，所以咱們還未將這噩耗上告大唐皇帝。」

任天翔仰天長嘆：「沒想到金城公主菩薩心腸，卻不得高壽，實在令人惋惜悲慟。而今大唐與吐蕃竟成敵國，公主殿下在天有靈，只怕也會傷心失望。」

赤松德贊一聲冷哼：「大唐與吐蕃反目成仇，責任也未必就在我邦。貴國自恃國力強盛，不將我吐蕃放在眼裏，咱們難道還要甘心做大唐藩屬？」

任天翔搖頭嘆道：「國家大事，非我一個平民百姓可以非議和左右。在下對吐蕃並無半點成見和敵視，所以才冒險帶著貨物翻越崑崙，既想去祭拜文成、金城兩位公主，也是想與吐蕃互通有無。」

赤松德贊看了看遠處的商隊，冷笑道：「你還真是敢於冒險，幸虧你們先遇到的是我，若是先遇到黑教弟子，只怕連怎麼死的都不知道。」

任天翔嚇了一跳，忙拱手請教：「咱們只是普通商人，歷盡艱辛為吐蕃帶來急需的茶葉、絲綢等貨物，那黑教弟子再怎麼蠻橫，總不至於為難對吐蕃有所幫助的客商吧？」

赤松德贊嘿嘿冷笑道：「黑教弟子敵視一切外族，何況你們還是與吐蕃敵對的唐人。不過，遇到我是你們的幸運，好歹我也算半個唐人，不會留難你們。帶著你們的貨物哪裡來就回哪裡去吧，以後莫再到處瞎闖。」

任天翔雖然心中暗叫僥倖，但卻不會輕易就放棄。他眼珠一轉，正色道：

「多謝殿下不加留難，不過咱們既然已到吐蕃，怎麼也得去拜祭百姓心目中的活菩薩金城公主和文成公主。殿下既然不忘自己的大唐血統，定會予我這個方便。那黑教弟子再不講理，總不會留難殿下的客人吧。」

赤松德贊似乎有些猶豫，正沉吟不語，一旁一個法師在他耳邊小聲嘀咕了幾句什麼。他面色微變，用吐蕃語對眾武士草草吩咐了幾句，然後翻身上馬，縱馬往山上疾馳而去。

任天翔心知他是要親自去看兇殺現場，不知回來後會對自己怎樣，見周圍吐蕃武士虎視眈眈，他心中忐忑，忙小聲問褚然：「黑教是什麼？」

褚然茫然搖頭，他身後的蓮花生接口道：「黑教是吐蕃苯教中的一支，吐蕃苯教分為黑教、白教和花教，其中以黑苯教徒行事最為詭秘莫測。莫說是外人，就是不少吐蕃貴族對黑教上師也是心存畏懼。」

任天翔驚訝道：「大師對佛教以外的教派也有研究？」

蓮花生微微嘆道：「苯教是吐蕃國教，佛爺既然要將佛光送到這雪域高原，豈能對它沒有瞭解？黑教弟子堅守苯教最原始的教規，敵視一切異教，他們在苯教中雖然人數最少，但勢力卻是最大，就連吐蕃王室也要讓它三分。」

說話間，就見赤松德贊已縱馬而回，他臉色鐵青，血紅的眼眸中充滿了怒火。他已無心理會任天翔一行，一言不發鑽入大帳，片刻後，就見一名老者從大帳中出來，對任天翔道：「殿下知道無塵禪師的慘死跟你們沒有關係，不過他已無心待客，你們還是原路回去吧。」

任天翔聽對方說一口流利的唐語，雖然身著吐蕃服飾，但看模樣卻顯然更像是唐人。他心中一動，忙問：「聽口音老先生像是長安人吧？不知怎麼稱呼？」

老者眼中閃過一絲傷感，微微頷首道：「老朽原本姓張，名福喜，後蒙中宗皇帝賜姓李。多年前作為金城公主的陪侍離開長安來到吐蕃，這一走就是將近二十年，也不知長安這些年來有何變化？家中親人可還安好？」

「您老果然是長安人！還是當年隨金城公主遠嫁吐蕃的侍從?!」任天翔又驚又喜，連忙拱手道，「長安城變化不大，只是比過去更加繁華。不知先生家中還有什麼親人？若信得過任某，我願為先生帶封家書，給長安的親人報個平安也好。」

老者神情似有所動，遲疑片刻，他低聲道：「那就有勞公子了，你稍待片刻，待我稟明殿下，容你們在此歇息一晚，等我寫好家書，明日一早再送你們回去。」

任天翔點點頭，指指老者身後的大帳，悄聲問：「殿下心情似乎很不好？」

李福喜微微嘆道：「殿下這次千里迢迢來到崑崙，原本是要拜請在此隱居修行的無塵禪師，去吐蕃首邑邏些城弘揚佛法，誰知卻發生了這等變故。有人不僅要阻止殿下敬佛，還要以血腥和殺戮來恐嚇殿下，難怪殿下憤怒了。」

任天翔有些不解，低聲問：「吐蕃人不是崇信苯教麼？殿下怎麼會千里迢迢來拜請一位佛門禪師？」

李福喜對任天翔代傳家書的承諾十分感激，加上對方就要離開吐蕃，也就無所顧忌，低聲道：「苯教在吐蕃勢力極大，已隱然威脅到王室的地位。尤其是苯教中的黑教，更是利用信眾的愚昧，欲凌駕於王權之上。殿下從小受母親薰陶，一直信奉佛教，尤其對先祖松贊干布將佛教引入吐蕃，為吐蕃帶來幾十年的強盛嚮往不已。殿下有心扶持佛教以箝制黑教，可惜在吐蕃國內，佛門弟子受黑教排擠迫害，不是遠避他鄉，就是蓄髮還俗。即便還有修行的佛徒，卻也因為修為不夠，不足以與黑教上師抗衡。所以殿下這才千里迢迢到崑崙山中拜請在此隱居修行的無塵禪師，誰想到這反而害了這位碩果僅存的佛門高僧！」

任天翔聞言心中一動，不由回頭望向身後數丈外的蓮花生，想了想卻又失望搖頭。

蓮花生突然抬頭對他微微一笑，淡淡道：「佛爺知道你心裏在想什麼，佛爺也正有此意。」

任天翔有些意外：「你怎知我在想什麼？」

蓮花生微微笑道：「佛爺若連這點神通都沒有，豈敢孤身來吐蕃弘揚佛法？只可惜你見佛爺這骯髒模樣，實在不像是佛門高僧大德。你卻不知我佛有三千化身，可隨遇而變，以點化眾生。」

任天翔十分驚訝，他方才與李福喜小聲對話，因涉及吐蕃政教隱秘，所以特意避開了眾人，蓮花生離二人足有三丈遠，實在不該能聽到。不過，要他相信蓮花生真有順風耳的神通，還不如讓他相信對方身懷精深內功，聽力比常人敏銳百倍。他想了想，笑道：「大師若真是我佛轉世，就請變個讓人肅然起敬的佛門高僧模樣吧。」

「這還不簡單？」蓮花生說著，轉向李福喜稽首道，「請借佛爺一件僧袍和一把快刀。」

蓮花生的話似乎有種不容拒絕的魔力，李福喜略一遲疑，連忙吩咐一名武士去取僧袍和快刀。那武士應聲而去，不一會兒，就捧來了準備獻給無塵禪師的嶄新僧袍，連同自己腰間的匕首一起捧到蓮花生面前。

蓮花生也不客氣，接過匕首、僧袍轉身便走，來到河邊將自己脫了個精光，然後將僧袍放在岸邊，手執匕首縱身跳入了河中。

有武士在失口輕呼，河裏是崑崙雪山上溶化流下的雪水，冷逾冰雪。常人用它洗洗手都覺得森寒刺骨，沒想到有人竟敢跳入河中洗澡。

片刻後，蓮花生從水中冒出頭來，就見他那寸長的短髮和亂糟糟的鬍鬚已不見了蹤影，光溜溜的腦袋像個新剝的雞蛋。

在眾人驚詫的目光注視下，他赤條條跳上岸來，仔細將新的僧袍穿上，將匕首還給那目瞪口呆的武士，然後緩步來到李福喜面前，雙手合什一禮：

「請施主替貧僧通報殿下，就說泥婆羅蓮花生求見。」

任天翔見他不過剃掉鬍鬚和新生的短髮，換了身乾淨僧袍，卻像是徹底變了個人，於肅穆威嚴中隱含佛門慈悲，隱然如傳說中的佛子威嚴法相。

尤其他剛從冰涼的雪水中出來，渾身上下卻不見一絲水漬，更沒有半點哆嗦和顫抖，令人不由懷疑他是否真有莫大神通。

李福喜似乎也為他這片刻間的變化震撼，忙道：「大師請稍待，老朽這就替你通傳。」

待李福喜進帳通報的當兒，任天翔忍不住小聲問：「大師，你、你真是蓮花生？」

蓮花生微微一笑：「名字不過是個記號，貧僧究竟是誰，卻已經忘了。」

說話間就見李福喜撩帳而出，對蓮花生示意道：「殿下有請蓮花生大師！」

蓮花生正待舉步，突見一旁白影一閃，一個身材矮小瘦削的老法師已攔住去路。那法師看起來只怕已有七旬年紀，滿臉的皺紋刻滿了高原烈風留下的滄桑，白多黑少的眸子中隱然有精光閃爍，全然不像是年逾古稀的衰老之人。

李福喜對那白袍法師似乎頗為忌憚，竟不敢斥責他阻攔殿下的客人，反而尷尬地向蓮花生介紹道：「這位是白教桑多瑪上師，也是殿下的苯教師傅，二位大師都是有道之人，以後定可相互印證兩派教義。」

蓮花生稽首一笑：「原來是白教桑多瑪上師，幸會幸會。」

桑多瑪木無表情，用流利的唐語道：「殿下雖然敬佛，卻也不是任誰都可以裝成佛門高僧欺哄。大師既然扮成是佛門高僧，可給本師講講，佛是什麼？」

蓮花生淡然笑道：「佛就是人，人就是佛。」

桑多瑪嘴角閃過一絲譏笑：「佛就是人可以理解，因為釋迦牟尼與苯教辛饒米沃祖師皆是肉身成神。但人就是佛何解？莫非本師也是佛？」

蓮花生頷首笑道：「在我佛眼裏，人人皆有佛性，所以人人皆可成佛。世間事不是天定，而是人修；有第一個人堪破生死輪迴，達到涅槃之佛境，他就是世間得真感覺的第一人，他就成了佛。然後他把自己的悟和覺，灑向迷濛塵世，如同星月把光輝灑向黑夜。

「佛不是世間至高無上者，他不能代替天代替宇宙；他只是在世間給我們指路的燈。他的能和我們一樣，但他的悟，他先於我們的達到，讓他不再輪迴。所以他就成了一個先於我們到達彼岸，給我們唱響梵歌的先知。

「他不能代替我們種田，也不會給我們恩惠，反而是需要我們的施捨。他和我們一樣，有一個孱弱的身子，他只是利用世間這具皮囊，尋找他的精神。他在大千世界，在茫茫人海裏尋找，他不是要找回個性的自我，而是要找到可以容納所有人，所有人性的大我。

「所以他能給魔機會，只要放下屠刀，魔也可成佛；他給一切生靈機會，有心向佛，花鳥魚蟲也可成羅漢。人不是從佛性中來，但要到佛性中去，所以佛就是你，佛也就是我。」

眾人皆是第一次聽到這種對佛的理解，都覺得眼前一亮，但跟著卻又陷入更深的黑暗。就如同夏夜裏閃電過後，留下的是一個更加混沌的世界。

桑多瑪沉吟良久，又問：「饒是你說得天花亂墜，請問佛在哪裡？能否現身讓本師看看？人又為何要成佛？為何要追求那虛無縹緲的涅槃之境？」

蓮花生微微笑道：「因為人生有七苦，生、老、病、死、怨憎會、愛別離、求不得。無論帝王將相，還是販夫走卒，皆無法逃脫。其實人生何止這七苦，只是這七苦乃是人人皆無法逃脫的宿命罷。釋尊雖出身天下第一等富貴門第，卻也逃不脫這人生七苦。所以他自覺從高處走下來，到塵世最暗處放逐自己，最苦處停留自己；世間百般滋味，釋尊嘗了一遍又一遍。苦能弒人、惡人、毀人，如同地獄之火。釋尊卻於苦中得生，最後於菩提樹下，證得大智慧，大解脫，大覺成佛。

「佛知而後行，行而後覺，再反哺於世人。佛誓云：如能渡盡世人，我之功業；如能渡盡世人如我，我之大功業！盲目信佛者，將釋尊敬如帝王，釋尊若要做帝王，不必等到現在。釋尊是要所有人都放下心靈的枷鎖，讓每一個靈魂都成為自己的帝王。在最苦難的時候，佛與你同體，在最幸福的時候，佛也與你同在。

「我們的崇拜不能增加他的榮光，我們的詆毀也無損於他的功業。我們在懷疑中背身而去後，他還在某地對我們慈悲而笑。佛不是一個存在，而是處處存在；佛不在你眼裏，只有心靈才能看到；佛也不會圖你一個承認，就向你顯靈。但他會在你最苦難的時候，伸出他那溫暖的手。」說到這，蓮花生微微一頓，淡淡笑道，「你若再問佛是什麼，貧僧也茫然不知。」

黑教

第五章

幾乎同時，桑多瑪一掌如泰山壓頂，
擊向蓮花生頭頂，卻被對方翻起的右掌堪堪接住。
桑多瑪借力從蓮花生頭頂一翻而過，落在了數丈開外。
他徐徐回過頭，眼裏神情凝重肅然，
顯然沒想到竟有人盤膝打坐，也能擋住自己閃電一擊。

「說得好！」帳中傳來一聲喝彩，就見赤松德贊已撩帳而出，鼓掌讚道：「大師一席話，令我茅塞頓開，恍然有佛門禪宗頓悟之感。我這次遠行雖未能請到無塵禪師，但聽了蓮花生大師妙語說佛，也算是不虛此行。」

「殿下過譽了，貧僧妄談我佛，實乃無奈之舉。真正的佛理其實只能意會，無法言傳。」蓮花生面帶微笑，稽首為禮。

桑多瑪一聲冷笑：「既然佛理無法言傳，那世間汗牛充棟的佛經，豈不是都該燒掉？」

蓮花生笑道：「佛經是指路明燈，但卻並不是道路本身。要想真正越過苦海到達彼岸，還得靠自己身體力行。不過在到達彼岸的道路上，有燈總是好過無燈。」

桑多瑪還想反駁，赤松德贊已笑著擺手道：

「好了好了，兩位大師都各有高論，若是這樣辯下去，只怕三天三夜都不會有結果。不如蓮花生大師隨我回邏些城，在大昭寺中開壇說法，與苯教上師各顯其能，相互印證切磋兩教教理，以決高下優劣。」

蓮花生頷首笑道：「貧僧正有此意，難得殿下給貧僧這個機會，那是佛門之幸。」

桑多瑪冷哼了一聲，對赤松德贊合十為禮道：「殿下，佛門弟子雖然口舌如簧，卻大都是些巧言令色之輩。要想在吐蕃開壇傳教，沒有點神通怎麼能成？本師有心以苯教秘技試試蓮花生佛經之外的修為，請殿下恩准。」

赤松德贊遲疑道：「上師有白教第一神通之稱，就連黑教上師摩達索羅也不敢小覷。蓮花生大師雖然是佛門高僧，但論到神通修為，只怕未必是上師對手，我看兩位上師不比也罷。」

蓮花生笑道：「殿下不必為貧僧擔心。雖然我佛不以個人的神通為重，但佛門弟子為了抵禦外魔的侵擾，也難免要修習一些佛門末技。貧僧願以佛門密宗微末技藝，與桑多瑪上師印證切磋。」

赤松德贊聽蓮花生這樣一說，加上他少年人的心性，自然也就不再阻攔，頷首道：「好！你們就在此印證各自的神通，不過希望兩位上師還是點到為止，莫傷和氣。」

眾武士見德高望重的桑多瑪上師，竟然要親自出手與蓮花生切磋印證，紛紛鼓噪歡呼起來。苯教原是吐蕃國教，苯教上師在信眾的心目中猶如神靈的化身，能親眼目睹有白教第一神通之稱的桑多瑪出手，自然是可遇而不可求的幸事。

桑多瑪似乎也從先前蓮花生雪水中沐浴的驚人之舉，看出對方身懷佛門大神通。周圍雖有無數武士歡呼助陣，他卻不敢有絲毫大意。正待調息凝神，突見身後有個身材異常高大魁梧的弟子越眾而出，稽首道：

「師尊在上，這等小事何勞師尊親自出手，請容弟子達龍代勞。」

桑多瑪雖然在用各種方法試探蓮花生，卻一直沒能看透對方的修為深淺，心裏始終沒底。今見大弟子達龍主動請戰，正遂其意。他略一沉吟，對蓮花生微微笑道：

「我這弟子從小苦修白教外門硬功，素有降龍伏虎之力，不知大師可否讓他代本師出手，試試你的佛門神通？」

蓮花生微微笑道：「當然沒問題。」

桑多瑪心中暗喜，以弟子代為出手，輸了也無損於自己的顏面。他回頭對那弟子頷首叮囑：「蓮花生是殿下客人，出手之際萬不可傷了大師性命。」言下之意便是怎麼羞辱都可以。

「弟子心裏有數。」達龍微微一笑，看來已完全領會了桑多瑪的意思。他緩步來到蓮花生面前，傲然一禮，「桑多瑪上師座下弟子達龍，請蓮花生大師指點。」

「等等！」二人正待動手，突聽有人一聲高喝，眾人循聲望去，就見任天翔越眾而出，對蓮花生笑道，「大師，既然桑多瑪上師以弟子代勞，大師自然也該叫弟子出手才對，不然就有以長欺幼之嫌。」

見蓮花生有些茫然，任天翔回頭對褚剛使了個眼色，笑道：「褚兄得蓮花生大師傳《龍象般若功》，也算是大師半個弟子，自然要替大師出手。」

褚剛雖然木訥寡言，卻並不愚魯，立刻越眾而出，大聲道：「不錯！大師何等身分，豈會與閒人動手？在下願以大師所傳之《龍象般若功》，領教白教高徒降龍伏虎的外門硬功。」說著大步來到達龍面前，將蓮花生擋在了自己身後。

任天翔所說的蓮花生傳褚剛《龍象般若功》，原本是另外一層意思，其實二人並無半點師徒之實，只是外人哪裡得知？

達龍望向桑多瑪，見師父微微頷首，他便對褚剛傲然道：「既然你要替那和尚挨揍，我成全你！」說著雙臂一振，猶如餓虎下山般逼了過來。

褚剛身材也算高大魁梧，但比起身形巨大的達龍來，還是矮了半個頭。只見達龍張臂便去摟褚剛的脖子，出手之際猶如猛虎撲兔。褚剛開碑裂石的大力金剛掌，擊在達龍厚實多肉、堅逾鋼鐵的胸膛上，對方僅咧了咧嘴，又嗷叫著撲了上來。褚剛一個癩驢打滾狼狽地逃開，一向引以為傲的大力金剛掌，對身負類似金鐘罩一類橫練功夫的達龍，竟然沒有多大威脅，褚剛臉上不禁微微變色。

二人交手數招，褚剛竟只能仗著身形的靈活左避右逃，不敢與蠻力驚人的達龍硬拼。

周圍的吐蕃武士轟然大笑，七嘴八舌的呵斥著什麼，褚剛雖然聽不懂，卻也猜到他們是在斥責自己避而不戰，是個膽小如鼠的懦夫。這令褚剛越發急躁，幾次冒險反擊，卻都被達龍一身蠻力加不懼拳腳的外門硬功化解。

就在褚剛左避右閃狼狽抵抗之際，突聽蓮花生徐徐念道：

「人身之力，不外有二，發於腰肋現於手足，是為外；發於丹田走於經脈，是為內。以外引內，力可倍增，以內馭外，可敵龍象……」

褚剛聽這話有些耳熟，猛然醒悟，這正是《龍象般若功》中的詞句。他心中一動，醒悟到這是蓮花生在指點自己，以龍象般若破達龍的蠻力和外門硬功。雖然他修習此功時日尚短，但因《龍象般若功》源自釋門，與褚剛以前練的武功也有些淵源，因此他已有點根基。如今危急之際，經蓮花生梵音指點，頓有瞬間開悟之感。當下收勒心神，照著《龍象般若功》中記載的運功之法，代替了從小修習的大力金剛掌。

「運力之道，以內馭外，氣走八脈，瑜珈可成……」隨著蓮花生誦經一般的喃喃念叨，褚剛掌勢一變，或飄忽輕盈，或重逾泰山，似虛似實，令達龍無法再提前預判，以運功抵擋。一連被褚剛擊中軟肋，身形步伐漸漸混亂。

桑多瑪見弟子陷入被動，顯然是與蓮花生的低語指點有關。他突然大聲誦念起苯教經文，以期壓過蓮花生的聲音。不過蓮花生的梵音聽著雖低，卻似有穿牆裂石之力，在桑多瑪刺耳的嘯叫聲中，依舊清晰可辨。

褚剛早已將《龍象般若功》的口訣牢記於心，此時經蓮花生略加指點，漸漸領悟其中妙處。雖還只是初窺門徑，卻已不是全靠蠻力和外門硬功的達龍可以抵擋。數招之後，就聽褚剛一聲長嘯，原本輕靈飄忽的雙掌突然變虛為實，將達龍擊得倒飛數丈，口中有血絲隱然滲出，顯然是被擊傷了內腹。

桑多瑪連忙示意弟子將達龍扶下察看傷勢。褚剛雖然勝出，卻也累得手足痠軟，幾乎虛脫。他連忙回頭對蓮花生一拜：「多謝大師指點，不然今日弟子便要給你老丟醜了。」二人本無師徒之實，不過經方才這一戰，褚剛再稱蓮花生為師，就算是名符其實了。

「善哉！善哉！」蓮花生宣了聲佛號，嘆道，「龍象般若乃是佛門慈悲神通，豈可輕易傷人？看來你還未領會其中精妙啊！」

褚剛連忙拜道：「大師所言極是，弟子今後還需向大師多多請教。」

二人正在客氣，一個身材高瘦的苯教法師已憤然而出，遙指蓮花生喝道：「在下桑多瑪上師座下弟子巫豹，想領教你這位弟子的佛門神通。」

「等等等等！」任天翔急忙越眾而出，對桑多瑪道：「不知上師這次帶了多少弟子出門？」

桑多瑪疑惑道：「八人？怎麼了？」

任天翔釋然笑道：「幸虧上師只帶來八個弟子，如果是帶了八百個弟子出門，一個個都要爭著向蓮花生大師請教，我看他這輩子不用幹別的，就專門替你教徒弟都怕忙不過來。」

桑多瑪老臉一紅，沉聲道：「你放心，本師不會以車輪戰倚多為勝。方才劣徒已領教蓮花生大師高足的神通，現在自該由本師親自向蓮花生大師請教。」說著上前兩步，對蓮花生做了個「請」的手勢。

「這還差不多。」任天翔笑著退後幾步，「兩位都是各自教派的傑出代表，你們二位印證切磋，倒也符合彼此的身分。不過，輸了的一方千萬莫惱羞成怒，率門下弟子報復啊！」

桑多瑪一聲冷哼：「你把本師看成了什麼人？本師今日若敗在蓮花生手下，今後我白教門下弟子見到蓮花生便都退避三舍。不過，本師若僥倖贏了大師，不知大師又怎麼說？」

蓮花生微微笑道：「貧僧若敗在上師手下，立刻就離開吐蕃，絕不再踏足吐蕃半步。」

若貧僧能保持不敗，只想與上師相互交流學習雙方教派所長，以避其短。」

「好！一言為定！」桑多瑪立刻與蓮花生擊掌為約，然後退開兩步，雙手合於胸前，做好了動手的準備。

蓮花生微微一笑，徐徐盤膝坐下，雙目微闔，竟雙手合十瞑目打坐。這不光令桑多瑪愕然，就連任天翔等人也莫名其妙，都在心中暗問：難道他竟然要靠念經來禦敵?!

就在眾人驚詫的目光中，桑多瑪已一聲輕斥，飛起一腳直踢蓮花生面門。只聽蓮花生嘴裏輕喝：「呔！」左掌平推而出，擋住了桑多瑪飛來的一踢。

幾乎同時，桑多瑪一掌如泰山壓頂，擊向蓮花生頭頂，卻被對方翻起的右掌堪堪接住。桑多瑪借力從蓮花生頭頂一翻而過，落在了數丈開外。他徐徐回過頭，眼裏神情凝重肅然，顯然沒想到竟有人盤膝打坐，也能擋住自己閃電一擊。

桑多瑪略一調息，突然飛腿踢向蓮花生後心。就見蓮花生腦後似乎也長有眼睛，雙臂以不可思議的角度扭曲到身後，倏然抓住了桑多瑪飛來的腳腕。

由於他出手的角度實在太過匪夷所思，雙臂扭曲的角度完全反轉了肩肘關節。桑多瑪猝不及防，腳腕竟被抓了個正著。跟著蓮花生順其使力的方向往旁一帶，就見桑多瑪踉蹌衝出數步，拼盡全力才勉強站穩。他驚駭莫名地回過頭，失聲問：

「這是什麼神通？」

「這是天竺瑜珈與中原佛門武功的巧妙結合。」蓮花生微微笑道，「是由大唐高僧玄奘大師所創，貧僧將它稱為《龍象般若功》。」

桑多瑪一聲冷哼，徐徐道：「果然有些名堂，值得本師請鬼神上身助陣。」說著雙手合十，望天瞑目念起了含混不清的咒語，片刻後，就見他兩眼翻白，渾身如篩糠一般抽搐顫抖，神情狀若癲狂，真如有鬼神上身一般猙獰可怖。

「上師在請鬼神附體！」無數吐蕃武士在低聲輕呼，紛紛拜倒在地，人人皆是誠惶誠恐。

這時，突見桑多瑪身形一晃，如鬼魅般撲向蓮花生，其迅疾無匹的身法，果然已不類真人。

「咄！」蓮花生一聲輕斥，手捏手印平推而出。桑多瑪鬼魅般的身影似被無形之牆所阻，被迫退開了幾步。他一聲厲嘯，心有不甘繼續閃電撲上去，但每次都被蓮花生大巧若拙的手印推開。

在數次出手無果之後，桑多瑪突然退開幾步，如惡鬼半伏於地，跟著一聲銳嘯，身形如箭一般射向蓮花生胸膛，由於速度太快，旁人已看不清他的身形和出手。

「呿！」隨著蓮花生的輕喝，二人身形交錯而過。蓮花生已不能保持趺坐的姿勢，不得不改成了站姿。而數丈外的桑多瑪卻是神情慘然，半晌方徐徐回頭過，澀聲問：「這是什麼神通？竟能令鬼神也無法迫近半步？」

「是佛門密宗大手印，專鎮各種妖邪。」蓮花生微微笑道，「上師若有心要學，貧僧可以傳你。貧僧對你請鬼附身的神通也很感興趣，希望能與上師相互交流學習。」

桑多瑪緊盯著蓮花生的眼眸，臉上漸漸泛起心領神會的微笑。對蓮花生合什一拜，他垂首道：「大師果然是佛門有道高僧，能與大師印證切磋，是本師的榮幸。」

二人相視一笑，頗有相見恨晚之感。一旁觀戰的赤松德贊長鬆了口氣，對二人笑道：「兩位大師一位是我的貴客，一位是我的苯教師傅，今能相互學習交流，攜手合作，實乃我吐蕃之幸。」說著對隨從一聲高喝，「設宴，我要宴請兩位大師！」

一旁觀戰的眾人都有些莫名其妙，不知方才二人究竟誰勝誰負？任天翔雖然不懂武功，但從二人的神情卻已猜到了結果。顯然蓮花生比桑多瑪技高一籌，不過為了籠絡這位白教上師，蓮花生不僅不提方才的勝負，還在眾人面前給桑多瑪留足了面子。桑多瑪感激其寬宏大量，自然不好再刁難蓮花生。

見褚然等人都在低聲打聽方才賭鬥的輸贏勝負，任天翔對眾人笑道：

「大家不要再問輸贏勝負了，蓮花生大師不勝而令人折服，與不戰而屈人之兵的兵法最高境界，實有異曲同工之妙。咱們跟著大師沾光，說不定事情還有轉機。」

褚然恍然大悟，褚剛等人卻依舊還有些疑惑。

這時，吐蕃武士已在空地中升起了幾堆篝火，將隨軍帶來的牛羊肉架到了篝火之上。那濃烈的香味，很快就在四周飄散開來。

赤松德贊親自宴請蓮花生，並由桑多瑪和李福喜等高級幕僚作陪。任天翔等人則由幾個吐蕃武士款待，雙方雖然語言半通不通，但吐蕃人生性豪邁，加上有烈酒做媒，沒多久便與褚剛等人勾肩搭背，親如一家。

歡宴從黃昏直到深夜，任天翔雖然在應付著吐蕃武士的敬酒，心思卻在遠處赤松德贊那邊。就見蓮花生雖然不沾腥葷，卻也以茶做陪。而少年老成的赤松德贊一直神情凝重，雖在與蓮花生和桑多瑪等人飲宴，眉宇間卻始終有一絲抹不去的憂色。酒宴未及半酣，便與蓮花生和桑多瑪躲進了大帳，帳外甚至留有幾個精悍的吐蕃武士守衛。

月上中天之時，歡宴終於在不知不覺中結束。篝火只剩餘燼，不少吐蕃武士酣然醉倒，竟在高原溯風中露天而臥，其不畏高寒的體質，令任天翔等人暗自咂舌。不過他們卻不敢效法，老老實實在背風處紮下營帳，以抵禦高原夜晚的酷寒。

任天翔與褚剛等人擠在一個營帳中，聽著眾人此起彼伏的鼾聲，他卻久不能寐。

半夜時分，突見帳簾微啟，一道灰影寂然無聲地飄入帳中，在帳門邊伏地而臥的兩個崑崙奴毫無所覺，任天翔卻坐了起來，悄聲笑道：

「我一直在等著大師呢。」

「看來什麼都瞞不過你這小子，隨我來。」蓮花生悄然一笑，飄然出了營帳。

任天翔剛起身要跟上去，卻驚動了兩個像黑豹一樣警覺的崑崙奴。他連忙對二人示意：「我去方便，你們不用跟來。」說著躡手躡腳地出了大帳，尾隨蓮花生而去。

二人一前一後來到遠離營地的高坡後，蓮花生這才停下腳步，回頭問：

「說說看，你猜到多少？」

任天翔皺眉沉吟道：

「赤松德贊要借助佛教來對抗吐蕃苯教，尤其是苯教中的黑教，所以千里迢迢來崑崙拜請在此隱居的無塵禪師。誰知卻來遲了一步，不僅無塵禪師和他的弟子滿門被殺，還被黑教的人剝皮取骨，死得慘不忍睹。看來吐蕃王室與黑教的矛盾已激化到不可調和，黑教竟敢公然殺害赤松德贊拜請的佛門高僧，顯然不僅是要斷了吐蕃王室借佛教之力來箝制黑教的企圖，也是向赤松德贊發出了最嚴厲的警告。

「不過，我看那赤松德贊雖然年少，卻有一代雄主的風骨，在這種情形之下，還敢請大師去吐蕃首邑邏些城弘揚佛法，我看他早已下了與黑教勢不兩立的決心。桑多瑪是白教上師，想必白教也受了黑教不少欺壓，所以才想借王室之力打壓黑教。為了這個目的，他不惜與佛教結盟，這也是先前他雖屢次出手試大師神通，卻不願與大師生死相搏的原因。」

蓮花生有些驚訝，搖頭嘆道：「你僅憑別人的隻言片語和蛛絲馬跡，就猜到了掩蓋在表相之後的大部分隱情，實乃天縱奇才！看來佛爺還真沒有看錯你這小子！」

任天翔再次聽到這熟悉的口吻，頓時倍覺親切。他對蓮花生做了個鬼臉，笑道：「是不是你這和尚已答應了赤松德贊的邀請，要去邏些城弘揚佛法，卻又感覺邏些城危機四伏，像桑多瑪這樣的盟友也未必靠得住，所以想拉上我這個幫手？」

蓮花生微微頷首道：

「不錯，跟聰明人說話就是輕鬆，免了佛爺多費口舌。簡單說來，吐蕃黑教的勢力已隱然威脅到贊普的權威和地位，吐蕃贊普赤德祖丹欲借佛教和白教之力與黑教對抗，不過，如今邏些城中佛門弟子不是被黑教殺害，就是轉投了它教，城中幾乎已找不到一個和尚，所以特令兒子赤松德贊到這裏拜請在此避世修行的無塵禪師出山相助。誰知走漏了消息，被黑教凶人先一步殺害了無塵禪師。而佛爺收到在吐蕃傳法的顯宗寂護大師的書信，正好要去吐蕃弘揚佛法，赤松德贊便邀請佛爺去邏些城開壇傳經。不過如今邏些城佛教式微，不僅佛門弟子人人自危，就連當年泥婆羅尺尊公主和大唐文成公主，萬里迢迢帶到吐蕃的釋迦牟尼十二歲和八歲等身法相，也不得不被大昭寺和小昭寺的和尚埋入地下，以免為黑教所毀。我佛祖聖相不見天日，雖然這無損於我佛的光輝，但作為佛門弟子，誰又能真正做到處之泰然？所以佛爺無論如何也要去往邏些城，使佛祖聖相重見天日，使佛法在吐蕃重新彰顯和弘揚。」

任天翔點頭嘆道：「大師果然有『我不入地獄，誰入地獄』的氣概。可惜小子只是個俗人，此去邏些城既然如此凶險，大師請給我一個幫你的理由。」

蓮花生淡然一笑：「佛爺知道你小子是不甘平庸之輩，也知道你冒險來吐蕃是為了什麼。只要你幫佛爺達成心願，你要的東西還不是順理成章？」

任天翔嘻嘻笑問：「任某既年少無知且又手無縛雞之力，大師為何如此看得起在下？」

蓮花生嘿嘿笑道：「你小小年紀就能籠絡不少人忠心追隨，僅此一點就已不同凡響，加上你敢冒奇險的勇氣和眼光，他日必為一代梟雄。一個人即便如楚霸王天下無敵，也敵不過漢軍十面埋伏，人最大的本事不是武功也不是智謀，而是如何令武功高強之士和智謀出眾之才為己所用。正所謂上善用人，中善用智，下善用武。公子深諳上善之道，若遇亂世機緣，即便不能成為一代雄主，也必成為割據一方的豪強。」

蓮花生的話，令任天翔眼前似豁然一亮，以前他用薩克太子打理大唐客棧，用褚氏兄弟管理商隊，原本只是出於懶惰的本性。他知道自己從小遊手好閒，沒學到半點生存的本領，只能借別人的本領來幫自己賺錢。今聽蓮花生這一番話，突然才意識到人最大的本領所在。

他若有所思地點點頭，對蓮花生意味深長地笑道：「大師給我戴如此大一個高帽，便是要讓我為你一用吧？」

蓮花生呵呵笑道：「跟聰明人說話就是痛快，你今日為我所用，他日難保不會用到佛爺。其中利害輕重，相信你自會權衡掂量。」

任天翔沉吟片刻，點頭嘆道：「大師能將無人知曉的武功秘笈慨然相贈，這等君子之風世所罕見。任某能為大師所用，實乃一大幸事。任某若有幸去邏些城，願受大師差遣。」

蓮花生毫不意外地淡然一笑：「佛爺已說動殿下同意，讓你們隨行去邏些城拜祭文成公主和金城公主。殿下眼下雖然還沒將你放在心上，不過相信將來他會看到你的價值。」

「千萬別！」任天翔連忙擺手，「在下再怎麼說也是唐人，殿下如今用人之際，或許不會追究我的出身來歷。但他日一旦得勢，我只怕唯有死心塌地為他所用，才能保得項上人頭。」

蓮花生有些驚訝地望著任天翔，微微頷首道：「公子目光高遠，令佛爺也不禁嘆服。」說著抬頭看看天色，「天色將明，公子請回吧，莫讓你那兩個護衛擔心。」

任天翔這才發現，有兩道人影一直守在不遠處的山坡上，隱然便是崑崙奴兄弟。他心中突然有些感動，回頭對蓮花生拱拱手：

「那在下先走一步，大師也早些歇息吧。」

任天翔說完正待要走，突見蓮花生面色乍變，輕聲道：「等等！」

「怎麼了？」任天翔莫名其妙。

「你聽！」蓮花生遙指夜空。任天翔側耳一聽，隱隱約約聽到夜空中飄來一絲笛音，幽咽啞暗，似來自地獄惡鬼的哭號。他連忙與蓮花生登上高處，笛音頓時清晰起來，任天翔細聽之下更是吃驚，這正是在崑崙雪峰上聽到那個詭異的笛音！

笛音不成曲調，漸漸由遠及近。不遠處，商隊宿營的營地中突然傳來一聲驚怖至極的尖叫。一個黑影自營地中跌跌撞撞地衝了出來，向著笛音傳來的方向發足狂奔。雖然看不清那黑影的面目，不過從其佝僂的身形來看，定是嚮導巴扎老爹。

「公子待在這裏，佛爺追上去看看。」蓮花生說著發足向巴扎老爹追去。

這時，兩個崑崙奴也飛奔過來，一左一右在任天翔身邊緊張侍立，二人臉上都有著源自靈魂深處的恐懼。

「可惜你們是啞巴，不能告訴我那笛音是怎麼回事。」任天翔一聲嘆息，遙望遠處吐蕃人的營帳，就見不少營帳中已亮起了燈火，顯然吐蕃人也聽到了那詭異至極的笛音，不過卻無人前去查看。此時巴扎老爹和蓮花生的身影，也已消失在遠處的叢林中。

任天翔在兩個崑崙奴護衛下匆匆回到營帳，見桑多瑪與八名弟子正圍在赤松德贊營帳外，咿咿呀呀地念誦著什麼經文。他見李福喜正好在營帳外安排眾武士警戒，忙過去小聲問道：「那笛音是怎麼回事？似乎大家都很懼怕？」

李福喜匆匆將幾個吐蕃武士打發走，這才面有懼色對任天翔低聲道：

「那是黑教秘傳之拘魂笛，傳說法力高深的黑教上師，能借它在百里之外拘人魂魄。這笛音竟敢騷擾殿下，看來黑教已欲對殿下不利。」

「拘魂笛？」

任天翔皺起眉頭，雖然他一向不信什麼怪力亂神，但見周圍這些彪悍的吐蕃武士個個都面有懼色，他也不禁在心中暗問：難道那笛音真有神鬼之力？

嘶啞的笛音突然高亢，刺得人心神一跳，渾身難受得恨不能雙耳俱聾。這時陡聽一聲霹靂般的暴喝，將笛音生生壓了下去。雖然那聲暴喝遠在數十丈開外，卻也震得眾人耳中嗡嗡作響。聽到這喝聲，一旁的褚剛頓時又驚又喜，對任天翔激動道：

「這是佛門獅子吼！專破一切邪魔外道鬼魅之音，我長這麼大，也還是第二次聽到。」

笛音終於寂滅，就見蓮花生一手挾著個佝僂的老者大步而回，卻正是巴扎老爹。這時赤松德贊已在眾武士蜂擁下從帳中出來，見狀問道：「怎麼回事？」

「有人裝神弄鬼，驚擾了殿下。」蓮花生說著，將巴扎老爹交給桑多瑪，「可惜貧僧去晚了一步，讓他給跑了，只將巴扎老爹給救了回來。不過老爹神智盡失，似中了什麼邪術。上師深諳苯教秘術，想必知道一二。」

桑多瑪探了探巴扎胸口，一聲長嘆：「是黑教拘魂術，他已活不過今夜。」

任天翔聞言心下黯然，卻又有些不解，忙問道：「那笛音這裏所有人都聽到了，為何就只有巴扎老爹中了這邪術？莫非那笛音還會選人？若它真能選人，為何偏偏選的是對它最沒有威脅的巴扎老爹？」

桑多瑪枯萎的老臉上閃過一絲不悅，冷冷道：「這等馭使鬼神的高深秘術，外人豈能想像其中精妙？本師就算告訴你，你又能理解幾分？」

任天翔看不慣桑多瑪居高臨下的嘴臉，正待反譏相諷，突見蓮花生在對自己微微搖頭。他霎時心頭一亮，立刻猜到桑多瑪是在借機裝神弄鬼，以維護苯教在眾人心目中的神秘，自己若再質疑，只怕就會惹禍上身。他也是機靈之輩，忙改口道：

「上師請恕小子愚魯，這等高深秘術確實不是常人能理解。還請上師施展無上神通，救救巴扎老爹。」

桑多瑪面色稍霽，淡淡道：「這人不過是個即將升天的奴隸，不值得本師耗費神力施救。」

任天翔面色一沉，正色道：「就算巴扎老爹只是個奴隸，那也是我的奴隸。我願傾其所有，請上師救他性命。」任天翔說著，指向不遠處自己的犛牛和貨物，「我從西域帶來了絲綢、香料、茶葉等貨物，原本是想做為祭拜我大唐兩位公主的祭品。不過，如今巴扎老爹生命垂危，這些貨物我願獻給上師，只求上師施展無上神通，救他一命。」

眾人聞言都有些驚訝，桑多瑪更是疑惑問道：「一個年輕力壯的奴隸也抵不了一匹犛牛的價錢，你願用十四犛牛和貨物來換這老奴的性命？」

「不錯。」任天翔淡淡道，「我不會放棄任何一個追隨我的人，無論他是我的奴隸還是我的夥計，或者是我的朋友。」

「善哉善哉！」蓮花生合十嘆道，「小施主有此仁心，令貧僧也為之感動，相信桑多瑪上師定會成全。」

「是啊！」赤松德贊也道，「願用自己所有財物來救一個奴隸性命的主人，我也從來沒有見過，上師定不會令他失望吧？」

桑多瑪無法再拒絕，甚至不能真要了對方十四犛牛和所有貨物，何況，這些貨物還是祭拜殿下母親和曾祖母的祭品。他暗恨任天翔這招貌似大方的舉動，把他逼到不得不出手的境地。不過他也是隨機應變之輩，當即哈哈一笑：

「既然你有這等仁心，本師哪能要你財物？將那老奴送到我帳內來吧，本師與弟子們至少要做法三天，才能找回他的魂魄。」

見桑多瑪示意弟子們將巴扎老爹抬走，任天翔忙對赤松德贊一拜：「多謝殿下出言相助！」

赤松德贊點點頭，望向任天翔的目光已有所不同。他沉吟道：「你那些貨物，真是獻給我母親和曾祖母的祭品？你歷盡艱辛就只是為祭拜大唐兩位逝去的公主？」

任天翔點點頭，跟著又搖搖頭：「這批貨物確實是獻給兩位公主的祭品，不過我歷盡艱辛千里迢迢來到吐蕃，當然不止是為祭拜兩位公主，而是想恢復吐蕃與大唐中斷已久的商路，讓兩位公主在天之靈，真正得到安息。」

赤松德贊眼中閃過一絲感動，遙望虛空徐徐道：「母親一定很高興有故國臣民來看望她，不過現在父贊還無心與大唐通商。唯有等到國內形勢穩定後，我才好向父贊進言。」

任天翔聞言，心中又喜又愁，喜的是機緣巧合，剛進入吐蕃就遇到贊普之子，並且這麼快就贏得了他的承諾。愁的是，吐蕃形勢不知何時才能平定，赤松德贊的承諾又何時才能兌現？

天色漸明，照原計劃，赤松德贊應該率眾原路返回了。不過，由於桑多瑪要施法找回巴扎老爹的魂魄，所以眾人不得不繼續在此等候。

聽著桑多瑪帳內那咿咿呀呀的跳神聲，任天翔不解地向蓮花生請教：

「巴扎老爹真是丟了魂魄？」

蓮花生詭秘一笑：「他只是中毒而已，不過這毒十分罕見，貧僧也沒把握，只好任由桑多瑪上師施展無上神通。」

任天翔恍然大悟，跟著又有些奇怪：「那晚的笛音為何能將巴扎老爹吸引過去？對旁人卻沒多大效果，只是讓人覺著渾身難受罷了。」

蓮花生沉吟道：「貧僧以為巴扎早已對這種笛音懼若鬼神，聽到它的召喚便身不由己，立刻趕過去拜偈，沒想到這次卻為它所害。」說到這，蓮花生雙目一閃，「奇怪！以那吹笛妖人的本事，殺巴扎只是舉手之勞，何須用什麼毒？還是如此罕見之毒！」

任天翔心中一動，陡然一跳而起：

「他是要將殿下和桑多瑪等人留在這裏！不過他沒這實力，只好用這等裝神弄鬼的手段。昨晚他吹笛招人，只怕不是衝著巴扎老爹而來。若非為大師打斷，殿下身邊那些信奉黑教的武士和隨從，只怕還有人會趕過去拜偈！他便用毒藥將人放倒，卻又不立刻殺害，最大的可能就是要將咱們所有人留在這裏。」

蓮花生遲疑道：「他這樣做究竟是為什麼？」

「我不知道。」任天翔匆匆道，「大師快帶我去見殿下，他或許能猜到對方的真正意圖。」

有蓮花生的引薦，任天翔順利見到了赤松德贊。

聽完任天翔和蓮花生的分析，赤松德贊臉上陡然變色，失聲道：

「我這次遠行，父贊派出了身邊最精銳的武士和黑教的勁敵桑多瑪上師隨行。不僅如此，父贊還離開首邑邏些城千里相送，並順道去亞都貝擦城視察朗氏和末氏兩位領主的封地，難道黑教竟要趁機作亂？」

任天翔與蓮花生對望了一眼，都不禁同時在點頭。

赤松德贊方寸大亂，急忙對隨從高喝：「拔營！立刻趕去亞都貝擦城！」

太陽尚未升離崑崙雪峰之巔，赤松德贊已率眾武士拔營出發，飛速踏上了歸途。

叛亂

第六章

五十多名埋伏的武士立刻直起身來，齊齊開弓急射。
五十支羽箭帶著刺耳的厲嘯，
飛蝗般落在追兵中，數十名追兵頓時人仰馬翻，大半跌倒。
沒跌倒的也勒不住奔馬，
衝入了伏兵早已拉緊的絆馬索之中，紛紛驚叫落馬。

黃昏的高原天清雲暗，蒼穹猶如水洗一般純淨無塵，顯得越發碧藍幽深，夕陽已落在山巒之後，唯留一抹血紅的餘暉映照在西天。急行了一日的千騎快馬又饑又乏，不得已在離崑崙山不遠的一條無名小河邊停了下來，準備在此安營，休息一夜再繼續趕路。

由於商隊主要是犛牛，跟不上赤松德贊的快馬，任天翔只得留下褚然等人隨後趕來，自己則帶著褚剛和兩個崑崙奴，追隨蓮花生和赤松德贊去往亞都貝擦城。他與褚然約定在吐蕃首邑邏些城的大昭寺會合，有赤松德贊賜予的信物，褚然一路上倒也不必擔心關卡和劫匪。

眾吐蕃武士匆匆紮下營帳，埋鍋造飯，當眾人用完晚飯，天色也已黑盡。疾行了一整天的眾人又睏又乏，早早就進入了夢鄉。

誰知剛睡下沒多久，卻被一陣詭異的鼓聲驚醒。那鼓聲沉悶啞滯，猶如來自地獄的怨鬼在哭號，令人心旌也不禁為之顫抖，彷彿那一聲聲不成節奏的鼓點，均敲在了自己的心上。

「是鎮魂鼓！」

桑多瑪聽到這撼人心魄的鼓聲，古井不波的臉上也不禁微微變色。不等蓮花生動問，他就解釋道，「鼓是苯教必不可少的法器，通常是由牛皮繃製而成。不過，據說黑教還有用人皮綳製法鼓的秘術。由人皮綳製的法鼓有震撼人魂魄之法力，所以也被人稱作鎮魂鼓。」

「它有何詭異之處？」蓮花生皺眉問。

就聽桑多瑪搖頭嘆道：「這是黑教不傳之秘，據説它能震散人的三魂七魄，令人無端發狂。不過本師以前也只是耳聞，對它知之不詳。」

蓮花生一聲冷哼：「管它是何邪魔外道，既然貧僧在此，就容不得它猖狂。」

「警戒！」赤松德贊一聲高喝，眾武士立刻分頭行事，做好了應付變故的準備。卻聽那鼓聲只在眾人視線之外遊走飄忽，雖攪得人心神不寧，卻並不再靠近一步。

任天翔聽得片刻，對蓮花生和赤松德贊道：「這鼓聲印證了我們先前的推測。它意在騷擾和阻撓殿下歸程，而不是真要與咱們硬碰。」

「難道黑教將我拖在這裏，真是要謀害父贊？」赤松德贊聞言，臉色大變。

任天翔微微頷首道：「也不得不考慮這最壞的情況。就不知道贊普現在大概是在哪裡？」

赤松德贊一招手，立刻有隨從將地圖呈了上來。他就著帳篷中的燈光展開地圖，指著崑崙山和邏些城之間的一座小城道：「這次崑崙之行，父贊送我西出邏些城後，要順道去視察朗氏和末氏兩大領主的封地。按行程計算，父贊現在大概應該是在這亞都貝擦城。」

任天翔仔細看了看地圖，沉吟道：「救人如救火，容不得半點耽擱。那些裝神弄鬼的黑教法師，意在騷擾武士們心神，使之不得安寧和休息，如此只需三天，就可大大延緩咱們行軍的速度，所以咱們絕不能如他所願。」

赤松德贊深以為然地點點頭：「你的意思是咱們要分頭行動？」

任天翔擊掌讚道：「殿下心思果然敏捷，令人佩服。」說著他望向地圖，「就不知除了這條路，可還有捷徑通往亞都貝擦城？」

「有！」赤松德贊往地圖上一指，「還有條路可去亞都貝擦城。不過，這條路很狹窄陡峭，不利於大隊人馬通行。」

任天翔仔細看了看地圖，沉吟道：

「也不需要大隊人馬行動。既然那黑教上師要在前面裝神弄鬼，殿下可留下大部分武士迷惑對方，另挑選少數精悍的武士隨行，悄悄從另外這條路去往亞都貝擦城。依我之見，殿下只需差幾個心腹去亞都貝擦城向父贊示警，自己則馬不停蹄火速趕回首邑邏些城。請恕我直言，萬一贊普遇害，你還可以及時趕回邏些城主持大局，若讓叛亂者搶先趕到首邑，或假傳贊普手諭，或騙開城門攻入首邑，另立一個贊普做傀儡，屆時局勢才真是不可收拾。」

任天翔雖然從未經歷過這等爭權奪利的勾當，但史書中卻是記載了不少，稍加推理便能猜到叛亂者最可能的行徑，這於他來說，不過是一眼就能看到的陰謀。卻已令赤松德贊震撼不已，連連點頭道：

「任公子所言極是，不過父贊有危險，我哪能不親自去營救。無論如何，我也要先去亞都貝擦城，相信父贊吉人天相，定能逃過此難。」

任天翔見赤松德贊心意已決，只得道：

「那咱們連夜就走，殿下立刻挑選幾個最好的武士，每人配雙馬，馬不停蹄趕往亞都貝擦城。剩下的兵馬依舊照原計劃趕往目的地，作為吸引反叛者的佯兵。」

「來人！立刻去挑五十名最精銳的武士和一百匹最好的戰馬，半個時辰後就隨我出發！」赤松德贊一聲高喝，李福喜立刻應聲而去。

不到半個時辰，精心挑選的人馬便都做好了出發的準備。赤松德贊帶上蓮花生和任天翔等人，連夜從營地後方繞道，從另一條路悄悄趕往亞都貝擦城。

由於有桑多瑪和大隊人馬吸引躲在暗處的黑教中人，赤松德贊沒有再遇到任何阻撓。

一行人皆配最好的雙馬，幾乎馬不停蹄日夜兼程，三日後，亞都貝擦城終於遙遙在望。

赤松德贊正待派人去城中打探究竟，就見有幾騎快馬從城中疾馳而出，另有數十騎在後方緊追不捨。見他們直奔自己而來，赤松德贊連忙示意手下隱蔽。眾人立刻退到草甸伏低身子，做好了戰鬥的準備。

就見在前方奔逃的幾騎異常狼狽，幾乎人人掛彩，尤其殿後那武士更是渾身浴血，傷得尤其嚴重，他卻依舊張弓搭箭，邊射邊走，片刻間，便有三名追兵墜於馬下。追擊的騎兵雖眾，卻也忌憚那武士的神箭，不敢過分逼近。

赤松德贊一見之下面色大變，失聲低呼：

「是扎達路恭！吐蕃第一神箭手，也是父贊最為倚重的將領！」

「追在後面的是什麼人？」任天翔小聲問。

赤松德贊仔細看了看，變色道：「是末東則布和朗邁色的屬兵，領頭那人正是朗邁色的兒子朗祿！」

「看來他們已經動手了！」任天翔沉吟道，「有什麼辦法讓扎達路恭往這邊逃，將追兵引到咱們的埋伏圈？」

赤松德贊想了想，從肩上取下牛角雕弓，然後抽出一支狼牙羽箭，折去箭頭後搭在弓弦上，對著就要遠去的扎達路恭一箭射去。就聽弓弦聲響，箭如流星直奔扎達路恭後頸。

就見他腦後似長有眼睛，反手便將飛來的羽箭抓在了手中。正待搭上弓弦還射回去，突然發現這箭沒有箭頭。待看清那箭杆上的徽記，他頓時又驚又喜，連忙招呼幾個手下：「快跟我往那邊走！」

在扎達路恭率領下，幾個逃兵改變線路，往赤松德贊所在的草甸中疾馳而來。

赤松德贊示意手下讓過幾人，待追兵迫近到不足二十步時，他突然一躍而起，張弓指向最前方的追兵，一聲高喝：「殺！」

五十多名埋伏的武士立刻直起身來，齊齊開弓急射。五十支羽箭帶著刺耳的厲嘯，飛蝗般落在追兵中，數十名追兵頓時人仰馬翻，大半跌倒。沒跌倒的也勒不住奔馬，衝入了伏兵早已拉緊的絆馬索之中，紛紛驚叫落馬。

這時，扎達路恭也調轉馬頭，嗷叫著返身殺回，手起刀落將幾個落馬的武士斬殺。他那異常魁梧彪悍的身形加上那暴閃如電的彎刀，很難有對手能擋他一斬，縱橫之間宛若殺神臨世。

追兵人數上雖然占優，但怎比得上赤松德贊精心挑選的精銳武士，尤其還有褚剛和崑崙奴兄弟這樣罕見的高手幫忙。猝不及防之下，哪是眾人對手，數十名追兵轉眼折損大半，剩下的紛紛掉頭而逃。

赤松德贊也沒心思追擊，急忙對扎達路恭喝問：「將軍，我父贊呢？」

扎達路恭從馬鞍上翻身滾落，撲到赤松德贊面前拱手跪倒，大哭道：「末將無用，沒能保得贊普逃出埋伏！贊普已經……已經……」

「已經怎麼了？」赤松德贊顫聲問。

扎達路恭仰天大哭道：「已經被末東則布和朗邁色的伏兵射殺！」

赤松德贊渾身一顫，頓時呆若木雞，跟著兩眼翻白，突然仰天跌倒。

蓮花生見狀急忙上前，將手掌貼在他的後心，半晌後才見他回過氣來，放聲大哭：「父贊！」

扎達路恭忙撲上前，急道：「殿下節哀！贊普令末將帶著他的令符突圍，就是要末將將令符交到殿下手中。如今黑教第一上師摩達索羅已率弟子火速趕往邏些城，定是要假傳汗諭，謀奪贊位。贊普令殿下速速趕回邏些城，繼承贊位以穩定大局！」

赤松德贊一躍而起，雙目赤紅地瞪著扎達路恭喝道：「父贊被反賊殺害，我豈能就此干休。我要斬下末氏和朗氏所有族人的頭，以告慰父贊在天之靈！」說著翻身上馬，拔刀高喝，「跟我走！」

扎達路恭急忙攔在馬前：「殿下不可！城中有末氏和朗氏兩族一萬多精銳屬兵。你這是去送死！」

「讓開！」赤松德贊一聲厲喝，拔刀便斬。扎達路恭不敢拔刀招架，只得側身讓開。赤松德贊一刀拍在馬臀上，坐騎一聲長嘶，就要往亞都貝擦城飛奔。蓮花生見狀急忙上前抓住馬韁，低聲喝道：「殿下不可！」

「滾開！」赤松德贊雙目赤紅，猶如瘋子一般揮刀便斬。蓮花生左右閃避，卻始終抓著馬韁不放。

二人正在糾纏，突聽有人悠然道：「大師還是讓他去吧，像他這種沒用的笨蛋，也沒啥希望替他父贊報仇，早點去送死也是一種解脫。」

赤松德贊如發怒的雄獅，回頭瞪著方才說話的任天翔厲喝：

「你罵誰是沒用的笨蛋？」

任天翔平靜地迎上他幾欲殺人的目光，坦然道：「罵的就是你！你若想送死就一個人去，不要拉上這些真正的勇士。」說著，他指向眾吐蕃武士，「這些勇士還要留著命為他們的贊普復仇，不會跟你去送死。」

赤松德贊望向眾武士：「可有人願隨我殺入亞都貝擦城，取末東則布和朗邁色人頭？」

眾吐蕃武士紛紛低下頭，無人回應。

赤松德贊見狀，突然一刀插在馬臀上，縱馬便走，竟不帶任何隨從。蓮花生猝不及防，竟沒有拉住。眾人正待要追，就聽任天翔喝道：

「讓他走！他這是孩子脾氣發作，你越阻攔，他越是要堅持。只有讓他自己想明白，他才會回頭。」

任天翔雖只是一個外人，但他的話似有種令人信服的魔力。眾人聞言紛紛止步，就見赤松德贊縱馬奔出數十丈開外，速度漸漸慢了下來，最後停在了百丈外，靜靜地凝立片刻，突然拔出一支羽箭一折兩段，遙指亞都貝擦城發狠道：

「父贊，他日孩兒定屠盡末氏和朗氏，告慰你在天之靈。」說完調轉馬頭，縱馬而回。

眾人暗鬆了口氣，就見赤松德贊縱馬來到任天翔面前，點頭道：

「你罵得對！我就是個沒用的笨蛋，差點被仇恨沖昏了頭腦。現在我要立刻趕回邏些城繼承贊位，請公子和蓮花生大師助我。」

「善哉善哉！」蓮花生合十一拜，「殿下能邁過這道坎，實乃吐蕃之福。貧僧自會竭盡所能，助殿下早日恢復正統。」

任天翔也頷首道：「殿下既是金城公主兒子，也就是我大唐的外甥，在下自然願盡我所能，助你登上贊位。不過，也望殿下將來莫忘了我這個唐人的幫助，與大唐不再相互攻擊。」

赤松德贊點頭道：「我不會忘記與大唐的血脈親情，更不會忘記任公子這一路上的幫助。我若有幸奪回贊位，以後公子的商隊在我吐蕃全境，均可自由來去。」說著他又轉向蓮花生，「我還要敬蓮花生大師為國師，重振佛教在吐蕃的地位，讓吐蕃人從此供奉我佛。」

蓮花生連忙稽首道：「殿下有這等敬佛之心，實乃百姓之福。貧僧願以佛門神通，助殿下一臂之力。不過貧僧乃方外之人，不會做什麼國師，只求殿下廣修寺廟，以供奉我佛門弟子。」

赤松德贊頷首道：「大師所請，弟子無不從命。」

赤松德贊的許諾，令任天翔怦然心動，同時也暗自吃驚：沒想到這少年剛經歷了喪父之痛，這麼快就恢復了本來的理智和精明。為了籠絡蓮花生和自己為他效勞，竟懂得投其所好。他的許諾令蓮花生和自己都無法拒絕，顯露了他那與年紀不相稱的心胸和頭腦。

幫助這樣一個有可能成為大唐帝國勁敵的王子，會不會給大唐帶來麻煩？目前任天翔實在不敢肯定，只能寄希望於對方的大唐血脈，會使他與大唐有種割捨不了的親情。

赤松德贊見任天翔沉吟不語，忙問：「公子是不相信我的誠意？」他說著翻身下馬，望天便拜，「蒼天在上，我赤松德贊今日許下的諾言，他日若有違背，定教我不得好死！」

任天翔急忙上前扶起赤松德贊：「殿下折殺在下，快快請起。咱們當務之急，是要搶在黑教中人之前，趕回首邑邏些城。至於往後，相信殿下不會虧待在下便是。」

「好！咱們立刻就走，火速趕往邏些城！」赤松德贊說著翻身上馬，舉鞭遙指東方，對眾武士高聲道，「三天之內，咱們必須趕回邏些城。只要搶在黑教上師摩達索羅之前趕回首邑，你們就立下了一等功勳，每人賞千名奴隸，萬頃牧場！」

眾武士轟然叫好，猶如聞到血腥的狼群般興奮起來，又如即將出獵的獒犬般躍躍欲試。赤松德贊見眾人俱已勒馬揚鞭，做好了疾馳的準備。他終於揮鞭高喝：

「出發！」

百餘騎快馬載著五十多名武士，揚起滾滾塵土，猶如千里奔襲的狼群，直撲吐蕃高原上最繁華的都城——邏些！

經過三天馬不停蹄的疾馳，邏些城遙遙在望。

任天翔驚訝地發現這座吐蕃首邑，並不是想像中的一座固若金湯的堅城要塞，而是一片幾乎沒有城郭的開放城區，這與大唐帝國的城郭完全不同。除了城西北小山之上那座依山而建、巍峨磅礴如橫空出世的宮殿群，整個城區似乎無堅可守。

三天幾乎不眠不休的疾馳，赤松德贊早已疲憊不堪，他在城外一處高坡上勒住奔馬，遙望城中那座用花崗石依山壘砌、群樓重疊、氣勢雄偉的宮殿默然無語。就見纖塵不染的藍天白雲之下，高聳入雲的宮殿猶如仙境般巍峨廣大，充滿了異域的神秘。

「這就是先祖松贊干布，為大唐文成公主和泥婆羅尺尊公主所建之布達拉宮。布達拉是吐蕃語『佛地』之意，由此可見先祖當初修建布達拉宮的本意。」赤松德贊嘴邊閃過一絲堅毅，「我不會讓先祖的心血被後人所毀！」

「不知如今布達拉宮中，是誰在主持大局？」任天翔問道。

「是大相仲巴吉。」赤松德贊遲疑了一下，「雖然他是苯教徒，但對我父贊一直忠心耿耿，又是三朝元老。在父贊遇害的非常時刻，他定會支持我繼承贊位。」

任天翔沉吟道：「不防一萬，就防萬一。不知殿下可有能調動的軍隊？若能調動軍隊包圍布達拉宮，恩威皆施之下，方可保證萬無一失。」

赤松德贊深以為然地點點頭，略一沉吟，回頭道：「扎達路恭將軍！」

「末將在！」扎達路恭急忙縱馬上前，拱手聽令。

「請將軍持贊普令符，去軍營調集神衛軍，速速趕往布達拉宮。」赤松德贊說著，將令符交到扎達路恭手中，「將軍在軍中有莫大威信，加上這令符，必能調動神衛軍。我要想順利繼承贊位，還得倚仗將軍的威信和支持。」

「末將誓死效忠殿下！」扎達路恭連忙接過令符，卻又遲疑道，「殿下不與末將同路？」

赤松德贊遙望布達拉宮，徐徐道：「我要即刻趕回布達拉宮，絕不能容摩達索羅搶先。將軍速調神衛軍包圍布達拉宮，以壯我聲威。」

扎達路恭變色道：「大相仲巴吉雖是贊普生前最為信任的大臣，但與黑教上師摩達索羅私交甚篤，萬一他與叛亂者有勾結，殿下此去豈不是自投羅網？我看殿下不如隨末將去調遣神衛軍，率軍包圍布達拉宮，逼迫仲巴吉就範方是上策。」

赤松德贊想了想，搖頭道：「不可。如今滿朝文武尚不知父贊已遇害，而仲巴吉是父贊任命的留守大臣。我若親自領兵相逼，會令眾大臣生出諸多誤會，還會迫使仲巴吉徹底倒向黑教。如今末東則布和朗邁色的叛軍，必定也在趕來邏些城的路上，我若不能迅速地穩定邏些城局勢，就會給叛軍以可乘之機。屆時我就算以武力繼承了贊位，恐怕也守不住祖先的基業。」

扎達路恭遲疑道：「殿下的顧慮極是，不過萬一仲巴吉與叛軍有勾結，又或者摩達索羅先咱們一步趕到了邏些城，恐怕……」

赤松德贊抬手打斷了扎達路恭的話，正色道：

「將軍放心，我身邊除了蓮花生大師，還有任公子和他的手下，加上父贊身邊這些忠心耿耿的武士，自保不會有問題。萬一仲巴吉欲對我不利，我會派人飛報將軍。天黑之前將軍若沒有收到我的信物，便率軍攻上布達拉宮。」

扎達路恭見赤松德贊心意已決，只得拱手道：「願上蒼庇佑殿下，末將去了！」

目送著扎達路恭的背影消失在邏些城中，赤松德贊這才舉鞭遙指遠方紅山之上的布達拉宮，決然道：

「回宮！」

任天翔沒料到追隨赤松德贊趕到邏些城，卻還有這麼多不確定因素，萬一黑教中人早一步趕到了邏些城，並在宮中張網以待，自己這一去多半會為赤松德贊陪葬。不過事已至此，也沒有再打退堂鼓的道理。只能在心中發狠道：人生難得幾回賭，輸贏就在這一把！這次若能助赤松德贊繼承贊位，他日就能自由往來吐蕃，屆時商隊獲利前景不可限量，就為這也值得一賭。

心中既已下定決心，他也就平靜下來，對褚剛和崑崙奴兄弟悄然吩咐：「待會兒你們看我眼色行事，萬不可衝動魯莽。」

三人點頭應承，緊跟在任天翔身後，追隨赤松德贊沿「之」字形上山登道拾級而上，一路來到半山腰的廣場。

幾名守衛的兵丁乍見赤松德贊，又驚又喜，急忙上前請安。赤松德贊顧不得解釋，立刻問：「大相仲巴吉可在宮中？」得到肯定的回答後，他又問，「這幾日除了大臣，可有外人來見大相？尤其是末氏和朗氏的人？」

守衛的頭領連忙搖頭，卻又補充道：「摩達索羅上師今日來見過大相。」

赤松德贊聞言，頓時面如死灰，神情慘然。任天翔雖聽不懂他與守衛的對話，但從他的神情已猜到形勢不妙，忙問：「有意外？」

赤松德贊黯然點頭道：「摩達索羅已見過仲巴吉，他既然已搶在咱們前面來到布達拉宮，我這一去還真是自投羅網。」

任天翔略一沉吟，忙道：「你問他摩達索羅什麼時候來見的大相，宮中警衛可有變動？」

赤松德贊連忙用吐蕃語問那守衛，聽完對方的回答，他臉上閃過一絲希望，不過卻遲疑著難下決心，只對任天翔低聲道：「摩達索羅剛進去不到一個時辰，宮中守衛並無變化！」

任天翔眼中閃過一絲喜色：「看來摩達索羅與仲巴吉之前並無勾結，不然用不著在這個時候急著趕來見他。咱們應該立刻闖進去，搶在他說動仲巴吉之前將他拿下！」

赤松德贊苦笑著搖搖頭，低聲道：

「你是唐人，不知摩達索羅在咱們吐蕃人心目中的地位，更不知他那深不可測的莫大神通。他在常人眼裏就是神靈在凡間的代表，威望幾乎與父贊相當。別看宮中守衛沒有變化，身邊這些武士對我也是忠心耿耿，但若要他們動手拿下摩達索羅，只怕他們都沒有那個膽量。」

任天翔低聲問：「那他們總不至於為摩達索羅蠱惑，對殿下不利吧？」

赤松德贊遲疑道：「我身邊這些武士自然不會，但宮中會不會有黑教的忠實信徒，我卻不敢保證。」

任天翔從容笑道：「殿下忘了這裏還有人並不怕摩達索羅和他那些弟子。」

赤松德贊望向蓮花生和褚剛等人，眼中不由燃起了新的希望。就見蓮花生淡淡笑道：「佛教要想在吐蕃生根，必先制服仇視佛教的黑教，這是貧僧和殿下都繞不過去的坎。既然今日適逢其會，貧僧願一試黑教第一上師的大神通。就不知殿下對貧僧有沒有信心？」

想起蓮花生輕易逼退崑崙山中騷擾的黑教中人，這給了赤松德贊莫大的信心，他與任天翔對望了一眼，都從彼此眼中看到了同樣的信心和決斷，二人幾乎同時道：「看來咱們還有機會，值得一賭！」

「上！」赤松德贊毅然一揮手，率眾武士拾級而上，直闖進重重宮門。一路上雖有無數守衛，但眾人見是殿下，守衛們紛紛行禮放行，無人敢阻擋。一行人直闖到東大殿，就見殿外守衛的不再是熟悉的宮中侍衛，而是四名身披黑袍的黑教教徒。

四名黑教徒顯然不識赤松德贊，見他帶人直闖進來，連忙厲聲呵斥，閃身擋在了大殿門外。眾武士對黑教教徒有種天生的畏懼，竟無人敢上前。

赤松德贊氣得滿臉通紅，急令眾武士將四人拿下，眾人卻盡皆畏畏縮縮，有兩個膽大的武士咬牙衝上前，誰知僅一個照面，就被一名黑教弟子探指一刺，雙雙被刺瞎雙目，痛得在地上滿地打滾。

任天翔急忙對褚剛和崑崙奴兄弟示意：「動手，闖進去！」

褚剛大步衝上前，一掌拍向一名黑教弟子。那弟子「咦」了一聲，連忙收起方才的狂傲小心應付；崑崙奴兄弟雖然雙雙面有懼色，卻還是咬牙拔刀上前，斬向剩下的三人。

四名黑教弟子為褚剛和崑崙奴兄弟的氣勢所迫，不由後退了一步，就在這時，只見身旁有灰影閃動，卻是蓮花生飄然越過四人阻攔，閒庭信步般推門而入。

厚重的殿門「咿呀」一聲打開，就見空曠的大殿中有數名大臣分列兩側，上方書案旁，則是兩個老者相對而坐。

左首那老者年紀在六旬開外，身著華貴的吐蕃官袍，面容微胖，兩眼無神，猶如養尊處優的富家翁；右首那人渾身黑衣黑袍，看鬚髮似乎年紀不輕，臉上卻是白皙如玉，不見一絲皺紋，全然不像是經歷過高原烈風和陽光蹂躪的吐蕃人，渾身黑衣更是透著種隱隱的陰氣，似乎遠遠就能聞到他身上那種陰寒森冷的氣息。

四名黑教弟子沒能攔住蓮花生，急忙追了進來，誠惶誠恐地向那黑袍老者低頭請罪。黑袍老者揮手示意四人退下，然後打量著蓮花生，回頭向對面的老者微微一笑：

「你看本師沒有說錯吧，殿下果然帶回來一名來歷不明的妖僧。」

眾大臣乍見赤松德贊，紛紛屈膝行禮，書案旁的胖老者也急忙長身而起，對赤松德贊一拜：「老臣仲巴吉，見過殿下。」

赤松德贊一聲冷哼：「不知大相召集主要幾個大臣聚會，是有何事要與摩達索羅上師商議？莫非是為立贊普之事？」

仲巴吉面色大變，結結巴巴道：「莫非……莫非贊普果然出了意外？」

赤松德贊黯然點頭，恨聲道，「沒錯。不過那不是意外，而是陰謀。是摩達索羅和末東則布、朗邁色兩個反賊勾結，謀害了父贊。今日又為立贊普之事匆匆趕來邏些城，可見其謀奪贊位、爭權奪利的野心昭然若揭！」

摩達索羅突然哈哈大笑，胸有成竹地嘆道：

「殿下忘了本師是修行之人，對世俗的權力沒有任何興趣。倒是殿下你，為了推行你的佛教，竟利用赤德祖丹贊普的意外嫁禍信奉苯教的末氏和朗氏兩大領主，實在是令人不齒。這等品性哪有資格繼承贊位？所以仲巴吉大相，你現在應該可以下定決心了。芒松殿下雖然年幼，但卻是你的嫡親外孫，有你我竭力輔佐，將來必能成為一個好贊普。」

仲巴吉望向赤松德贊，澀聲問：「贊普是如何出的意外？」

赤松德贊眼含熱淚，戟指摩達索羅道：「是他與末氏、朗氏勾結，利用父贊巡視亞都貝擦城的機會，將父贊殺害。」
「殿下是如何得知？」仲巴吉追問。
「是父贊身邊的大將扎達路恭將軍，拼死殺出重圍向我報信。」赤松德贊大聲道，「所以我才馬不停蹄從亞都貝擦城趕回，以免大相受奸人欺騙。」
仲巴吉轉望摩達索羅，就見對方只是面帶從容微笑，卻並不反駁。仲巴吉只得問道：「不知大師怎麼解釋？」
摩達索羅淡淡道：「贊普是死在亞都貝擦城不假，不過不是被人謀害，而是狩獵時不幸墜馬，頭顱剛好落在銳石上，不幸身亡。扎達路恭身為保護贊普的高級將領，犯下了失職之罪，按律當為贊普殉葬。他為了逃避懲罰，只得嫁禍末氏和朗氏兩大領主，蒙蔽赤松德贊殿下。大相是心有靈眼的智者，可不像殿下那麼好蒙蔽。」
「胡說！」赤松德贊怒道，「朗祿帶兵追殺扎達路恭，正巧為我所救。扎達路恭還帶回了父贊的令符，要我持令符回邏些城率軍平叛！」
摩達索羅從容笑道：「那令符是扎達路恭在贊普受傷之時，趁混亂偷走。大相應該立刻宣布那令符作廢，以免為不明真相的赤松德贊殿下濫用。」
仲巴吉看看一臉坦然的摩達索羅，再看看滿臉赤紅，如憤怒幼獅的赤松德贊，不知相信誰的話才好。周圍的大臣們也都竊竊私語，紛紛小聲爭執起來。

就在左右為難之時，卻見赤松德贊身後那唐人打扮的少年越眾而出，用唐語悠然問道：「大相，我聽說吐蕃人從小就是在馬背上長大，而吐蕃贊普更是能在馬背上縱橫征戰的勇士。不知這樣一個正值壯年的贊普，意外墜馬身亡的可能性有多大？」

仲巴吉有些吃驚地打量著比赤松德贊大不了幾歲的少年，不悅質問：

「你是何人？」

「不才是長安人氏，名叫任天翔。」

少年坦然一笑，雖然他不懂吐蕃語，但有赤松德贊身邊的李福喜低聲翻譯，所以對先前眾人的對話也明白了個大概。見摩達索羅混淆視聽顛倒黑白，他忍不住挺身而出。聽仲巴吉精通唐語，他心中暗喜，補充道：

「在下是千里迢迢前來祭拜我大唐兩位公主的普通商人，途中正好遇到赤松德贊殿下。蒙殿下恩准，一路隨行來到邏些城，不想正遇上這場變故。方才聽摩達索羅上師所言，實在有些匪夷所思，所以忍不住想問大相，墜馬身亡的意外對吐蕃勇士來說，有多大可能？」

仲巴吉若有所思地點點頭，似有所悟，幾個大臣也都在連連點頭。卻聽摩達索羅一聲長笑，淡淡道：「不錯，對吐蕃勇士來說，意外墜馬的可能幾乎是微乎其微。不過如果是得罪了神靈而招致神靈的懲罰，那就是再正常不過。」

仲巴吉臉色大變：「上師是說，贊普是得罪了神靈，招致神靈的懲罰而出意外？」

摩達索羅沒有直接回答，卻長身而起，遙指天邊厲聲反問：

「今年初，吐蕃遭遇了百年未遇的雪災，凍死、餓死牛羊無數，這種天災，我吐蕃國史上有過幾次？三個月前，布達拉宮被雷火所擊，焚毀無數間宮殿，這更是聞所未聞的嚴厲示警；如今赤德祖丹贊普墜馬身亡，神靈的懲罰已經降臨吐蕃。這些罕見的災難都在今年集中出現，大家難道還不明白神靈的意志嗎？」

幾個大臣盡皆變色。

仲巴吉結結巴巴問道：「上師是說神靈在懲罰吐蕃？為什麼？」

「因為有吐蕃人忘記了辛饒米沃祖師的教典，改信了邪惡的異教！」摩達索羅說著，突然指向蓮花生，厲聲道，「甚至還迎回了一個在崑崙山中修煉成精的妖僧！這激怒了辛饒米沃祖師座前的雪山聖女，所以將大雪的災難降臨我吐蕃。如果大相再不令人將這妖僧燒死祭天，另立信奉苯教的芒松殿下為贊普，吐蕃還會有更大的災難降臨！」

「善哉善哉！」蓮花生一聲嘆息，「貧僧在未見上師之前，總以為黑教第一上師，再怎麼邪惡，至少也是個值得尊敬的對手，誰知你竟如此不堪，除了血口噴人、妖言惑眾，就只是危言聳聽。」

摩達索羅一聲冷笑：「我吐蕃原本是個為神靈眷顧的國度，一向風調雨順，國泰民安。可自從有大唐魔女將佛教經典帶到吐蕃，鼓動少數愚民改信佛教後，災難便不斷降臨。先有兩代贊普不幸早逝，今日又有雷火擊宮和曠世雪災之示警，大相若再不下定決心剷除佛教，吐蕃將永無寧日！」

仲巴吉聞言大為惶恐，正待令人拿下蓮花生，突聽任天翔仰天大笑，從容問道：「不知吐蕃改信佛教的第一人是誰？」

「是先祖松贊干布！」赤松德贊答道，「先祖不僅娶了兩個崇信佛教的公主，並為他們修建了這座名為『佛地』的宮殿，還建造了大昭寺和小昭寺，以供奉兩位公主分別從大唐和泥婆羅帶來的釋迦牟尼八歲等身像和十二歲等身像。」

「松贊干布贊普如此崇敬佛教，當時吐蕃可遭受過什麼災難？」任天翔又問。

赤松德贊也是心思敏捷之輩，立刻答道：「沒有！先祖松贊干布治下的吐蕃國力最為強盛，至今也無後人超越。」

二人相視一笑，都從對方眼中看到了一種默契。

任天翔又故意問道：「就不知近年來吐蕃發生過哪些大事，招致了今年諸多的天災人禍？」

赤松德贊想了想，立刻道：「那一定就是去年仲巴吉大相頒佈的禁佛法令，不僅逼走了泥婆羅寂護大師，還將大、小昭寺改為屠宰場，使釋迦牟尼聖像從此不見天日。」

「阿米陀佛！」任天翔不倫不類地念了聲佛號，搖頭嘆道，「我佛一向以慈悲為懷，絕不會因無知者的冒犯而降罪，更不會將天災人禍降臨到無辜百姓身上。請問蓮花生大師，這些天災人禍是從何而來？」

蓮花生嘆道：「那是因為吐蕃失去了我佛的庇佑，致使妖魅橫行，各種災難便接踵而來。」

「所以大師才不遠萬里奔赴崑崙，與居住在崑崙之巔的雪山聖女鬥法三日，逼得她不得不低頭認輸，發誓從此不再將百年難遇的冰雪災害降臨到吐蕃。」任天翔衝蓮花生調皮地眨眨眼，回頭對仲巴吉笑道，「不僅如此，蓮花生大師還元神出竅，直上天庭，將雷公電母也教訓了一頓。從今往後，他們不敢再胡亂打雷放電，冒犯這佛門聖地布達拉宮。」

本來像元神出竅、雷公電母這些辭彙，是源自道家的神話和傳說，與釋家並無干係。但任天翔哪裡弄得清其中區別？還好吐蕃眾大臣對佛教所知有限，對道教更是一無所知，無人聽出其中毛病。

任天翔的這一番胡吹海吹，聽得眾人將信將疑，只把蓮花生氣得兩眼翻白，卻辯駁不得，只能低頭默認。

吐蕃人一向懼鬼敬神，哪裡見過任天翔這等狂妄不羈、天不怕地不怕的傢伙？眾大臣被他唬得神色俱變。摩達索羅見狀不由喝道：

「一派胡言！還不快將這褻瀆神靈的傢伙拿下？」

兩個黑教弟子應聲而動，卻被崑崙奴兄弟閃身攔住。

眼看雙方就要動手，任天翔忙對摩達索羅笑道：

「上師，你說我是在褻瀆神靈，不如咱們就來打個賭。如果今年之內再有百年罕見的雪災，或者布達拉宮再遭雷擊，在下願任由上師剝皮抽筋點天燈；不過如果從現在起，在蓮花生大師無上佛法庇護之下，吐蕃今年都不再有這些天災，上師又怎麼說？」

摩達索羅頓時啞然，像暴雪、雷擊等災害畢竟是極其罕見，別說一年，就是三年五載也未必能遇到，這個打賭，摩達索羅無論如何也不敢應承。不過，要他親口承認那些天災都是不可預測的自然現象，與鬼神無關，卻又是自扇耳光，那是萬萬不能。

他略一沉吟，冷笑道：「這和尚既然有如此神通，本師倒是有心見識一二。就讓他表演一下元神出竅、上天入地的本領，本師便甘拜下風，從此退避三舍。」

任天翔哈哈笑道：「你將蓮花生大師當成了什麼人？他難道會為了你一個甘拜下風就展露佛門無上佛法？那佛法豈不是也太不值錢？就像我讓你當場表演一下貴教驅神請鬼的勾當，難道你會立刻就答應？」

摩達索羅被駁得啞口無言，惱羞成怒之下，只得對蓮花生冷冷道：「本師恰好也會一點苯教神通，正好與佛門高僧印證切磋，看看大師是否真如這小子所說那般神奇。」

蓮花生淡淡一笑：「貧僧也正有此意，上師若能以苯教修為力壓我佛門無上神通，貧僧從此便不再踏入吐蕃半步。」

二人說得輕描淡寫，但大殿中的氣氛卻驟然緊張起來。幾個大臣紛紛後退，顯然對這黑教上師充滿了本能的敬畏，而對敢於挑戰黑教第一上師的外來和尚，則充滿了莫名的好奇。

鬥法

第七章

蓮花生宣了聲佛號，開始低聲念起了含混不清的經文。
聲音雖然不大，但夾雜在四面猶如惡鬼呼號的鼓聲中，
卻依舊清晰可辨，甚至漸漸將鼓聲帶動，
不由自主跟隨他誦經的節奏而改變，
並漸漸失去了剛開始的低沉和幽咽。

摩達索羅白皙的臉上突然泛起一絲陰鬱的冷笑：

「佛門神通？本師雖沒有見過，不過我座下大弟子末羯羅倒是有幸見識過。他還很讚賞無塵禪師的佛門心宗修為，所以特將無塵禪師的人皮剝下製成法鼓，還取了他一條腿骨做成骨笛，並將這些法器都獻給了我這個師傅。就不知這兩件蘊含有無塵禪師無上修為的法器，與大師的佛門神通相比又是如何？」

說著，他從黑袍下悠然拿出一件白森森的細長之物，眾人定睛一看，竟是一段同類的大腿骨，腿骨兩端的骨節已經鋸去，只剩下一段尺餘長的骨管，其上整整齊齊刻有七個比指頭略小的指孔，其中一個孔上留有半透明的骨膜，駭然就是一支用大腿骨做成的笛子。

任天翔一見之下，心中也是又驚又怕，終於明白在崑崙雪峰之時，巴扎老爹為何如此懼怕那陰森詭異的笛音，原來那是對黑教中人，尤其是對他原來的主人末羯羅本能的恐懼。

蓮花生雖一生都在苦修無嗔無喜的佛門禪境，但見到黑教中人竟用佛門高僧的腿骨做成骨笛，尤其對方還如此洋洋自得，也不禁動了真怒。明知摩達索羅正是要激怒自己，以便有機可乘，他也控制不住心中的怒火，憤然道：

「善哉善哉，無塵禪師所受之酷刑，佛爺會在你身上加倍討還！」

摩達索羅哈哈大笑：「佛門弟子不是一向以慈悲為懷，以普渡眾生為己任麼？就算是對魔，不也允許他放下屠刀，立地成佛麼？大師不過是死了個修為淺薄的同門，就忍不住要挾隙報復，莫非佛門宣稱的慈悲，都是騙人的鬼話？」

蓮花生肅然道：「釋尊欲渡盡天下之人，這是大慈，但他也知道這世上總有那麼些冥頑不化之輩，永遠也不可能逃過地獄與輪迴，他的宏願永遠都無法完成，因此而大悲。所以釋尊在大慈大悲的同時不忘告誡弟子，除魔衛道也是佛門弟子的本分。」

「原來這就是佛門弟子的慈悲，本師算是明白了。」摩達索羅輕撫著手中的骨笛淡淡道，「無塵禪師的皮囊和骸骨做成的法器是一套，就不知大師可敢一併試試？」

「有何不敢？」蓮花生話音剛落，任天翔就暗叫糟糕。

就見摩達索羅嘴邊泛起一絲得意的冷笑，對一旁四個黑教弟子點了點頭，四人立刻從長袍中掏出一面人皮小鼓，分別站住四個方位，將蓮花生圍在了大殿中央。

原來摩達索羅說的另一件法器是在四個弟子身上，他顯然是看不出蓮花生修為深淺，所以要先以四個弟子出手相試，必要時甚至不惜與弟子聯手，力求萬無一失。

任天翔雖十分擔心，蓮花生卻是凜然不懼。緩緩在大殿中央盤膝坐下，手捏密宗手印瞑目不語，靜等四個黑教弟子出手。這一下大出眾人預料，四個黑教弟子不禁望向摩達索羅，見師尊在微微頷首，四人立刻敲響了震魂鼓，開始緩緩向蓮花生迫近。

眾人乍聽這飽含冤魂的法鼓，只覺心神一顫，差點忍不住要放聲大哭。任天翔更是覺得噁心欲吐，心也似乎要跳出嗓子眼。他連忙捂住耳朵，雖然那鼓點依舊在往心裏鑽，卻也稍稍好受了一點。

「阿彌陀佛！」蓮花生宣了聲佛號，開始低聲念起了含混不清的經文。聲音雖然不大，但夾雜在四面猶如惡鬼呼號的鼓聲中，卻依舊清晰可辨，甚至漸漸將鼓聲帶動，不由自主跟隨他誦經的節奏而改變，並漸漸失去了剛開始的低沉和幽咽。

摩達索羅心中暗驚，緩緩將骨笛橫在嘴邊，突然微一吐氣，骨笛立刻射出一聲突兀的音符，就像傳說中鬼哭狼嚎般陰森恐怖，令人不由自主心生懼意。

隨著笛音和鼓點的時斷時續，眾人漸漸就覺眼前似生出茫茫一片黑霧，猶如陷入絕境般無路可循。拘魂笛、鎮魂鼓，這是黑教密不外傳之邪術，一旦配合施展開來，威力頓時倍增。眾人被笛音和鼓點弄得如癡如狂，眼耳之中全是恐怖之極的幻象，令人心膽俱寒，不知置身何處。

「呔！」茫茫中陡聽一聲佛門獅子吼，頓時將眾人眼前的幻象喝散。原來摩達索羅見兩大法器齊奏也奈何不了蓮花生，便以圍魏救趙之策將邪術向周圍眾人施展開來，蓮花生不忍見眾人墮入魔道，不禁冒險以佛門獅子吼當頭暴喝。

就在他心神稍分這一瞬，摩達索羅突然奮力吹響骨笛，刺耳的笛音猶如無形之劍直指蓮花生心窩，幾乎同時四面鎮魂鼓也陡然轉急，密集的鼓點猶如千軍萬馬從天而降，向包圍圈中央端坐不動的蓮花生擠壓過去。

「咄！」蓮花生一聲暴喝，密宗大手印幻做千萬道虛影，他也猶如千手千眼的菩薩法相，滴溜溜在原地盤旋而起，竟在鼓聲與笛音的包圍之下突圍而出。

四個黑教弟子鎮魂鼓剛一發力，就發覺包圍圈中失去了蓮花生的身影，心神不由一亂。鼓聲就在這一瞬的混亂之時，突聽半空中傳來醍醐灌頂般一聲暴喝，四面震魂鼓竟被生生震裂。四個黑教弟子不由自主捂著胸口栽倒在地，渾身癱軟猶如死過去一般。

蓮花生冉冉落回原地，對目瞪口呆的摩達索羅緩緩伸出手：「拿來！」

摩達索羅臉色越發蒼白，木然凝立良久，終於緩緩將手中骨笛遞了過去，淡淡道：「大師果然好神通，不過這只是無塵禪師的法力不夠，用他的皮和骨做成的法器奈何不了大師。待本師重覽新的法器後，再來領教大師佛門神通。」說著飄然而退，轉眼便出了殿門。

「快攔住他！」任天翔急忙對褚剛和崑崙奴兄弟喝道，三人立刻追了出去。

赤松德贊也恍然醒悟，急忙對眾武士高喝：「誰將這叛賊拿下或擊殺，賞萬戶侯！」

眾武士雖然懼怕黑教，但重賞之下自有勇夫，何況摩達索羅新敗，他在吐蕃武士心目中不可戰勝的形象已轟然倒塌，眾人高喊著正要追上去，就聽蓮花生一聲嘆息：

「不用追了，他若要走，這裏沒人能攔得住。」

說話間，就見褚剛與崑崙奴兄弟垂頭喪氣的回來，褚剛對任天翔遺憾地搖搖頭：

「那傢伙簡直就是妖魅，咱們三人竟然追不上他的背影。」

蓮花生遙望摩達索羅離去的方向微微嘆道：

「果然不愧是黑教第一上師，修為竟不輸貧僧。若非他要在人前故弄玄虛，以骨笛魔音顯示其神通，誰勝誰負還真是難說。不過今日他已受暗傷，短時間內再無法作惡。」

說著，蓮花生將手中骨笛遞到赤松德贊面前，「殿下，這骨笛和四面鎮魂鼓俱是無塵禪師遺骸，請殿下修建靈塔，好生安葬。」

「大師放心，我會厚葬無塵禪師遺骸。」赤松德贊恭恭敬敬地接過骨笛，鄭重交給身旁的李福喜道，「無塵禪師是隨我母親來到吐蕃的漢僧，這事就交由你去辦，務必令無塵大師的聖骨妥善安葬，並為後世所敬仰。」

李福喜連忙接過骨笛，與四面震魂鼓一起仔細收好。

就在這時，突有守衛在門外高聲稟報：「大相！神衛軍突然包圍了布達拉宮！」

神衛軍本是贊普的親兵，原本是負責首邑和布達拉宮周邊的防衛。如今它突然包圍了布達拉宮，自然令人費解。不過幾個大臣都不是笨蛋，立刻想到了赤松德贊，仲巴吉更是變色道：「殿下這是什麼意思？」

赤松德贊先令隨從通知扎達路恭不要率軍逼宮，然後對仲巴吉坦然道：「是扎達路恭將軍持父贊令符調集神衛軍，原為捉拿摩達索羅等叛黨而來。不知這宮中可還有摩達索羅的同黨？」

幾個大臣面面相覷，噤若寒蟬。這時，就聽布達拉宮外神衛軍在齊聲高呼：「赤松德贊贊普萬歲！赤松德贊贊普萬歲……」

任天翔雖然聽不懂神衛軍的高呼，卻也知道大局已定，不由對幾個呆若木雞的大臣笑道：「你們還不快拜見新贊普，並向新贊普宣誓效忠？」

眾人恍然醒悟，紛紛拜倒，齊聲祝新贊普萬壽無疆。大相仲巴吉雖然敵視佛教，但事已至此，他也只得低頭拜道：「老臣明日就召集文武大臣和苯教上師，挑選吉日為殿下主持登基大典。」

赤松德贊擺手道：「我的登基大典將由蓮花生大師主持，今後，大師便是我吐蕃法王，統領吐蕃所有教門。無論是苯教、佛教還是薩滿教，俱要以蓮花生大師為尊。我還要為大師修建駐錫傳道之所，以弘揚密宗佛法，教化所有吐蕃子民。」

「善哉善哉！」蓮花生合十拜道，「殿下虔心向佛，貧僧萬分欣喜，定不辜負殿下重託。」

赤松德贊忙還拜道：「大師不必多禮，從今往後，你就是吐蕃第一尊者，不必敬拜任何人。」

二人正在客氣，突見扎達路恭帶著隨從急匆匆闖了進來，面有異色地對赤松德贊道：「城外有大軍迫近，是末東則布和朗邁色的叛軍！」

「來得好！免得我千里迢迢再去征伐！」赤松德贊興奮地一擊掌，正躍躍欲試準備調兵遣將，突見扎達路恭面色有異，忙問，「叛軍有多少人馬？」

扎達路恭指向窗外：「殿下自己看吧。」

布達拉宮在邏些城最高處，從大殿的窗口可以看到城外的草原。赤松德贊來到窗前，扎達路恭忙撩起窗簾，此時天色已是黃昏，但見遠方暮色四合的大草原上，無數火把猶如天邊的繁星，正源源不斷向邏些城湧來，一直延綿到地平線盡頭。

赤松德贊神情大變，失聲問：「叛軍竟有這麼多人馬？」

扎達路恭心事重重地點點頭：「末東則布和朗邁色如果傾巢而出，至少可調集十萬以上人馬。再加上那些受蒙蔽的黑教信徒，叛軍只怕是在十二、三萬人以上。弒殺贊普是滅族的大罪，末東則布和朗邁色如今也只有孤注一擲，但求一舉成功。」

「邏些城中有多少人馬？」赤松德贊忙問。

「大概不足三萬。」扎達路恭答道。

「怎麼只有三萬？」赤松德贊十分詫異。

扎達路恭嘆道：「這次贊普出巡，帶走了大半神衛軍，結果都失陷在了亞都貝擦城，所以首邑目前僅剩下不到三萬人馬。就是這三萬人馬，由於殿下尚未正式登基，只怕忠誠度也要打個折扣。而最近的領主也在數百里開外，就算得到消息火速趕來救援，只怕也要等到十天之後，眼下邏些城幾乎就是一座孤城。」

赤松德贊眉頭緊皺，遙望遠方默然無語。這一生中，他還從來沒有遇到過眼前這樣的情形，心中早已六神無主，不過，他不能將心底的怯懦表露出來，他知道有無數雙眼睛都在看著他，只要他露出哪怕一絲驚慌和恐懼，原本就脆弱不堪的軍心立刻就會動搖。

任天翔也在眺望著已逼近到邏些城周邊的叛軍，心中在不斷尋思破解眼前危局之策。

「咚——咚——咚——咚——」激越的戰鼓由遠及近，回蕩邏些城上空，即便在城中央的布達拉宮之上，依舊是清晰可聞。宮中的守衛盡皆變色，眾大臣則六神無主地望向大相仲巴吉。比起眼前這個僅有十三、四歲、尚未正式登基的新贊普，他們顯然更相信三朝元老的大相。

「報！叛軍派出了一名使者，要求見仲巴吉大相！」一名傳令兵在門外高叫，令眾人都是一愣。

仲巴吉忙目視赤松德贊，見這尚未舉行登基大典的新贊普微微點了點頭，他才對門外喝道：「讓他進來！一個人進來！」

赤松德贊示意武士和大臣們各自歸位，那四個被蓮花生獅子吼震暈的黑教弟子也被抬了下去，任天翔與蓮花生等外人則避到隔壁的偏殿。

眾人剛收拾停當，就見一個虎背熊腰的吐蕃將領，在兩名宮中護衛的帶領下傲然而入，他赫然就是在亞都貝擦城外從眾人包圍中逃脫的朗祿，也是朗氏領主朗邁色的兒子。

朗祿對赤松德贊的存在沒有感到太意外，他衝赤松德贊勉強一禮，然後對仲巴吉笑道：「沒想到殿下已經趕回了宮中，那真是再好不過。」

「朗祿！你與你爹不在自己封地待著，率大軍趕來邏些城，意欲何為？」仲巴吉色厲內荏地喝問。

朗祿咧嘴一笑：「既然大相動問，那我也就不再拐彎抹角。想必你們已知道，赤德祖丹贊普在亞都貝擦城巡遊時出了意外，不幸墜馬亡故。我爹和末領主親自將贊普的遺體護送回首邑，並準備就國事與大相商議。」

仲巴吉忙問：「商議什麼？」

朗祿傲然道：「簡單說就三件事，若大相能爽快答應，咱們立刻就撤兵。第一，驅逐佛教妖孽，搗毀所有廟宇，還吐蕃以安詳和寧靜；二，鑒於赤松德贊殿下推崇佛教，壓制苯教，因此沒有資格再繼承贊位。所以要另立芒松殿下為新一代贊普；三、我爹和末東則布在新贊普未成年之前，將出任攝政大臣，與大相一道輔佐新贊普直到成年。」

仲巴吉望向赤松德贊，見他沒有表示，只得遲疑道：「如此大事，請容老臣與眾大臣商議後再做決定。」

朗祿大度地擺擺手：「如今天色已晚，你們可慢慢商議，不過明日黎明時，咱們若得不到滿意的答覆，我爹和末領主便要率軍攻入布達拉宮。屆時玉石俱焚，可就悔之晚矣。」

眾人盡皆變色，無言以對。

仲巴吉忙道：「請朗將軍暫且去偏殿休息，明日一早，老臣定給將軍一個滿意的答覆。」

「好！我等著大相的答覆。」朗祿隨宮中護衛傲然而去。

待他一走，眾大臣不禁竊竊私語，小聲議論起來，他們很快就達成了共識，不由將目光轉向了仲巴吉。

一個大臣代表眾人上前兩步，囁嚅道：「大相！在目前這非常時刻，也只能先接受叛軍的條件，以免首邑遭受叛軍蹂躪，令松贊干布贊普傳下的基業毀於一旦。」

仲巴吉無奈望向赤松德贊，突然拜倒在地，含淚道：「還望殿下以大局為重，暫且答應叛軍條件，立芒松殿下為贊普！」

「望殿下以大局為重！」眾大臣也紛紛跪倒。

赤松德贊雖不甘心受叛軍要脅，但目前形勢實在沒有退兵之策，若不答應叛軍的條件，一旦叛軍攻入布達拉宮，先祖留下的基業就要徹底毀於戰火。這無論是對家族還是對吐蕃來說，都是無法承受的巨大災難。

赤松德贊正躊躇難決，突聽有人高聲道：「殿下萬不可上了朗氏和末氏的當，你若答應他們的條件，才真是要徹底斷送祖先的基業。」

眾人循聲望去，就見任天翔從偏殿中施施然負手而來。雖然他還聽不懂方才眾人的對話，但身邊有李福喜這個通譯，他已經清楚方才朗祿所說的退兵條件。見赤松德贊左右為難，所以他連忙出言阻止。

「閉嘴！」仲巴吉一聲呵斥，「這是我吐蕃內政，你一個外人有什麼資格插嘴？」

任天翔微微一笑：「大唐與吐蕃有郎舅之親，文成、金城兩位公主在大唐百姓心目中猶如菩薩一般神聖。眼看她們的後人就要犯下不可挽回的錯誤，任何一個大唐子民都會挺身而出，阻止這樣的事情發生。」

赤松德贊也道：「任公子是我最信任的朋友，曾經多次幫助我度過難關。如果他的話對吐蕃有益，咱們何妨聽聽呢？請任公子但講無妨。」

有赤松德贊支持，仲巴吉只得閉上了嘴。

就見任天翔緩緩來到大殿中央，環顧眾人道：「我想問問大家，叛軍最怕的是什麼？」

眾大臣面面相覷，茫然無對。就聽任天翔款款道：

「叛軍最怕的是赤松德贊殿下和蓮花生大師，所以他們千里迢迢大兵壓境，要達到的第一個目的就是剝奪赤松德贊殿下的繼承權，第二個目的則是驅逐蓮花生大師，至於做攝政大臣反而排在第三位。如果你們答應叛軍的條件，豈不是正中他們的下懷？」

眾大臣似有所醒悟，皆微微頷首。

就聽任天翔又道：「叛軍如今勝券在握，攻下布達拉宮也不是難事。但他們為何不乾脆攻入宮中，殺掉殿下自己做贊普？」

任天翔話音剛落，就聽扎達路恭高聲道：「他們沒那個膽量。如果他們真敢這樣幹，四方領主俱會群起而攻，讓他們死無葬身之地！」

「沒錯！」任天翔擊掌讚道，「這樣做不符合他們的利益。那他們怎樣做才能令自己的利益最大化？第一是剝奪赤松德贊殿下的繼承權；第二，是趕走神通廣大的蓮花生大師；第三，是立一個年幼的贊普，然後自任攝政大臣，挾天子以令諸侯，不過，這還只是他們計畫的第一步。」

眾大臣用眼神相互交流著彼此的看法，都不禁微微點頭。

中國有文字記載的歷史已有上千年，而吐蕃有文字記載的歷史才不過百年。任天翔早已從歷史記載中知道了不少宮廷內爭權奪利的勾當，套用在吐蕃眼前的情形下，稍加演繹就能推斷出可能的結果。

見眾大臣將信將疑地望著自己，他心中油然生出一種身為唐人的優越感，負手笑道：「叛臣在地位未穩之前，肯定會對大家施以恩惠，比如將仲巴吉大相也扶持為攝政大臣。待他們徹底掌控了吐蕃政權後，就會對不服從他們號令的領主進行征討，各個擊破。待削平四方領主的勢力，朝中大臣包括年幼的贊普，就都成了任他們宰割的魚肉，屆時他們要奪贊普之位也不過是舉手之勞。大相作為小贊普的至親，只怕也難逃滅族的命運，松贊干布贊普創下的基業，只怕就要在諸位手中徹底葬送。我雖不能推想其中過程，但最終結果不外如是。」

「胡說！」一個吐蕃大臣憤然道，「叛亂者只是為了驅逐佛教，這才鋌而走險。只要咱們推舉一個信奉苯教的殿下繼任贊普，他們定會效忠。」

任天翔一聲冷笑：「叛軍既已謀害赤德祖丹贊普，又率軍威逼諸位大臣，還有什麼事幹不出來？只要答應他們的條件，整個邏些城就徹底落入叛軍手中。手中沒有軍隊，試問諸位大臣如何制衡手握重兵的末東則布和朗邁色？芒松殿下雖然還小，但總有一天會長大，末氏和朗氏難道不怕他將來為自己父贊報仇嗎？」說著他轉向仲巴吉，「這些大臣欲立芒松殿下倒也有些道理，畢竟將來只要投靠末氏和朗氏，未必不可保住自己牧場和奴隸。但大相卻是萬萬不能，除非你願幫助末氏和朗氏奪去自己外孫的贊位甚至性命。」

仲巴吉臉色陰晴不定，低頭沉吟良久，這才抬頭澀聲問：「公子的顧慮不無道理，不過現在叛軍大兵壓境，咱們若不答應他們的條件，又如何度過眼前這場劫難？」

任天翔胸有成竹地微微一笑：

「叛軍奔襲千里，早已疲憊不堪，加上他們是犯上作亂，若不能一鼓作氣達成目的，定生內亂。因此在我看來，他們並非就無懈可擊。不過，我不能保證這大殿中，人人都會忠於赤松德贊殿下，所以，就算有好辦法暫時也不會說出來。不過大家儘可放心，有殿下這等雄主，加上蓮花生大師佛法庇佑，定能逢凶化吉，遇難呈祥。」

蓮花生已擊敗黑教第一上師摩達索羅，在眾人心目中地位自然與先前已有所不同。加上任天翔的自信也感染了大家，眾人稍稍放下點心來。

仲巴吉還想再問什麼，卻見任天翔伸了個長長的懶腰，打著哈欠道：「為了搶在叛軍之前趕到邏些城，我一路上幾乎沒有吃過一頓熱飯，睡過一個好覺。不知殿下可否賞在下飽吃一頓，再美美睡上一覺？」

赤松德贊連忙對侍衛道：「快令廚下傳膳，要有長安菜和素齋。」說完又向眾大臣示意，「大家都去偏殿陪宴，待我更衣後再與大家邊吃邊商議。」

將眾大臣和侍衛支開後，赤松德贊欣喜地望向任天翔，問道：「公子已有破敵之策？」

任天翔搖頭苦笑：「方才我只是安眾人之心，短時間內，哪能就想到破敵之策。」

赤松德贊大失所望，沮喪之情難以掩飾。

扎達路恭見狀，扼腕嘆道：「可惜我的封地離首邑有十多日路程，不然，我真想連夜趕回封地，率所屬兵馬趕來為殿下平叛。」

赤松德贊搖頭苦笑道：「如今叛軍大兵壓境，邏些城莫說堅守十餘日，就算堅守三日都十分困難。將軍雖有吐蕃最精銳虎狼之師，可惜也是遠水救不了近火啊。」

「不知道將軍有多少人馬？」任天翔問。

「五萬！」扎達路恭眼中閃過一絲驕傲，「人數雖然不是很多，但戰鬥力卻是所有領主中最強，未必不可與叛軍一戰。」

任天翔負手在殿中踱了一圈，沉吟道：「不知道末東則布和朗邁色誰實力更強？二人的交情有多深？那敗走的摩達索羅與他們又是什麼關係？」

扎達路恭想了想，答道：「若論實力，自然是以朗邁色為強，不過，末東則布的兒子末羯羅是摩達索羅得意弟子，而他本人又做過大相，在叛軍中的威望應該在朗邁色之上。二人雖然交情不深，但都受了摩達索羅蠱惑，所以才聯手反叛，我想摩達索羅才是叛軍的精神領袖。他在黑教信徒眼裏，不啻於神靈的化身。」

任天翔沉吟道：「摩達索羅既然是神一般的人物，若教徒們知道他敗在了蓮花生大師手中，不知會有什麼影響？」

赤松德贊想了想，搖頭道：「沒人相信他會落敗，近二十年來他已無任何敗績。凡想挑戰他權威的對手，無論是苯教中人還是外來高手，無一例外都敗在了他的手下，有的更是死得慘不忍睹。」

一直不曾開口的蓮花生啞然笑道：「摩達索羅方才已受暗傷，要想不讓人知道他剛剛落敗，就得趕緊找僻靜處靜養療傷，不然就會落下後遺症。至少一個月之內，他無法再作惡。」

任天翔眼中陡然閃過一絲喜色：「以摩達索羅在黑教信眾中神靈一般的地位，必然要千方百計掩飾自己受傷落敗的事實，找地方躲起來養傷是不得已的辦法。難怪方才朗祿到來後眼光到處亂看，肯定是尋在找摩達索羅和他的弟子。摩達索羅受傷後沒有回去與叛軍會合，而是找隱秘處獨自閉關療傷，這點或許可為咱們利用。」

「如何利用？」眾人齊聲問。

見任天翔皺眉在殿中踱了幾個來回，沉吟道：

「朗邁色竟差兒子冒險來做使者，且堅持要在宮中留宿過夜，顯然是心中有所猜忌。摩達索羅的突然消失定是令朗邁色百思不解，他絕不會想到天人一般的黑教第一上師，竟會被蓮花生大師所傷，不得不暫時躲起來療傷。」

「那又如何？」赤松德贊皺眉問。

任天翔停下腳步，沉吟道：「咱們或許可挑起末氏和朗氏相互間的猜忌，為扎達路恭將軍連夜趕回屬地，率兵勤王贏得時間。不過，這必須要借助無塵禪師的遺骸相助，還需要蓮花生大師以佛門神通配合，甚至還需要仲巴吉大相幫忙。」

「阿彌陀佛！」蓮花生宣了聲佛號，沉聲道，「需要貧僧怎麼做，公子但講無妨。」

赤松德贊也點頭道：「只要能度過眼前危機，我想仲巴吉大相定不會拒絕。」

任天翔壓低聲音，將想到的計謀對眾人仔細解釋了一番，眾人臉上均閃過驚詫和欣喜之色，紛紛鼓掌道：「果然好計！不怕朗邁色不上當！」

夜深人靜，邏些城卻無人安眠。十多萬叛軍已將原本就不大的首邑團團圍困，叛軍營地中的篝火如繁星一般不可勝數，一直延綿到天邊，恍惚與天相接。在這種情形之下，能安然入睡的也就只有無知的孩童。

暫宿於布達拉宮的朗祿也輾轉反側，難以入眠。

他冒險來見仲巴吉，原本不只是做個使者這麼簡單。他除了要親自窺探布達拉宮的守衛情況，更重要的是查探摩達索羅的下落。摩達索羅先一步來見留守邏些城的大相仲巴吉，按約定無論是否說動對方，都該回去向末東則布和朗邁色回報。但如今摩達索羅下落不明，實在令人費解。

由於摩達索羅在黑教信徒心中已幾近神靈，所以無人想到他會受傷暫隱，因此朗邁色才要精明過人的兒子冒險做個使者，並且堅持要在宮中留宿，借機查探摩達索羅的下落。

正朦朦朧朧之時，朗祿突聽窗外飄來一絲隱約的笛音，猶如來自地獄一般陰鬱深沉。朗祿兩眼一亮，立刻翻身坐起，他已聽出那笛音，正是出自摩達索羅手中那管用有道高僧腿骨做成的骨笛，原來摩達索羅果然還在宮中！

門外有宮中侍衛職夜，不過這難不倒朗祿。他悄悄潛到門後，從門縫中往外望去，借著濛濛月色，可見兩個守衛正靠在門邊打盹。朗祿猛地拉開房門，不等兩個守衛明白過來，他已左右兩掌砍在二人脖子上，二人一聲不吭就往後倒，被朗祿一手一個扶入房中，輕輕放在地上。然後朗祿仔細關上房門，悄悄向方才笛音傳來的方向潛過去。

笛音早已消失，朗祿只能憑直覺在重重宮殿中慢慢摸索，直摸到布達拉宮後殿，便見一間偏殿中有燈光隱隱透出。他正待潛近，突見偏殿廊柱後立著四個影影綽綽的人影，渾身黑衣與夜色融為一體，猶如地獄幽靈一般毫無聲息。

朗祿借著濛濛月色，認出那四人正是摩達索羅身邊的弟子，四人似乎是在殿門外負責警戒，一動不動全神貫注。朗祿正猶豫要不要上前與他們會合，突聽偏殿中傳來隱隱的人聲，似乎有個蒼老的聲音在壓著嗓子說話，聲音雖低，不過在夜深人靜之時卻還是清晰可辨。

朗祿心中一動，想起父親臨行前的叮囑，不由屏住呼吸，隱身暗處一看究竟。半晌後，殿門半開，就見仲巴吉將一個黑衣人送出殿門，壓著嗓子小聲道：

「上師放心，老臣已知道該怎麼做。請上師回覆末領主，明日老臣便宣布迎接末領主和朗領主入宮，然後將刀斧手埋伏在殿後。有末領主和上師暗中配合，此事必定可成！屆時由末領主與老臣攝理朝政，由上師統領天下教門，咱們政教齊心協力，定可使我吐蕃重現先祖的輝煌。」

黑衣人不置可否地「嗯」了一聲，合十與仲巴吉道別。

朗祿先是聽得有些糊塗，但跟著冷汗就涔涔而下，隱約想到了什麼擔心之事，同時也認出了黑衣人腰間懸著的那根骨笛。他一動不動伏在暗處，大氣也不敢亂出，生怕稍不留神就驚動了遠處那六識過人的黑教上師。

就見黑衣人與仲巴吉拱手作別後，身形突然冉冉升起，輕盈地落在屋簷之上，轉眼便消失在黑暗深處，遠方隱隱傳來一絲骨笛的銳嘯，正直直奔向城外，看方向正是末氏大營所在。

朗祿不敢追上去，只能悄悄潛回住處。在房中徘徊了幾個來回，他心中越想越怕，只盼著快些天亮，好趕回去向父親報信。

就在朗祿焦急等待黎明的時候，在穿城而過的邏些河畔，赤松德贊正親送扎達路恭登上小船。雖然叛軍已包圍了全城，但借穿城而過的邏些河，依舊可以趁夜逃出叛軍包圍圈。

「將軍，吐蕃的未來就在你手中了。」赤松德贊執著扎達路恭的手，眼中滿是殷切之色。

「殿下放心，末將趁著夜色順流而下，天明時就可進入雅江，然後順江而下，五天之內即可趕回我的屬地。」扎達路恭沉聲道，「只要任公子的計謀奏效，使朗氏和末氏相互猜忌，無法聯手攻城。半個月內，末將便可率大軍趕來首邑，與殿下裏應外合，將叛軍一舉擊潰！」

赤松德贊拱手一拜，含淚道：「我和邏些全城百姓命運，就都寄託在將軍身上了！」

「殿下保重！末將去也！」扎達路恭說著跳上小舟，合十對赤松德贊一拜，然後揮刀斬斷繫舟的繩索。小舟立刻順著湍急的河水疾馳而去，轉眼便消失在茫茫夜幕之中。

直到再看不到小舟蹤影，赤松德贊才依依不捨地回過頭，對陪同他前來的任天翔道：

「現在，咱們該靜等黎明的來臨了。」

在一夜無眠之後，黎明終於姍姍來遲，天剛亮，仲巴吉便差人來請朗祿，並告訴他經過一夜的考慮，眾大臣願接受末氏和朗氏的條件，立年僅七歲的芒松殿下為贊普，並由仲巴吉、末東則布和朗邁色三人任攝政大臣，共同輔佐年幼的贊普統治吐蕃，直到贊普成年為止。

「將軍速速回去向兩位領主回報，就說老臣率百官恭迎兩位領主入宮，即刻主持登基大典，並從即日起便攝理朝政。」仲巴吉臉上帶有淡淡微笑，一夜過去，他就像變了個人，顯得異常從容鎮定，胸有成竹。

「好！我這就回去稟報父親。」朗祿急忙告辭，仲巴吉的熱情相邀，越發證實了他心中的揣測——末東則布的兒子是摩達索羅的得意弟子，末氏與黑教的關係遠非朗氏一族可比。如今大局將定，朗氏就成了他們最大的潛在對手，必欲除之而後快！摩達索羅已與仲巴吉達成秘密協議，要共同除掉朗氏。他必須立刻趕回去，阻止父親進城，以免落入他們設下的陷阱！

朗祿縱馬匆匆出城，正好見到父親率軍出營，二人在城外相遇，朗祿急忙高喊：

「爹爹一大早就要進城？」

「是啊！」朗邁色迎上兒子的奔馬，意氣風發地笑道，「方才末領主差人來說，仲巴吉和大臣們已接受咱們的條件，並恭迎為父與末領主去布達拉宮主持大局。為父已與末領主相約，分別從南北兩個方向進城，在布達拉宮會合。你來得正好，可隨為父一同入城。」

「爹爹萬萬不可入城！」朗祿連忙將昨夜聽到看到的情形簡略說了一遍，最後道，「如今摩達索羅已於末氏和仲巴吉達成秘密協議，父親一旦進城，只怕就是有去無回！」

朗邁色聞言面色微變，遲疑道：「摩達索羅乃受人尊崇的黑教上師，末東則布與為父又是多年的同僚，不至於如此吧？」

朗祿急道：「他連赤德祖丹贊普都敢弒殺，多年的同僚又如何？摩達索羅至今不見露面，若非是心中有鬼，為何不敢來見父親？」

朗邁色臉色陰晴不定地沉吟半晌，猶豫道：「依你之見，如何是好？」

朗祿眼中閃過一絲狠色，恨聲道：「咱們最好先下手為強！爹爹可差人去請末東則布，要他來咱們營中商議進宮後的人事安排。他若敢來，咱們就一不做二不休。」朗祿說著，用手在自己脖子上狠狠一劃。

朗邁色面色大變，失聲道：「如果他的族人追究起來，咱們豈不是要內訌？」

朗祿冷笑道：「如果沒了末東則布，摩達索羅只能選擇與咱們合作。咱們兵力比末氏要強，就算翻臉也是他們吃虧。如果爹爹下不了決心，也可將末東則布扣為人質，屆時他的兒子和屬兵就都不敢輕舉妄動。」

朗邁色捋鬚沉吟良久，遲疑道：「如果末東則布不來見我，反要為父去他的營地商議入城之事，那又如何是好？」

朗祿冷笑道：「那就更加證明他心懷叵測。咱們就要立刻率軍後撤二十里，以防末氏大兵與仲巴吉指揮的守軍裏應外合，打咱們一個措手不及。」

朗邁色微微頷首道：「你的顧慮不無道理，為父這就差人去請末東則布。」說著一招手，立刻有隨從應聲過來聽令，朗邁色沉聲道，「你持我的信物速去見末領主，要他速來我的營地議事。」

隨從領令而去後，朗邁色調轉馬頭，對手下一揮手：「回營，咱們暫不入城。」

平叛

第八章

布達拉宮最高處，
任天翔與赤松德贊俱在忐忑不安地觀察著城外叛軍的動靜。
眼看叛軍的旗幟從東西兩個方向向邏些城靠近，
二人的心俱提到了嗓子眼，直看到旗幟在半途中停了下來，
最後向原來的駐地退去，二人才暗自鬆了口氣。

布達拉宮最高處，任天翔與赤松德贊俱在忐忑不安地觀察著城外叛軍的動靜。眼看叛軍的旗幟從東西兩個方向向邏些城靠近，二人的心俱提到了嗓子眼，直看到朗邁色的旗幟在半途中停了下來，最後向原來的駐地退去，二人才暗自鬆了口氣。

「看來公子的離間計開始奏效。」赤松德贊笑道，「只要末東則布和朗邁色相互猜疑，他們就不敢獨自入城。」

「咱們還得做點什麼，加深他們的猜疑。」任天翔沉吟道，「殿下可令城中富戶準備牛羊美酒，給朗邁色的大營送去，就說是犒勞眾兵將，並恭迎朗氏大軍入城。記住，只送給朗氏兵將，最好還讓末氏屬兵看到。」

赤松德贊眼中一亮，點頭笑道：「明白！我這就令人去辦！」

沒過多久，就見城中有百姓趕著牛羊往朗氏營地而去，半道上正好遇上兩個末氏遊騎，兩名遊騎見到牛羊美酒，忙令幾個百姓趕往末氏營地，幾個百姓卻不答應，只說是仲巴吉大相犒賞朗領主的東西。吐蕃民風彪悍，兩個遊騎見對方人多，不敢用強，只得憤憤不平地回去向領主稟報。

聽完兩個遊騎的稟報，末東則布老奸巨猾的眼中閃過一絲狐疑。方才朗邁色差人來請他去朗氏大營議事，他就有些奇怪，如今再聽到兩個遊騎的稟報，他不禁狐疑起來。身後愛子末羯羅也忍不住小聲提醒：

「仲巴吉只犒勞朗氏部屬，卻不給咱們面子，莫非他們之間有什麼不為人知的勾當，爹爹不可不防啊！」

末東則布捋著頷下半尺長銀鬚沉吟道：「不可胡亂猜想，以免中了仲巴吉離間之計。如今最要緊是立刻進宮，確立贊普和攝政大臣人選，其餘諸事皆可容後再議。」

末羯羅忙道：「如今朗邁色已停步不前，咱們若單獨入城，萬一他與仲巴吉有勾結，裏應外合將咱們堵在城中，咱們可就進退維谷，十分凶險了。」

末東則布皺眉搖頭道：「朗邁色與為父是多年同僚，他的為人為父多少有些瞭解，還不至於如此膽大。咱們萬不可相互猜疑，以免為他人利用。」

「朗邁色或許沒那個魄力與膽量，但他的兒子朗祿可不是省油的燈！」末羯羅急道，「以我對朗祿的瞭解，他就是為了個女人都會對朋友使黑招。如今不見我師傅回報，城中究竟是個什麼情形，以仲巴吉為首的眾大臣究竟是個什麼態度，咱們一無所知。萬一仲巴吉與朗邁色有勾結，咱們這一去，可就是往陷阱裏跳了。」

末東則布面色怔忡，開始猶豫起來。捋鬚沉吟良久，他問道：「依你之見，如何是好？」

末羯羅沉吟道：「爹爹最好是等我師傅回來覆命，仔細瞭解城中情況後再做決定。至於眼下，最好是不要輕舉妄動，或者差人請朗邁色過營議事。如果他不過來，可就要防著點了。」

末東則布沉吟良久，頷首道：「你的話不無道理。如今遲遲不見摩達索羅回來覆命，實在有些蹊蹺。就先請朗邁色過營議事，再做打算。」

一名隨從領得命令，立刻如飛而去，將末東則布的邀請送到朗邁色面前。不過朗邁色接到這邀請，猜疑之心更甚，便對前來相邀的兵卒道：

「請回覆你家領主，就說除非是摩達索羅上師親自相邀，朗某或可從命。」

末東則布得到這樣的答覆，心中越發狐疑，只得差人傳話道：「摩達索羅上師一直不見蹤影，你讓老夫哪裡去請？」

「他在撒謊！」得到這樣的答覆，朗祿頓時火冒三丈，「我親眼看見摩達索羅連夜去了他的營帳，他不敢承認，定是二人心中有鬼，以至摩達索羅不敢前來見父親。」

末東則布的舉動令朗邁色不由得不懷疑，越發不敢去對方的營帳議事，便堅持要先見摩達索羅上師，同時令所部兵馬後退二十里，等待末東則布答覆。如此一來，末東則布更不敢獨自進城，只得在原地等候摩達索羅回來覆命。

就在雙方相互猜疑、提防和試探中，時間一天天過去，卻始終不見摩達索羅露面，而仲巴吉卻天天派人來請兩位領主進宮主持大局，守衛邏些城的神衛軍也撤去了通往布達拉宮的防衛，做出恭迎末氏和朗氏大軍進城的姿態。

城中更是謠言四起，有說仲巴吉大相欲迎末東則布做贊普，有說百官欲請朗邁色主持朝政，總之各種謠言俱說得有根有據，令人真偽莫辨。在這種情形之下，末東則布與朗邁色相互間越發警惕，雙方主要的精力都用在了彼此提防上，對城中守軍反而不再十分戒備。

十五天之後，朗氏大軍駐地的後方出現了一股沖天狼煙，那是扎達路恭已率軍趕到的信號。直到看見這約定的狼煙，赤松德贊與任天翔才算是徹底放下心來。

「扎達路恭將軍終於及時趕到，邏些城之圍可解也！」赤松德贊的臉上泛起少年人特有的紅暈，興奮地與任天翔一擊掌，「我這就下令神衛軍出擊，與扎達路恭將軍裏應外合，先擊潰朗邁色，再合力拿下末東則布！」

「殿下不必操之過急。」任天翔笑道，「扎達路恭雖及時趕到，但他只有五萬人馬，再加上長途跋涉人困馬乏，戰鬥力要打很大一個折扣。如果咱們貿然進攻朗邁色，末東則布多半會出兵營救，他知道朗邁色一旦落敗，自己肯定就是下一個目標，因此，無論如何他都要與朗邁色共同進退，如此一來，勝負還真不好預料。」

赤松德贊皺眉道：「我恨不得立刻就拿下這兩個反賊，為死去的父贊報仇雪恨！」

任天翔點頭道：「殿下的心情我完全能夠理解，不過，為了萬無一失，咱們還是應該將反擊的時間推後三天。一來讓扎達路恭的兵馬有個休整的時間，二來，也要與扎達路恭將軍制定一個完善的計畫，以便用最小的代價達到最大的效果。」

赤松德贊想了想，憤然道：「那就讓這兩個反賊再多活幾天！不過，咱們也要防著這兩個反賊鋌而走險，突然攻打邏些城。萬一被他們攻入布達拉宮，就會動搖我吐蕃的根基。」

任天翔笑道：「他們已錯過了最好的戰機，而且他們也看到了突然出現的狼煙，定會派出遊騎偵查，扎達路恭的大軍有五萬之眾，被遊騎發現只在早晚。有這樣一支大軍在後，他們再聯手攻打邏些城的可能微乎其微。他們最有可能是趁扎達路恭立足未穩，連夜偷襲其大營。咱們現在最要緊是派人給扎達路恭送信，以防被人偷營。」

「我這就派水性好的勇士順邏些河漂流而下，去給扎達路恭將軍送信。」赤松德贊忙道，「不過如何與他裏應外合，分別擊潰朗氏和末氏叛軍，公子可有妙策？」

任天翔正待回答，突然發現赤松德贊眼中閃爍著一絲狡黠之色，心中不由一動，笑道：「其實殿下心中已有妙策，又何必來問在下？」

赤松德贊哈哈一笑：「就不知我心中的想法是否有公子高明？不如咱們都將心中的想法寫在手上，看看哪個更好。」說完也不等任天翔拒絕，便令隨從筆墨侍候。

赤松德贊的提議激起了任天翔的好勝之心，當下提筆便在掌心寫下兩字。二人笑著攤開彼此手掌，仔細一看，彼此掌中竟是兩個相同的字——不攻！

赤松德贊滿心歡喜，哈哈笑道：

「真是英雄所見略同！咱們若主動進攻，朗氏、末氏定會聯手相抗，二人的兵力依舊在神衛軍和扎達路恭屬軍之上，勝負實難預料。只要咱們不主動進攻，二人便無法徹底消除彼此猜疑，也就無法放心聯手。時日一長，他們就得防著其他領主率軍趕來解圍，所以只能提前撤退。一旦他們後撤，軍心便會動搖，屆時神衛軍與扎達路恭將軍便可集中兵力，追擊其中一股叛軍，定能大獲全勝。」

任天翔連連點頭，心中卻是暗自心驚。想赤松德贊如今不過才十三、四歲，就已有這等見識，他日一旦登上贊普之位，再加上蓮花生的協助，吐蕃豈不是要就此中興？一個強大的吐蕃對大唐來說，肯定不是什麼好事，不過在眼前這情形下，他已無法阻止這種情況的出現。

赤松德贊沒有留意到任天翔眼中憂色，興沖沖令人派水性最好的武士，順邏些河漂流而下，去給扎達路恭送信。當天夜裏，朗邁色果然派兵想偷襲扎達路恭大營，誰知半道上就被對方發現，只得無功而返。

扎達路恭收到赤松德贊的計畫，便依計按兵不動，小心監視著末氏和朗氏兩軍的動向。

三天過後，朗邁色終於無法忍受被邏些城守軍和扎達路恭大軍夾在中間的局面，連夜後撤三十里。他的舉動引起了末東則布誤會，以為他要退走，末東則布怕自己孤軍被扎達路恭與邏些城守軍合擊，也急忙向後撤退。二人一旦退軍，便再也停不下腳步，不約而同往各自屬地飛逃，想憑之形成割據之勢。

叛軍旗幟方動，立刻就被於布達拉宮高處瞭望的赤松德贊發覺。他早就在等著這一刻，立刻令人在宮中點起狼煙，通知扎達路恭追擊，同時令神衛軍集結，準備趁勢追擊。

在布達拉宮前方的廣場上，數萬神衛軍已集結待命。就見赤松德贊身披甲胄，率隨從由宮門拾級而下，雖然他已有成人高矮，但身材還是有些瘦弱單薄，不過，他自信的目光彌補了外貌的稚氣，令人不敢因他的年齡而有任何輕視。

「赤松德贊殿下千歲！」神衛軍齊齊舉刀高呼，數萬柄寒光閃閃的刀鋒，刺破了吐蕃高原的寧靜。自赤德祖丹贊普噩耗傳來後，邏些城守軍就失去了主心骨，如今他們終於看到了新的希望，有人甚至喊出「赤松德贊萬歲」的口號。

赤松德贊翻身上馬，徐徐抬起馬鞭，待眾人停止了呼號，他才從容道：

「末東則布和朗邁色兩個叛賊，竟敢弒殺我父贊，率軍包圍首邑，威逼百官，實乃罪大惡極，鬼神不容。如今以扎達路恭將軍為首的各路領主，已率大軍前來平叛，叛軍如今已是喪家之犬，不得不張惶退走。現在是我神衛軍一展軍威的時候，可有勇士願與我並肩追擊，割下叛賊人頭？」

「願誓死追隨殿下！」眾人齊聲高呼，聲震寰宇。赤松德贊滿意地點點頭，揚鞭一聲高呼：「出發！」

數萬吐蕃騎兵，如滾滾洪流追隨赤松德贊疾馳而去，揚起的塵土遮天蔽日。在廣場邊相送的任天翔神情怔忡地目送著遠去的兵馬，心中實不知是喜是憂。

這一戰原本無須赤松德贊親自出馬，不過為了在軍中樹立威信，他還是堅持親自冒險率軍追擊叛軍，經過這一戰後，他繼承贊普之位便是水到渠成。任天翔心情複雜地注視著一個雄才大略的吐蕃少年，在自己幫助下，一步步登上了這個高原帝國的權力巔峰。

「是不是覺得一個強大的吐蕃對大唐是個不小的威脅？」一旁的蓮花生察言觀色，淡然笑問。

任天翔一怔，跟著哈哈一笑：「在下不過是個普通商販，國家大事自有皇帝老兒和文武百官操心，干我何事？」

蓮花生意味深長地笑道：「公子肯定不會永遠做個普通商販，相信終有一天，你會影響甚至左右大唐帝國的命運。佛爺看人還很少走眼。」

任天翔縮起脖子吐吐舌頭：「大師，這話可不能亂說，我還想多活幾年呢。」

蓮花生哈哈大笑：「你放心，佛爺也不想失去你這個朋友。」

任天翔嘻嘻笑道：「大師這次幫了赤松德贊殿下天大的忙，更以佛門神通擊敗吐蕃人心中鬼神一般的摩達索羅，將來定受殿下倚重，可別忘了當初對我的承諾啊。」

蓮花生微微頷首道：「貧僧若能在吐蕃開壇傳教，定會幫你達成心願。」說著他微微一頓，回首遙望巍峨莊嚴的布達拉宮，徐徐道，「希望佛法能化解這雪域高原的暴虐之氣，使這布達拉宮真正成為佛地。」

黃昏時分，合力追擊叛軍的神衛軍與扎達路恭屬兵，終於在赤松德贊率領下凱旋而歸。

由於末東則布與朗邁色分頭向各自屬地逃竄，扎達路恭與赤松德贊得以集中兵力追擊朗邁色大軍，以優勢兵力將朗氏叛軍幾乎徹底擊潰，再無力威脅邏些城安危；而末氏叛軍實力比朗氏要弱，更不敢與扎達路恭大軍正面對敵，只得速速逃回屬地，如此一來，邏些城之圍已徹底解除。

一直擔驚受怕半個多月的吐蕃貴族和文武百官，終於才徹底鬆了口氣，眾人紛紛出城迎接凱旋的大軍，高喊「赤松德贊萬歲」的歡呼聲不絕於耳。

是夜，邏些城通宵狂歡，豪爽奔放的吐蕃漢子在布達拉宮前燃起了堆堆篝火，以高原特有的慶祝方式，宣洩著他們天性中的奔放與激情。能歌善舞的吐蕃姑娘圍著篝火挑起了撩人的歌舞，赤松德贊也恢復了少年人特有的好玩天性，與眾兵將樂在一處。

作為殿下最尊貴的客人，任天翔自然也是篝火晚會的主角之一，他與蓮花生大師都是這次平叛的異族功臣，只因蓮花生大師持戒不飲酒，因此以扎達路恭為首的吐蕃將領和眾位大臣，便都將任天翔作為主要目標頻頻勸進，饒是任天翔酒量過人，三、五輪下來也感覺酒意上湧，腳下發飄。

剛應付完扎達路恭等人，赤松德贊又舉杯過來，意味深長地笑道：「公子請滿飲三大碗，我有好消息要告訴你。」

任天翔醉意熏熏地連連擺手：「不能再喝了，再喝恐怕就要酒後失禮，冒犯殿下也不自知。」

赤松德贊呵呵笑道：「我赦你無罪，你儘可放心。本殿下親自敬酒，公子也不給面子？」

任天翔無奈，只得接過侍女遞來的三碗青稞酒，咬牙一一喝乾。三碗酒下肚，頓覺渾身發軟，酒意上頭，不禁酣然醉倒，猶如置身雲端般飄忽而茫然。

迷糊中似乎被人扶入了帳篷，當厚厚的帳簾放下之後，熱鬧喧囂俱被關在了外面，耳邊一下子清靜下來。

帳篷中燃著熊熊爐火，地上鋪著厚厚氈毯，溫暖如春。任天翔朦朧中，感覺身上的束縛被一一解開，跟著一個溫暖如玉、滑膩如脂的身體鑽入了自己懷中，像八爪魚一樣輕輕纏住了自己滾燙的身體。

任天翔恍惚感覺自己又回到了長安城那令人銷魂的溫柔鄉，又如來到那傳說中的瑤池仙境，迷迷糊糊不知人間歲月。直到第二日一早從睡夢中醒來，猛然發覺自己懷中蜷縮著一個嬌小的女子，不由驚得翻身坐起。

那女子也立刻驚醒，連忙拉過錦被擋在赤裸的胸前，紅著臉用生澀的唐語囁嚅道：

「公子您……醒了？」

「你是誰？怎麼會在這裏？」任天翔忙問，他也發覺自己渾身赤裸，連忙抓過長袍披在身上。就見帳中沒有第三人，一直跟在自己身邊的兩個崑崙奴也不見了蹤影。

「我叫仲尕，是赤松德贊殿下賜給公子的奴婢。」那女子紅著臉小聲道。見任天翔正手忙腳亂地穿衣，她連忙上前幫忙，「請容奴婢侍候公子穿衣。」

「你別過來！」任天翔本能地將她一把推開，雖然他曾經是長安城有名的紈褲子弟，青樓妓寨最受歡迎的豪客，但像這樣糊裏糊塗就跟一個來歷不明的女子睡在一起，卻還是頭一回。他心中沒有意外豔遇的喜悅，只有一種本能的警惕。

終於穿上衣衫，任天翔心中稍稍平復了一點。見那女子也已穿上衣衫，眼裏含著委屈的淚水，低著頭有些不知所措。任天翔心中有些歉然，忙問：「你……叫什麼來著？」

「仲尕。」那女子低著頭小聲答道。

「仲尕，你聽我說。」任天翔逐字斟酌道，「昨晚我喝醉了，什麼也不知道。如果有什麼冒犯，完全是無意識下的舉動。我根本就不認識你，我們也沒任何關係，你……是否明白？」

仲尕大大的眼眸中漸漸盈滿了淚水，她卻強忍著不讓它滾落下來。稍稍低下頭，她澀聲道：「公子不必緊張，仲尕侍候公子乃是自願，公子不必有任何負擔。」

仲尕的通情達理讓任天翔稍稍鬆了口氣，仔細打量對方，才發覺仲尕實乃罕見的吐蕃美女，看模樣只有十八九歲，大大的眼睛猶如雪山中的小溪一般清澈，五官沒有任何高原烈風磨礪下的粗糙，反而如江南女子那般秀麗，雖然不及長安女子白皙豐滿，卻有種長安女子所沒有的異樣風情。

在任天翔的注視下，她有些羞怯地低下頭，其羞澀之態，令人心生憐惜。

任天翔收回目光，將心中的旖念趕緊趕開。他本能地想到，赤松德贊在自己酒醉糊塗之時，強塞給自己如此一份大禮，恐怕絕不僅僅是為了感謝自己的幫助這麼簡單。

「我……這就去見赤松德贊殿下，讓他將你送回。」任天翔說完，逃一般匆匆走出溫暖的帳篷。

就見兩個崑崙奴守在帳外，一向恭謹的臉上帶著一絲曖昧的微笑。任天翔恨不得抬腿給他們一腳，怒道，「昨晚看我喝醉，不貼身護衛也就罷了，為何任由我落入溫柔陷阱？」

兩個崑崙奴都有些惶恐，不知任天翔為何發怒。任天翔心知以他們的心智，也領會不了其中的利害關係，只氣得跺腳就走。

就見前方赭剛也面帶傻笑迎了過來，任天翔無心理會他的想法，只道：「走！隨我去見赤松德贊殿下！」

由於昨夜的歡宴，守衛布達拉宮的神衛軍都已認得任天翔是殿下的客人，見他要進宮，立刻飛奔通報。

不多時，便見扎達路恭親自出來迎接，老遠便笑道：「公子為啥恁般著急？殿下還以為公子起碼要三天後才會來謝恩呢！」

「我要儘快見到殿下，請將軍帶路。」任天翔一臉嚴肅，完全無心理會扎達路恭的調笑。在扎達路恭帶領下，二人登上布達拉宮，轉過重重宮門，最後終於在一偏殿中，見到了正向蓮花生大師請教佛理的赤松德贊。

見扎達路恭將任天翔領進來，赤松德贊立刻起身相迎，欣然道：

「公子來得正好，我方才正與蓮花生大師商議，如何才能讓佛教在吐蕃得以弘揚。我已決定新建一座桑耶寺，作為蓮花生大師傳經駐錫之所，並挑選貴族子弟在寺中剃度出家，從此改變佛門弟子在吐蕃沒有根基和地位的歷史。」

「殿下做了個正確的決定。」任天翔敷衍道。

「哦，對了！」赤松德贊突然想起一事，「桑多瑪上師和你的商隊已經平安來到首邑，我已令人安排他們在驛館休息，你隨時可以見到他們。」

突然聽到褚然等人平安抵達邏些城的消息，任天翔也十分欣喜，忙道：「多謝殿下安排！」

「你是我的貴客，無須如此客氣。」赤松德贊眼中閃過一絲狡黠的笑意，「我還有個好消息沒來得及告訴你，不過，我想先知道，你對我送你那件特殊的禮物可還滿意？」

任天翔臉上有些尷尬，不知如何回答才好。

又聽赤松德贊解釋道：「仲尕身分雖然是個奴婢，不過出身可不低。她父親曾是我吐蕃前朝重臣，只因捲入謀反事件被斬，家中子女也都賣身為奴。父贊念她年幼無知，特將她留在宮中作為我的玩伴。公子於吐蕃有天大的功勞，我思來想去，唯有以她做為禮物送給公子，才能表達我心中對公子的感激之情。」

「殿下言重了！」任天翔連忙一拜，正色道，「殿下的心意在下感激不盡，不過，還請殿下收回這份禮物。」

赤松德贊皺起眉頭：「怎麼？你不滿意？你可知道我吐蕃勇士中流傳著這樣一句話：出征當騎快馬，娶妻要娶仲尕。邏些城中不知有多少勇士想娶仲尕為妻而不可得，你竟然要拒絕收下無數吐蕃勇士夢寐以求的美女？」

任天翔感覺額頭開始冒汗，仲尕竟不是一般的奴婢，如此說來，自己的顧慮果然不是杞人憂天。他沉吟片刻，逐字斟酌道：

「仲尕確實是難得一見的美女，不過，我是長安人，從來就不習慣將女人當成禮物送人，更不習慣與素不相識的女人在一起。」

「一回生二回熟嘛，何況仲尕在宮中還學過唐語和大唐禮儀，甚至還精通大唐音律，與你應該會有共同語言。」赤松德贊曖昧地笑道，「再說經過昨夜，你還能說仲尕是個素不相識的陌生女人？」

任天翔正色道：「昨夜我喝得爛醉如泥，根本就不知道發生了什麼，更不知道如何去的那處暖帳。」他頓了頓，嘆道，「如果殿下只是單純將仲尕送我，在下作為一個正常的男人，當然會開心笑納。可惜殿下是另有目的，所以在下萬不敢收。」

赤松德贊眼中閃過一絲讚賞，頷首道：

「公子果然聰穎過人，看來我這份大禮確實沒有送錯。不錯，我送公子這份大禮，是想將公子留在我身邊為吐蕃效力。公子雖然年輕，但聰明才智令我佩服得五體投地，你與蓮花生大師實乃這次平叛的兩大功臣，我若有你們二人幫助，定能如虎添翼。只要公子願意留下來，無論想做什麼官職，想要多少封地和奴隸，皆可予以滿足。我這可不是空口許諾，再有半個月我就將正式繼承贊位，照你們唐人的說法，我的話就是金口玉言。」

任天翔雖然早已猜到赤松德贊送自己美女的企圖，但聽他親口說出來，臉上還是微微變色。低頭沉吟良久，他緩緩抬頭望向即將繼承贊位的吐蕃少年，懇聲問：

「請問殿下是想將在下當成朋友，還是僅僅當成可以幫助自己的人才？」

赤松德贊想了想，笑道：「當然是先當成朋友！也正因為如此，我才要將公子留在吐蕃，共同成就一番霸業。吐蕃雖不及大唐王朝博大繁華，但我可以保證，給予公子的尊榮絕不會少於大唐。」

任天翔感動地點點頭，嘆道：「我完全相信殿下的誠意，可惜我是個不願受任何拘束的普通人，榮華富貴和建功立業於我來說並無多大吸引，我只想做個自由自在的商人，能養家糊口即可。既然殿下當我是朋友，在朋友面前我也不說假話，我不會留在吐蕃做官，將來也不會做大唐朝廷的官，希望殿下成全。」

赤松德贊有些意外，臉上漸有不豫之色：「公子這是看不起我吐蕃的官職，還是看不起我赤松德贊？」

任天翔懇聲道：「在下一介白丁，哪敢如此狂妄。俗話說，一方水土養一方人，我當初雖然被迫離開長安，但無時無刻不想重回故土，重新回到自己熟悉的世界。殿下如果也將在下當朋友，就請成全在下這點小小的心願。」

赤松德贊臉色陰晴不定，冷冷問：「當初隨我母親陪嫁過來的侍從中，也有不少長安人，他們不也在吐蕃生活多年？蓮花生大師是泥婆羅人，也不遠萬里到我吐蕃弘揚佛法，為什麼你就不能留下來？」

任天翔心知要讓一個從未離開過故土的少年，真正理解一個遊子對故鄉的依戀，實在太難太難。面對赤松德贊的質疑，他一時無言以對。一旁蓮花生見氣氛尷尬，連忙上前一步，合十道：「殿下萬不可將任公子留在吐蕃，不然必有大禍！」

「為什麼？」赤松德贊轉頭問道。

蓮花生正色道：「雖然半個月後就將舉行繼位大典，屆時殿下將成為吐蕃之王，但外有末氏叛軍尚未掃平，內有仲巴吉等權臣並未徹底歸服，除此之外，黑教勢力更是不可小覷，各地領主也多在觀望。此刻貿然重用與吐蕃一直衝突不斷的大唐人氏，必然會引來百官反對和各地領主的猜疑。難保不會有人生出貳心，或與黑教勾結，或暗中支持叛軍，屆時吐蕃局勢恐怕就要生出諸多變數。」

赤松德贊想將任天翔留在吐蕃，只是出於對人才的渴望，並沒有考慮到各方面的因素。聽蓮花生這一勸說，不由沉吟不語。

蓮花生看他面色猶豫，便笑道：「如果殿下真是欣賞任公子才幹，其實還有一個辦法，既可使他為吐蕃效力，又不至於引起眾大臣和領主們的猜疑。」

赤松德贊忙道：「還請大師指點迷津。」

蓮花生淡淡一笑：「殿下忘了公子真正的身分？吐蕃自從與大唐交惡以來，商路基本中斷，若有人能將吐蕃稀缺的貨物源源不斷送到邏些城，再由殿下委託之人轉賣給各地領主，這對殿下的幫助，難道不比留在殿下身邊大麼？」

赤松德贊恍然大悟，卻又遲疑道：「大師所言甚是，不過，大唐與吐蕃之間關卡重重，就算我可以讓任公子的商隊在吐蕃通行無阻，但他怎麼能通過大唐邊軍的關卡？」

蓮花生笑道：「常人或許會束手無策，不過任公子可不是一般人。」

任天翔已領會蓮花生意圖，不禁對他感激地點點頭，然後對赤松德贊笑道：「實不相瞞，我這次冒險從于闐出發翻越崑崙，就是看中了大唐與吐蕃交惡後巨大的商機。我已買通于闐王族尉遲氏，只要殿下能讓我的商隊在吐蕃通行無阻，我就能保證將吐蕃需要的貨物，源源不斷地從于闐運到邏些城。這比從波斯和大、小勃律輾轉而來，起碼要節省一大半路程。」

赤松德贊沉吟未決，一旁的心腹侍從李福喜也連連點頭道：「如此一來，大唐的茶葉，瓷器，絲綢等等貨物，還有吐蕃急需的食鹽，再也不必從波斯人手中花高價購買了。」

扎達路恭也道：「安西出產的兵刃天下馳名，若能弄到吐蕃，定可使我吐蕃實力大增。殿下不必再猶豫，這是天大的好事！」

赤松德贊望向任天翔，問道：「你能為咱們弄到安西出產的兵刃和吐蕃最為稀缺的食鹽嗎？」

任天翔遲疑道：「食鹽和其他貨物都沒問題，唯有兵刃要受安西都護府管制，這個只怕不易。不過我會盡我所能，為殿下弄到安西出產的好刀。」

「太好了！」赤松德贊臉上終於有了喜色，摘下腰間那柄牛角短匕遞給任天翔，欣然道，「這柄牛角短匕乃是傳自先祖松贊干布，各地領主俱識得。你可憑之作為信物，在我吐蕃疆域通行無阻！我希望你的商隊，能為我源源不斷送來吐蕃急需的各種貨物。」

「多謝殿下賞賜！」任天翔雙手接過短匕，心中欣喜莫名。

當初他冒險來吐蕃，原本只是想用第一批貨物結交和買通某個領主，打通吐蕃關卡。沒想到機緣巧合結識了赤松德贊，在幫助他平定叛亂之後，順利拿到了通行吐蕃所有關卡的信物，這實在出乎他最好的預料。如今赤松德贊送自己如此珍貴一份厚禮，任天翔也不能不有所表示，他仔細收起匕首，懇聲道：

「這次我千里迢迢來到吐蕃，除了想要打通西域到吐蕃的商路，還想拜祭我大唐兩位公主，並將所有貨物奉獻在她們的靈前。請殿下務必要滿足在下這個小小的心願。」

任天翔知道如果直接將貨物獻給赤松德贊，對方即將成為吐蕃贊普，根本不會將這點貨物放在眼裏。不過，如果是獻給文成、金城兩位公主，他定會領情。

果然，就見赤松德贊眼中湧出莫名感動，點頭嘆道：「難得公子還記得我母親和曾祖母，我這就帶你去拜祭她們。」說著挽起任天翔就走，並示意眾人不用跟隨。

任天翔在赤松德贊帶領下，先去金城公主生前住過的宮殿瞻仰祭拜，然後穿過重重宮門來到布達拉宮最高一層，赤松德贊指著中央一間宮殿道：「這是當年先祖靜修的殿堂，裏面供奉著先祖和兩位曾祖母塑像。」

任天翔連忙上前拜倒，抬頭向殿內望去，就見內裏供奉的是松贊干布和大唐文成公主，以及泥婆羅尺尊公主塑像。

他恭恭敬敬在殿外磕了三個頭，在心中暗道：文成公主當年和親吐蕃，為大唐和吐蕃帶來了幾十年的和平，今日我作為大唐子民能前來拜祭，想必公主在天之靈，也會非常欣慰吧。

拜祭過文成公主，赤松德贊又帶著任天翔參觀藏寶樓中陳列的金銀珠寶和經書器皿。在沒有隨從和大臣陪同之時，他恢復了少年人特有的活潑天性，對任天翔欣然炫耀道：

「這裏陳列著曾祖母和先母從長安陪嫁過來的東西，其精美絕倫令人嘆為觀止，由此可想見長安之繁華。這麼多年來，你是第一個前來祭拜她們的大唐百姓，又奉上不菲的貨物作為祭品，我想她們定不會讓你空手而回。你便在她們陪嫁的這些珠寶玉器中挑選一件，作為她們賜給你的紀念吧。」

任天翔本待拒絕，但看到赤松德贊眼中那懇切的微光，只得將拒絕的話咽了回去。他知道這些陪嫁品在吐蕃人心中，定如聖物一般神聖，如果自己貿然拒絕赤松德贊的好意，就是對聖物的褻瀆。想到這，任天翔便對赤松德贊拱手一拜：

「恭敬不如從命，在下謝謝殿下美意。」

在赤松德贊帶領下，任天翔順著陳列的陪嫁品一件件看過去，就見紅布覆蓋的桌案上，除了珠寶首飾還有不少精美的陶瓷器皿，以及不少的佛經和唐文古籍，任天翔正不知挑什麼為好，突被一堆珠寶中夾雜的一塊薄薄的玉片吸引了目光。

就見那玉片色澤黯淡，幾乎毫無光澤，形狀呈不規則的三角形，顯然是一塊不完整的碎片。只一眼任天翔便可肯定，它跟自己懷中那塊義安堂代代相傳的聖物，是同源同宗的東西！

饒是任天翔一向鎮定，此刻心情也異常激動。抖著手拿起那塊玉質殘片，入手之後，他立刻就明白，它與自己懷中那塊玉質殘片，是同一個玉器的不同部位，它們有著相同的花紋和質地，甚至有條邊還可以一絲不差地合在一起！

抖著手將那塊玉質殘片在手中摩挲半晌，任天翔澀聲問：「這是什麼東西？」

赤松德贊仔細看了看，皺眉道：「我也不知。如此低劣的玉質，與其他精美的玉器格格不入，可它偏偏就是當年曾祖母的陪嫁之物，實在是令人費解。」

任天翔翻來覆去看了半晌，終於澀聲道：「我想就留下它作為紀念，請殿下恩准。」

「當然沒問題！」赤松德贊微微一笑，「不過我要好心提醒你，它只是一塊質地低劣的墨玉殘片，根本就沒什麼價值。」

任天翔意味深長地笑道：「紀念品的價值往往不在它的外表和質地，而是在它的內涵。」

赤松德贊只當任天翔是因為對兩位大唐公主的崇敬，才如此看重這塊普普通通的玉質碎片，也沒有多想。與任天翔攜手離開藏寶樓後，他突然笑道：

「如今我已是吐蕃即將繼位的贊普，當然不能占你的便宜。既然你將貨物都獻給了兩位大唐公主，我定不會叫你空手而回。不過現在這時節，崑崙已是大雪封山，你就安心在這裏過冬，待來年開春雪融冰消後再走。」

任天翔點頭笑道：「就怕給殿下添亂。」

「不礙事！」赤松德贊擺擺手，「待我繼承贊位、平定叛亂後，公子定要給我講講長安的風土人情和繁華景象，尤其是大唐皇帝治理國家的手段和方略，希望對我吐蕃有所幫助。」

任天翔見赤松德贊稚氣未脫的臉上，洋溢著自信與期待交織的容光，心中在為他高興的同時，也在暗自感慨：這少年胸懷大志又虛心好學，吐蕃在他治理之下必定會更加強大，這對大唐來說實在不是個好消息。不過，我任天翔只是個離鄉背井的逃犯，國家大事自有肉食者謀，倒也輪不到我這無名小卒去操這份閒心。這樣一想，心中也就釋然。

「對了，仲尕還合公子心意吧？」赤松德贊突然笑問。

任天翔臉上頓時有些尷尬，忙拱手道：「殿下還是收回這份大禮吧，在下實在愧不敢受。」

赤松德贊有些意外：「她伺候得不好？那我重新給你換一個。」

任天翔連忙分辯：「那倒不是，只是我還不太習慣接受這種特別的禮物。」

赤松德贊臉上頓時有些不悅：「以女奴侍奉貴客，一向是我吐蕃貴族的待客之道。公子若是不受，便是不給主人面子。公子莫非見我年少，便不將我放在眼裏？」

任天翔見赤松德贊面如寒霜，心中暗自吃驚。他沒想到吐蕃竟有這種習俗，簡直強人所難。不過為了這點小事，似乎犯不著冒犯這個未來的吐蕃王，他忙笑道：「在下豈敢冒犯殿下，既然吐蕃有這等風俗，在下便入鄉隨俗吧。」

「這才對嘛！」赤松德贊釋然一笑，「我會在城中給公子安排住處，你就安心在這裏過冬。有仲尕侍候，想必不會寂寞。」

事已至此，任天翔只得硬著頭皮應承下來。雖然他很不習慣這種將女人當禮物送人的風俗，不過，想到這是赤松德贊一番好意，而且仲尕又是萬裡挑一的吐蕃美女，他心中也就不那麼抗拒了。

暗算

第九章

話音剛落，就聽上方響起一聲長笑，
一道黑影從梁上徐徐落下，猶如鬼魅般輕盈。
仲孞正要失口驚呼，誰知剛張嘴便被那黑影信手一揮，
將她衝到嘴邊的驚叫生生逼了回去，她的人也跟著軟倒在地。

次日，赤松德贊果然讓人在城中給任天翔等人安排了一處別院，雖算不上多麼奢華，卻也稱得上是清靜幽雅。得知只有等到次年開春後，崑崙才不再是大雪封山，商隊也才能越過崑崙原路返回，任天翔也就安心住了下來。

各地領主陸續聚集邏些城，參加半個月後赤松德贊的繼位大典，因此赤松德贊和扎達路恭忙著準備半個月後的大典，再無暇顧及任天翔等人，而蓮花生大師則在忙著籌建桑耶寺。各人都在忙碌，唯任天翔樂得清閒，每日不是帶著崑崙奴兄弟在邏些城中欣賞與長安迥然不同的異族風情，就是讓褚氏兄弟去瞭解吐蕃各種貨物的行情和市場，盤算著將來如何才能最大限度地獲利。

十多天時間很快就過去，赤松德贊的繼位大典按計劃就在次日舉行，各地領主陸續趕到首邑，城中一時熱鬧非凡。

任天翔見崑崙奴兄弟這段時間一直不知疲倦地跟隨左右，雖說他們並沒覺著辛苦，任天翔卻有些過意不去，便拿出些碎銀子對二人道：

「阿崑阿崙，明日你們就要隨我去參加赤松德贊殿下繼位大典，也不能穿得太寒酸，給我這個主人丟臉。我放你們一天假，去買身得體的衣衫，天黑後再回來。」

崑崙奴兄弟原本無名無姓，任天翔為了方便起見，便稱穩重些的兄長為阿崑，伶俐些的弟弟為阿崙，兄弟二人自從有了自己的名字，對任天翔這個新主人早已感激不盡，如今又聽任天翔要放他們的假，二人俱愣在當場。奴隸從來就沒有放假一說，更沒有自己去買新衣服的道理。

任天翔知道他們從小所受的教育，使他們一時間還無法接受哪怕是一天的自由，便將錢強塞入兄弟二人手中，以主人的口吻命令道：

「現在我命令你們，立刻去給自己買身新衣服和新靴子，然後蹲牆根曬太陽也好，喝酒吃肉找女人也好，總之一句話，我不管你們幹什麼，天黑之前不准回來。」

兩兄弟呆呆地愣了半晌，見任天翔態度堅決，只得拿上錢出門而去，一路上都還在對任天翔的命令疑惑不解。

二人這一走，別院中頓時冷清下來，褚氏兄弟早已和兩個刀客外出考察吐蕃商機，還帶走了巴扎老爹做嚮導。偌大的別院中，除了幾個赤松德贊附送的奴僕，就只有仲尕這個特殊的奴婢。

以任天翔那紈褲本色，對送上門的美女一向是欣然笑納，但仲尕乃是赤松德贊的禮物，難保沒有帶著特殊的使命。任天翔知道，如果僅僅是為了感謝，赤松德贊實在沒必要將吐蕃人人想娶的美女送給自己，不過他想破頭也猜不出，看起來那麼單純和善良的仲尕，會帶著怎樣的秘密使命。所以他從不敢將仲尕當成奴婢，反而是當成公主一樣地尊敬。

「公子，請用茶！」任天翔正望著窗外的天空出神，身後突然傳來仲尕溫柔聲音，將他嚇了一跳。回頭一看，就見仲尕正低頭捧著香茗，以半屈膝的姿態婷婷嫋嫋地立在自己身後，讓人想起隨風搖曳的柳枝。

這是標準的大唐禮儀，讓任天翔心中頓感親切，雙手接過香茗，他欣然問道：「對了仲尕，聽說你精通大唐音律，不知可否為我彈上一曲？」

「奴婢遵命，請公子稍待。」仲尕面露喜色，連忙躬身而退。雖然已與任天翔有過肌膚之親，但也還是第一次為他撫琴，仲尕心中既有些忐忑又有些期待。

片刻後，她手捧瑤琴回到廳中，將瑤琴置於案上，略為調息後，便輕緩地彈了起來。琴聲乍起，任天翔心神就是一動，原本以為仲尕只是略微會彈幾首樂府小調，沒想到一出手竟是繁難複雜的《霓裳羽衣曲》！

《霓裳羽衣曲》原是當今聖上李隆基為愛妃楊玉環而做，極盡絢麗纏綿，實乃樂府大調中不可多得的精品，曾被長安最有名的樂師李龜年譽為「此曲只應天上有，人間難得幾回聞」。這雖有拍皇上馬屁之嫌，不過自這首曲子從宮中傳出後，立刻就風靡長安所有青樓，卻是不爭的事實。任天翔曾無數次聽到過這首曲子，但惟有這次，他的心在隨著那熟悉的音符跳動。長安城的繁華和璀璨，猶如畫卷般隨著那熟悉的琴聲漸漸浮現在眼前。

熟悉的琴聲將任天翔帶回到難忘的長安城，淚水不知覺間盈滿了他的眼眶。直到琴聲渺渺他才霍然驚覺，連忙抹去淚水欣然道：

「彈得太好了！簡直不亞於宜春院的頭牌。」

「什麼是宜春院的頭牌？」仲尕好奇地問道。

任天翔有些尷尬，連忙笑道：「就是宜春院最好的樂師。」生怕仲尕再追問何為宜春院，他急忙轉開話題，「我還是第一次被這一曲《霓裳羽衣》感動得差點落淚，你這是跟誰學的？」

仲尕紅著臉道：「奴婢從小就跟隨大唐樂師學過音律，最喜歡富麗堂皇的大唐樂曲，不久前，有西域商人帶來了這套曲譜，我便照著曲譜練了起來，也不知奏得對不對。」

「奏得太好了，就是長安城最好的樂師也不過如此。」任天翔擊掌贊道，「不知能否再為我奏上一曲？」

「奴婢遵命！」仲尕欣然答道。說著，她雙手按琴，稍稍吸氣調息，然後才開始奏響第二首樂曲。

聽到熟悉的曲調，任天翔不禁雙眼微合，擊掌輕哼，品味著這既熟悉又陌生的琴音。

任天翔正沉浸在樂曲的華美之中，突聽「啪」一聲異響，一條琴弦竟無端而斷。仲尕頓時手足無措，滿臉羞愧。任天翔心中陡然泛起一絲不安，稍一沉吟便輕嘆道：

「既有不速之客登門，何不現身一見？」

話音剛落，就聽上方響起一聲長笑，一道黑影從梁上徐徐落下，猶如鬼魅般輕盈。仲尕正要失口驚呼，誰知剛張嘴便被那黑影信手一揮，將她衝到嘴邊的驚叫生生逼了回去，她的人也跟著軟倒在地。

「仲尕！」任天翔急忙上前查看，但見仲尕雖然不省人事，不過呼吸平緩正常，似乎並無大礙。就聽身後有人淡淡道：「放心，我只是讓她昏睡一日而已。」

任天翔回頭望去，就見一黑衣人猶如來自地獄般帶著隱隱森寒，散亂的披髮下是一雙鷹隼般銳利的眼眸，看模樣只有三十出頭，卻有著他這個年紀不該有的冷厲和陰狠。

有種人只需一眼就能令人不寒而慄，而對方顯然正是這樣的人——黑教上師摩達索羅的大弟子，末東則布的兒子末羯羅。

任天翔雖然以前只是遠遠看到過他的身影，但還是一眼就認出了他的身分。心中暗自吃驚，面上卻不動聲色，一言不發靜觀其變。

「嘿嘿，你小子雖然手無縛雞之力，不過膽色還算不錯。」末羯羅一聲冷笑，大馬金刀地在任天翔對面坐了下來，盯著他的眼眸道，「家師曾不止一次說起過你，以前我還不以為然，今日一見，果然有些特別。」

吐蕃貴族大多學過唐語，不過說的像末羯羅這樣流利的卻是不多。任天翔心中暗自稱奇，想起他師傅上次與蓮花生的鬥法，便笑問道：「你師傅的傷好得差不多了吧？」

末羯羅面色一沉，忽而又陰笑道：「自從上次布達拉宮一別，家師很是想念公子，叮囑我這弟子務必要請任公子一晤。我在你這別院外等了足有七八天，今日總算不辱使命。」

任天翔面上隱有懊惱之色，正欲左顧右盼，卻聽末羯羅淡淡道：「你別心存僥倖，這別院中所有奴僕都已中了我黑教密術，都在昏睡不醒。我已為你備下馬車，公子聰明人，想必不用在下用強。」

任天翔無奈道：「既然你師傅如此盛情，在下敢不從命？請帶路。」

末羯羅起身抬手示意，任天翔只得隨他來到大門外，就見一旁果然停著輛華麗的馬車。雖然街上有零星行人，但任天翔知道末羯羅手段，不敢冒險呼救，只得隨他登上馬車。就聽車夫一甩響鞭，馬車立刻奔行而去。

馬車窗門緊閉，看不到外面的情形，只感覺它在城中兜了幾個圈，最後才在一幽靜陰冷的所在停了下來。

末羯羅撩起車簾示意道：「公子請！」

任天翔下得馬車，見置身於一處幽靜莊園之中，不等他細看，末羯羅便帶著他穿過重重門廊，最後來到一間窗門緊閉、幾乎不見光亮的廂房之中，只見房中一黑衣老者正盤膝打坐，木無表情的老臉猶如古樹枯藤般溝壑縱橫。

「師傅，任公子到了！」末羯羅低聲稟報。老者微微睜開雙目，就像是對一個前來拜訪的朋友那樣抬手示意：「坐！」

任天翔依言在他對面的氈毯上盤膝坐了下來，第一次在如此近的距離面對黑教第一上師，他感覺自己的心臟在「怦怦」亂跳，幾欲從咽喉迸出。就見摩達索羅瞇著眼打量任天翔片刻，突然問道：「公子似乎有點緊張？」

任天翔勉強一笑：「上師乃非常之人，在你面前只怕很少有人不緊張。」

摩達索羅微微頷首，突然伸手一探，不等任天翔反應過來，命門已被扣住。任天翔正待掙扎，就感到一股暖流從摩達索羅指尖透出，經自己命門瀰漫全身，頓感渾身有種說不出的舒坦，緊張的心情也漸漸鬆弛下來。

「本師希望跟公子好好談談，所以不希望公子心中有任何緊張。」摩達索羅說著鬆開手，嘴邊竟露出了一絲友好的微笑。

任天翔長舒了口氣，笑道：「多謝上師無上法力，只是在下年少無知，只怕沒有什麼可與上師相談。」

「公子精明過人，本師早已有所領教。」摩達索羅淡淡一笑，「跟聰明人說話，想必不用多費口舌。本師只問你一句，你為赤松德贊立下莫大功勞，赤松德贊會給你多大好處？」

任天翔不好意思地撓撓頭：「也沒啥好處，也就是許我的商隊在吐蕃境內自由來去而已。」

摩達索羅點點頭，正色道：「如果你願意幫助咱們，本師保證你得到的好處會大大超過赤松德贊給與你的。本師派人瞭解過你的底細，知道你是來自西域的商人，為商最是重利，想必你會考慮本師的建議。」

任天翔啞然笑道：「赤松德贊即將成為吐蕃之王，我看不出背叛他會得到什麼好處。」

「如果赤松德贊做不了贊普，你得到的好處將超過你最大膽的想像。」摩達索羅淡淡道，「你的商隊不僅能在吐蕃境內自由來去，你還可以成為吐蕃境內唯一的鹽商，所有鹽的買賣都需經過你的商號。」

任天翔臉上微微變色，繼而啞然失笑：「上師真敢許諾，你可知一國之鹽業有多大？在下既年輕又膽小，可不敢有那麼大的胃口。再說，你又不是吐蕃贊普，空口白話誰不會說？」

摩達索羅正色道：「本師可以向苯教辛饒米沃祖師立下毒誓，以示誠意。只要你助我除掉赤松德贊，繼承贊位的就將是芒松殿下，屆時本師便可重掌吐蕃大權，本師的許諾就是金口玉言。」

任天翔悚然變色：「你們……你們是要刺殺赤松德贊？」

「不錯！」一旁的末羯羅厲聲道，「一旦赤松德贊做了贊普，我末氏一族將死無葬身之地！所以我末氏弟子必拼盡全力，阻止赤松德贊登基。如今我末族勇士已暗聚邏些城，就在等一個機會。你若肯幫忙那是最好，不然，就只有為你的愚蠢付出代價。」

任天翔低頭想了想，無奈道：「要我如何幫你們？」

末羯羅沉聲道：「明日便是登基大典，各地領主齊聚首邑，人多手雜方便行事。不過布達拉宮戒備森嚴，赤松德贊不僅有蓮花生主持大典，更有白教和花教上師隨行保護，實在難以得手。你是赤松德贊最為信任的貴賓，必有辦法讓咱們接近赤松德贊左右。」

任天翔苦笑道：「你可真是抬舉我了，就算赤松德贊對我信任有加，可我畢竟是個外人，能參加大典已是僥倖，哪有辦法讓陌生人接近赤松德贊左右？」

末羯羅倏然站起，陰陰道：「看來你是不願幫忙了？那就怪不得我！」說著，就要伸手抓向任天翔後頸，卻被摩達索羅抬手阻止。

黑教上師示意弟子退後，然後對任天翔和顏悅色道：「明日大典，防守必有疏忽和遺漏，公子作為貴賓，必定對整個大典的過程有所瞭解，想必可為本師指點迷津？」

任天翔想了想，搖頭嘆道：「如今我命懸你手，幫你們就是幫我自己。可是我思前想後，也實在想不出有什麼機會。」

摩達索羅盯著任天翔眼眸片刻，最後淡淡道：「既然公子不願幫忙，本師只好將你交給弟子處理。他早已為你備下我黑教最高禮遇，相信你不會覺得陌生。」

話音剛落，任天翔就感到後領一緊，身子突然向後飛去。卻是被末羯羅拎著後領出了廂房。就見廂房外的天井地上有個大洞，差不多有一人深，幾個黑教弟子正肅然而立，坑旁還架著一口大鍋，鍋中有瑩白如銀的液體在微微蕩漾。

「剝！」末羯羅說著，將任天翔扔給幾個黑教弟子，眾人立刻將任天翔剝得一絲不掛，然後豎直塞入剛好一人深淺的洞中。不等任天翔掙扎，幾名黑教弟子立刻手法熟練地往洞中填土，少時便將任天翔直直地埋入土中，只留頭顱在外。

「知道接下來要做什麼？」末羯羅在任天翔身邊蹲下來，眼裏閃爍著戲謔與嗜血的興奮微光，「好像你見到過無塵和尚和他那幾個弟子施法後的樣子，應該能夠想像。」

任天翔剎那間面如土色，終於明白末羯羅為何如此令人恐怖，他是把虐殺他人當成是一種享受，難怪巴扎老爹只聽到他的笛音就被嚇得簌簌發抖。

「為了怕你不明白，我不妨給你講講。」末羯羅眼裏有著貓戲老鼠的調侃，接過弟子遞來的一柄短刀，在任天翔頭頂比劃道，「待會兒祭拜過神靈，我便將你的頭頂割開一道小口，只有一卡長短。看到一旁那口大鍋了吧？那是水銀，只要將水銀從你頭頂這道淺淺的小口灌進去，它就會順著你皮膚與肌肉和骨骼的間隙滲透下去，一直滲到你的腳底。只要我不停地往你頭上這道小口灌水銀，它就會將你的肉體從你的皮中一點點地、活生生地擠出來，最後在地上留下一張完美無缺的人皮。通常你那失去皮膚的肉體不會立刻就死，它會呼號奔跑掙扎至少三天，我想地獄的折磨也不過如此吧。」

「你……你這個變態！你死後必定要下地獄！」任天翔想起無塵禪師的遭遇，嘴唇也不禁哆嗦起來。卻見末羯羅不以為意地哈哈一笑：「地獄算什麼？我黑教的刑罰更甚於地獄。」說著對一旁的黑教弟子一擺手，「祭天！」

幾名弟子開始做法祭天，依依啊啊的吟誦聲像是來自地獄的詛咒。就見末羯羅手舞足蹈，如癡如狂，在弟子們的吟誦聲中跳起了大神，不知跳得多久，他突然跪倒在任天翔面前，手執薄如蟬翼的短刀，神情專注地慢慢抵上了任天翔頭頂。

「大昭寺！」任天翔終於徹底崩潰，眼淚鼻涕交泗而下，嘶聲大叫，「大昭寺！」末羯羅停下手，不過刀尖仍然抵在任天翔頭頂。只聽任天翔口不擇言地叫道：

「大昭寺是文成公主所建，內有釋迦牟尼八歲等身法相！赤松德贊在布達拉宮舉行完大典，將去大昭寺親自請出埋藏於地的釋迦牟尼八歲等身法相。為示誠意，殿下除了佛門高僧和貼身隨從，將不帶任何外人入寺。」

「你是說這是個機會？」不知何時，摩達索羅已來到任天翔面前，他蹲下身來，俯身盯著任天翔的眼眸問道，「不過，咱們怎麼才能混入大昭寺？」

「大昭寺中的和尚早已因黑教的迫害而離開，如今寺中的和尚都是臨時從各地找來。」任天翔不住喘息，早已沒了方才的鎮定。

摩達索羅眼裏閃過若有所思的神色，喃喃道：「你是說他們都是生面孔，就算被掉了包也沒人認得出來？」

任天翔閉上眼不再開口，臉上懊悔與恐懼交織。

摩達索羅淡然一笑，示意末羯羅收起刀，然後緩步來到二門外，抬頭看看天色，若有所思地自語道：「咱們的時間不多了。」

「師傅是要咱們連夜潛入大昭寺，殺掉那些和尚，然後由咱們的人剃髮假扮和尚？」末羯羅跟了過來，低聲問。

摩達索羅微微頷首道：「赤松德贊若是不帶白教和花教上師，身邊就只有蓮花生有些神通。屆時為師纏住蓮花生，你就可率末族勇士將其擊殺於大昭寺中。不過，為防咱們過早動手暴露行蹤，你先率人在大昭寺外潛伏，待明日布達拉宮舉行大典之時，咱們再動手不遲。」

「太好了！有師尊親自出手，此事必定可成！」末羯羅興奮地一擊掌，回頭望望依舊埋在土中的任天翔，低聲問，「他怎麼辦？是不是乾脆就用他祭天？」

「不妥！」摩達索羅沉吟道，「明日大典赤松德贊若見不到他，難保不會警覺。再說，咱們做下如此驚天動地的大事，如果沒有人頂罪，肯定無法堵住天下人之口。他和那蓮花妖僧不啻就是最好的替罪羊，千萬不能浪費。」

「師尊高明，弟子受教了！」末羯羅連連點頭，「弟子這就帶人去大昭寺外潛伏，務必將此事做得天衣無縫！」

摩達索羅微微頷首道：「如今朗氏已滅，末氏已成孤軍，能否反敗為勝就在此一舉。為師也將黑教精銳押在這一擊之上，希望祖師在天之靈，庇佑我等一舉成功！」說著望天恭恭敬敬一拜。末羯羅神情一肅，連忙隨師遙拜。

黃昏時分，任天翔總算被黑教弟子挖了起來，重新沐浴更衣。摩達索羅親自在廳中設下酒宴，為他賠罪壓驚。任天翔轉眼間由死囚變成貴賓，似乎還不能適應，面對滿桌美味佳餚，他卻是坐立不安，頻頻遙望窗外天色。

摩達索羅察言觀色，不由捋鬚笑問：「公子似乎還有事放心不下。」

任天翔無奈嘆道：「我那兩個崑崙奴，天黑後回到住處若見不到我，恐怕會生出事端，壞了上師大事。」

「這好辦！」摩達索羅淡淡笑道，「你可將一件信物交給我黑教弟子，他立刻去你府上等候，待見到你那兩個奴隸，便將他們帶到這裏來。別怪本師不放心你離開，就是明日的大典也希望公子找個藉口推掉。你畢竟只是個外人，對赤松德贊的繼位大典並非必不可少。只要有你的親筆信，我想赤松德贊定不會起疑。」

任天翔苦笑道：「上師真是謹慎，到如今這地步，我還有反悔的機會麼？我這就寫信告訴赤松德贊，我今日偶然風寒，只怕明日不能去參加他的繼位大典，請他諒解。」

「那就請公子動筆，這信本師得親自過目。」摩達索羅笑道，「明日你要隨本師去大昭寺，如果事情順利，本師會兌現自己的承諾。若赤松德贊不來大昭寺，又或者咱們的謀劃不能得手，公子就得為自己的失策付出代價，保證會比活剝人皮還要痛苦百倍。」

任天翔搖頭苦笑道：「我如今已是上師手中掌握的棋子，除了聽令於上師，難道還有別的路好走？我只希望事成後，上師不會忘了自己的承諾。」

摩達索羅呵呵一笑：「本師一言九鼎，公子儘可放心。現在天色已晚，公子暫且在這裏委屈一日，明日一早咱們便去大昭寺。」

當東方第一抹霞光映上布達拉宮最高的飛簷，渾厚悠揚的號角突然從宮中傳遍四方，得到訊息的百姓從四面八方趕到布達拉宮之下，面對巍峨神聖的宮殿匍匐在地，默默祝福吐蕃新一任贊普登基加冕。

在離布達拉宮不遠的大昭寺，摩達索羅與任天翔也乘車趕到，兩個崑崙奴緊跟在車後，他們還不知道發生了什麼，只是本能地追隨主人而來。

末羯羅從隱秘處迎了上來，隔著車簾小聲稟報：

「弟子已去寺中查探過，除了幾個沒見過的和尚，寺中沒有外人。弟子已令我族武士剃掉髮辮，穿上袈裟，隨時可以替換那些和尚。」

摩達索羅唔了一聲，側耳聽聽布達拉宮傳來的號角聲，淡淡道：

「大典已在宮中如期舉行，照慣例大約一個時辰就要結束。咱們可以入寺了，那些和尚若是識相那是最好，若是反抗，便要乾淨俐落地解決。雖然附近百姓都已趕到布達拉宮觀禮，不過咱們還是要當心，千萬不能讓大昭寺中任何人呼救逃脫。」

「弟子已安排妥當，師尊不必擔心。」末羯羅說著拿起腰間骨笛，輕輕吹出聲銳嘯。就見十幾個身披袈裟的光頭和尚從藏身處蜂擁而出，到末羯羅跟前垂手靜立。但見十幾個假和尚人人精氣內斂，顯然是末氏族中高手。

摩達索羅目光從眾人臉上一一掃過，滿意地點點頭，轉頭對任天翔笑道：

「現在咱們就去寺中守株待兔，希望公子的消息不會有誤。」

任天翔無奈下得馬車，就見緊跟在馬車後的崑崙奴兄弟神情有異，緊盯著末羯羅的背影一瞬不瞬，眼中閃爍著恐懼與仇恨交織的微光。任天翔連忙對二人道：

「你們留在這裏等候，不必跟我進寺。」

「不！讓他們也進寺埋伏。」摩達索羅連忙道，「咱們人手有限，多兩個幫手就會多幾分把握。」

任天翔無奈對二人招招手，二人立刻跟在他和摩達索羅身後走向大昭寺。

寺門外兩個正在清掃的小和尚，突見一大群僧人過來，先是十分驚訝，跟著又想起自己職責，正待上前阻攔，誰知不及開口就已被兩個假和尚分別擊暈，然後挾在腋下進了寺門。

進門是個寬闊天井，幾個僧人正在為大昭寺做最後的清潔，突見一大幫人闖入，皆是十分詫異。摩達索羅沒心思跟他們囉嗦，只問道：

「主持在哪裡？」

一名僧人往內一指，摩達索羅立刻往裏闖去，幾個末氏武士假扮的和尚突然出手，將幾個僧人打倒在地，然後跟隨摩達索羅往內堂闖去。眾人進得二門，就見佛堂之上一灰衣僧人正盤膝打坐，如泥塑木雕般紋絲不動，對湧入的眾人竟充耳不聞。

摩達索羅見這僧人年近五旬，生得面如滿月，膚色白皙，顯然不是吐蕃人。雖不動、不視、不言、不聞，卻有一種不容侵犯的寶相莊嚴。他急忙示意弟子停步，然後合十問道：「大師是大昭寺新的主持？不知怎麼稱呼？」

那僧人微微睜開雙目，對摩達索羅淡淡一笑：「上師總算來了，貧僧摩訶衍，早已恭候上師多時。」

「摩訶衍？」摩達索羅眉頭微皺，「聽法號似乎出自天竺，不過看模樣卻為何又是漢僧？」

那僧人微微一笑：「貧僧原在五臺山清涼寺出家，後雲遊天竺，在那爛陀寺改了法號。前日收到五臺山無垢師兄書信，得知無塵師兄遭了黑教毒手，所以貧僧立刻趕到吐蕃，只望在迎回無塵師兄法體的同時，也順便為他討還幾分公道。」

摩達索羅釋然一笑：「原來是無塵和尚的同門，無塵那廢物連本師弟子都應付不了，你又何必來蹚這趟渾水？」

摩訶衍淡淡笑道：「貧僧與無塵師兄皆是以修習佛法為主，像這等除魔衛道的力氣活，自有我釋門武僧出手。」說著，他突然衝門外一聲高呼，「釋門護法安在？」

「弟子在！」門外有人轟然應答，聽聲音人數雖不多，卻中氣十足，聲可裂石。

摩達索羅回頭望去，就見方才被末族武士打倒的那些掃地僧人，正渾若無事地從地上站起，齊齊抽出掃帚的木柄，然後向佛堂持棍為禮。眾僧個個精氣內斂，人人淵渟嶽立，哪還有半點先前的慵懶和疲遝。

摩達索羅心中暗自吃驚，嘴裏卻不屑道：「幾個不知死活的和尚，竟敢與本教抗衡？」說著向末羯羅微一頷首，末羯羅心領神會，立刻對假扮和尚的末族武士低聲吩咐：「幹掉他們，手腳乾淨點，別鬧出太大動靜。」眾武士立刻脫去礙手礙腳的袈裟，抽出兵刃撲向眾僧。

就見眾僧向四周散開，各依方位將眾武士困在了中央，眾僧木棍齊飛，攻守有度，儼然是一彪訓練有素的軍隊，進退之間更是遵守著一套變化莫測的陣法，轉眼間便將人數多過自己的吐蕃武士打得落花流水。

摩達索羅越看越是心驚，不禁失聲道：「這……這是什麼陣法？」

摩訶衍微微一笑：「上師還算識貨，這是少林羅漢陣。當年少林十三棍僧就曾憑之從千軍萬馬中救出過太宗皇帝，希望他們這套陣法，還可入上師法眼。」

摩達索羅心中越發驚疑，身形一晃突然撲向摩訶衍。他心中已有種不祥的預感，所以要擒賊擒王，生擒摩訶衍，逼迫眾武僧停手。

摩訶衍面對摩達索羅的突襲並不驚慌，從容抬手相迎。二人雙掌一沾即分，摩達索羅一個倒翻落回原地，摩訶衍則向後滑出數丈，合十嘆息：「上師果然神通廣大，貧僧甘拜下風！」

摩訶衍說得客氣，但摩達索羅卻已試出，對方並非無還手之力，要想生擒那是千難萬難。他心中的不安已達到極盛，回頭便向任天翔抓去。他已隱隱感覺落入了陷阱，所以定要將罪魁禍首一舉擊殺。

誰知他身形方動，就感覺有種無形的壓力從天而降，逼得他不得不回手護住頭頂。抬頭望去，就見一僧白衣如雪，正由大殿上方冉冉落下，宛若阿羅漢從天而降。

「蓮花妖僧！」摩達索羅終於徹底變色。就聽蓮花生一聲長笑：「佛爺早已恭候上師多時。」

隨著他的佛號，又有幾人從藏身處湧出，卻是褚剛和兩個刀客。到此時摩達索羅終於明白，原來任天翔支開身邊人手，故意讓末羯羅所擒，正是要將自己引來大昭寺，以解除赤松德贊登基之隱患。

他沒有用任何吐蕃武士或白教高手做伏兵，難怪自己所有眼線全部失明，以至於落入陷阱而不自知。摩達索羅憤然望向任天翔，就見他在崑崙奴兄弟保護下已退到蓮花生身後，正對自己得意地擠眉弄眼。

摩達索羅心知今日已是一敗塗地，立刻飛身後退，門外眾武僧已將末族武士和黑教弟子盡皆打倒，見摩達索羅要逃，立刻圍了上來。摩達索羅雖然神通廣大，但落入羅漢陣中，一時間卻也不得逃脫，何況陣外尚有蓮花生與摩訶衍兩大高手伺機而動。饒是他功力深厚，激戰半日後也是精疲力竭，幾近虛脫。

正絕望之時，突聽門外有號角響起，無數嘈雜鼎沸之聲漸漸走近。新登基的赤松德贊贊普已到大昭寺外，即將親自請出釋迦牟尼法相，為大昭寺重開佛光。

任天翔連忙迎出寺外，對輦車中的吐蕃新贊普羞赧稟報：

「在下罪該萬死，計畫出了點小紕漏，陰謀刺殺贊普的摩達索羅尚未伏誅，贊普恐怕得稍等片刻才能入寺。」

輦車中的赤松德贊微微一笑：「你為吐蕃除此凶頑不惜以身犯險，何罪之有？不過，今日是我繼位大典，實不該多造殺戮。扎達路恭！」

「末將在！」扎達路恭連忙應聲而出。

「你替我傳諭摩達索羅，只要他願自廢雙目，皈依佛門，我可既往不咎，所有參與叛亂的黑教弟子，皆可予以赦免。」赤松德贊淡淡道。

「遵旨！」扎達路恭立刻如飛而去。

任天翔對赤松德贊的諭令暗自佩服，黑教在吐蕃有著眾多信徒，赤松德贊若以贊普之尊誅殺黑教上師，必定會失去部分民心。若能令摩達索羅屈服，皈依佛門，對眾多黑教信徒無疑會有極好的示範作用。只是以摩達索羅的自負和驕傲，恐怕寧死也不願受辱，不過若以眾多黑教弟子相脅，或許會令摩達索羅就範也說不定。

任天翔心中正在胡亂猜想，就見扎達路恭如飛而回，他的手中多了個托盤，盤中有兩個血肉模糊的東西。就見他在輦車前拱身稟報：

「摩達索羅已自剮雙目，願從此皈依佛門，但求贊普赦免其門下眾弟子。」

赤松德贊微微頷首道：「黑教弟子可予以赦免，不過叛臣末氏卻不能免。傳我口諭，誰能誅殺末東則布和末羯羅，就可繼承末氏之封地。」

「是！」扎達路恭躬身一拜，卻又欲言又止。

赤松德贊見狀問道：「將軍還有何事稟報？」

扎達路恭咽了咽唾沫，遲疑道：「摩達索羅自剮雙目後，卻傷重不治，已然斃命。」

赤松德贊神情微變，心知以黑教上師之能，就算剮去雙目也不至於傷重不治，定是摩達索羅為求赦免其門下弟子，寧願先接受自己剮目、皈依的條件，然後才慨然受死。

他心中不禁有些惻然，默然半晌，對扎達路恭淡淡道：「摩達索羅既然已皈依佛門，就以佛門高僧之禮厚葬，永享尊榮。」

任天翔見摩達索羅落得如此下場，心中也不勝唏噓。突然想起末羯羅，方才眾人注意力都在摩達索羅身上，末羯羅卻不見了蹤影，他正待詢問身旁的褚剛，卻見崑崙奴兄弟氣喘吁吁飛奔而回，二人身上傷痕累累，卻興高采烈興奮莫名。

「你們……」任天翔正待詢問，突然看到二人手中各拎著一隻血淋淋的耳朵，耳朵上有無數耳孔，上面鑲滿了金銀珠寶。

任天翔認出那是末羯羅的耳朵，心中正自驚異，就見崑崙奴兄弟眼裏噙著淚水，將兩隻耳朵高舉過頭，望天而拜，口裏發出含混不清的咿呀聲。想起二人身世，任天翔心中頓時釋然，原來他們是被末羯羅割去了舌頭，父親也慘死於末羯羅之手，今日總算得報大仇。

大昭寺已經重新清潔，恭迎赤松德贊入寺祭拜。任天翔見其左右護衛森嚴，便悄悄對褚剛等人示意：「咱們走吧，這裏已不需要我等。」

三天之後，登上贊位的赤松德贊開始為鞏固自己的地位而努力。他先令扎達路恭率大軍平定了末東則布的叛亂；然後他給予佛教合法地位，並全力予以支持，甚至為蓮花生特建桑耶寺；蓮花生在督造桑耶寺的同時，也開始在吐蕃貴族中收徒，佛教開始在吐蕃紮根。

由於佛教得到了新贊普的大力支持，苯教中一些有識之士開始向佛教學習，和佛教走向融合。苯教中最為極端守舊的黑教越來越不得人心，漸漸為開明的吐蕃貴族拋棄，佛教開始在吐蕃重新取得主導地位。

大雪封山，任天翔的商隊暫時回不了龜茲，眾人大多無所事事，唯有褚剛在苦修《龍象般若功》。有蓮花生大師的悉心指導，他的進境十分神速，三個多月工夫便已登堂入室，開始掌握《龍象般若功》之神髓。任天翔則在吐蕃境內考察和遊獵，漸漸學會了吐蕃語，無須再要他人幫忙翻譯。

轉眼大半年過去，吐蕃終於到了春暖花開之時。任天翔立刻向赤松德贊辭行。赤松德贊挽留不住，只得在布達拉宮最高處遙遙相送。

任天翔這一趟雖然將貨物全部獻給了文成、金城兩位公主，不過也並沒有因此就空手而回。有赤松德贊賞賜的牛羊馬匹和吐蕃特產的貨物，他這一趟依舊能大賺一筆。

遙遙向布達拉宮拱手拜別，任天翔招呼眾人上馬啟程。突見赤松德贊身邊的親信侍從李福喜縱馬來到他面前，拱手道：

「贊普令小人替他送公子出城。」

「有勞先生！」任天翔連忙拜謝，然後笑著拍拍懷中書信，低聲道，「請先生放心，我回到龜茲後，會立刻派可靠之人將先生的家信送到長安，然後將回信讓商隊給先生帶來。順利的話，先生半年後就可以收到家中的回信了。」

「有勞公子費心！」李福喜感激地點點頭，見任天翔猶在左顧右盼，他忙低聲問道，「公子是不是還有什麼事放心不下？」

「沒……沒有！」任天翔臉上突然有些尷尬。

李福喜詭秘一笑，回首一指道：「公子是在看她吧？」

任天翔順著李福喜所指望去，就見藍天白雲之下，一人一騎靜謐而立，雖相隔甚遠，依舊能感受到她目光中那種令人心痛的憂悒和依戀。

任天翔心中突然閃過一絲隱痛，雖然仲尕只是赤松德贊為籠絡自己而準備的特殊禮物，但畢竟相處多日，怎能輕易就忘懷？可惜自己不能接受赤松德贊的高官厚祿留在吐蕃，自然也就不能厚顏將這份特殊的禮物帶走。

在高高的布達拉宮之上，赤松德贊也在目送著任天翔的商隊漸行漸遠。在他身後，扎達路恭突然小聲嘀咕道：「陛下，末將有一事不明。」

「講！」赤松德贊眼中，已有了幾分不屬於他這個年紀的威儀。

「任公子對咱們雖有大恩，但也不必賜給他通行我吐蕃的信物。」扎達路恭沉吟道，「他畢竟是唐人，萬一將來吐蕃與大唐再起戰端，他豈不就是我心腹大患？」

赤松德贊淡淡一笑：「將軍其實是想說，任公子人中龍鳳，他日一旦與我吐蕃為敵，就是我吐蕃最頭疼的對手，所以今日就不該讓他離開，是吧？」

扎達路恭臉上有些窘迫，忙拱手拜道：「贊普目光如炬，末將確有此心。」

赤松德贊微微頷首道：「將軍不必愧疚，你能將吐蕃的利益放在個人私誼之上，足見對國家之忠誠。不過你只知其一，不知其二。咱們若執意留下任公子，以後還如何取信像蓮花生大師這樣的外族高人？再說，如今吐蕃與大唐商路基本斷絕，咱們急需的貨物不得不從波斯高價買入，如果任公子能打通這條新的商路，對於吐蕃來說也有莫大益處。至於你的顧慮，我也不是沒有考慮。」

見扎達路恭一臉疑惑，赤松德贊悠然一笑，突然指向窗外淡淡問：「將軍認識她嗎？」

扎達路恭上前一步，順著赤松德贊所指望去，就見一人一騎正依依不捨地尾隨著任天翔的商隊，緩緩從布達拉宮下方經過。他仔細辨認片刻，遲疑道：

「好像是仲尕?宮中那個有名的女奴？」

赤松德贊微微頷首：「她懷孕了，不過任天翔還不知道。」

扎達路恭先是有些疑惑，繼而恍然大悟：「是任天翔的種？末將明白了！唐人最是看重親情，既然仲尕有了任天翔的孩子，那就是個送上門的人質。咱們有人質在手，也就不怕他將來對我吐蕃不利。贊普果然高明！」

赤松德贊淡然一笑，輕嘆道：「我會將這個孩子視同己出，留在身邊共用榮華。如果可能，本汗希望永遠都不要用到這枚棋子。」

任天翔和他的商隊已消失在地平線盡頭，赤松德贊卻猶在凝目遙望，但見藍天白雲之下，一隻蒼鷹在天宇下悠然盤旋，隱然有種俯瞰塵世的孤傲。

赤松德贊突然抬起手，遙遙向那隻蒼鷹伸了過去，想像著那是一隻紙鳶，被一絲看不見的繩索牢牢掌握在自己手中，他的嘴邊突然泛起了一絲童真的微笑。

逼債

第十章

老管家將一疊文書送到拉賈的面前，

拉賈點點那些文書，對任天翔笑道：

「這是你的所有欠條，現在我將它還給你，這筆債咱們一筆勾銷。

不僅如此，有關你的所有隱秘，

我發誓不向任何人提起，你看老夫夠有誠意了吧？」

有了赤松德贊的信物，任天翔的商隊在吐蕃境內暢通無阻。商隊依舊沿來路翻越崑崙山脈，平安回到崑崙山北麓，此時離他們當初從于闐出發，已差不多有整整一年。

看到于闐城依稀的輪廓，任天翔不禁百感交集，回想這一年來在吐蕃的冒險，恍然有種再世為人之感。

看到了熟悉的城郭，眾人發出齊聲的歡呼，紛紛加快了步伐。任天翔用赤松德贊的賞賜，在吐蕃境內換購了不少馬匹和貨物，商隊比出發時規模大了一倍不止，因此眾人都有一種凱旋而歸的興奮和自豪。

離于闐約十里一處哨卡，商隊被守軍攔了下來。任天翔忙奉上通關文牒，誰知守衛的小校卻將文牒扔了回來，斥道：「這文牒早已經作廢，你還想持之蒙混過關？看你們模樣定是吐蕃的奸細，通通給我拿下！」

任天翔等人在吐蕃生活近一年，不僅習慣了吐蕃人的皮袍，就連膚色也曬黑了不少，看起來與吐蕃人無異，也難怪守軍誤會。眼看眾兵卒一擁而上，就要動手拿人，任天翔急忙喝道：「我是于闐鎮守副使尉遲曜將軍的朋友，你們誰敢無禮？」

那小校有些驚訝，用懷疑的目光打量著任天翔，問道：

「你是尉遲將軍的朋友？可有憑證？」

任天翔眉頭一皺，突然想起崑崙奴兄弟，忙指向他們道：「這是尉遲將軍送我的兩名奴隸，想必你們中間定有人見過。」

那小校還在狐疑不定，一個老兵忙在他身邊耳語道：「這兩個吐蕃人確實像是尉遲將軍身邊那兩個奴隸，聽說將軍將這兩個奴隸送給了一個朋友，莫非就是此人？」

那小校立刻換了副嘴臉，對任天翔陪笑道：「公子息怒，小人有眼不識泰山，還望恕罪。」

任天翔大度地擺擺手：「現在軍爺可以開關放行了吧？」

那小校陪笑道：「現在是非常時期，公子所持文牒又已過期，小人不敢徇私。不過小人這就派人去通知尉遲將軍，只要有將軍一句話，小人立馬放行。」說著，便示意一個手下去于闐城通報。

「非常時期？」任天翔皺眉問，「莫非于闐有什麼變故？」

那小校嘆了口氣：「于闐倒是沒什麼變故，只是咱們又要出征打仗，所以連通關文牒也全部更換，連累公子的文牒也作廢。」

「又要打仗？不知是要跟誰打？」任天翔忙問。

那小校聳聳肩道：「卑職位卑職低，哪裡知道這等機密。只知道安西四鎮的精兵都在做出征的準備，想必定是有一場大仗。」說到這，他又趕緊補充道，「這只是小人的胡亂揣測，公子千萬莫到處宣揚，萬一洩露了軍事機密，小人可吃罪不起。」

任天翔不好再問，只得與幾個守衛的兵卒聊些無關痛癢的話題。

半個時辰後，就見于闐方向有一小隊人馬疾馳而來，領頭是一驥潔白如雪的駿馬，馬上騎手身形彪悍，雖看不清面目，任天翔也知必是尉遲曜無疑。他急忙迎上前，翻身下馬在道旁恭迎。

尉遲曜來到近前，急忙下馬扶起任天翔，有幾分驚喜地打量著他，激動地道：「兄弟你總算平安歸來了，高將軍不止一次問起過你。你要再不回來，為兄在高將軍那裏實在沒法交代了。」

任天翔先有些疑惑，想不通高仙芝何以對自己如此上心，但跟著心中一亮，突然就明白了其中的關鍵。回想吐蕃之行的凶險，自己能平安回來實在是有幾分幸運的成分。吐蕃黑教如此排外邪惡，任何外人踏上那片神秘的疆域，都必然凶險萬分。高仙芝作為守邊名將，對吐蕃的國情自然是瞭若指掌，肯定知道任何商隊踏入黑教的地盤，都如羊入虎口一般凶險。可他事先並無一絲警告，卻為自己吐蕃之行大開方便之門，顯然是故意要讓自己置身險地。但他卻又對自己的安危如此關心，顯然並不是要自己去送死。

聯想到尉遲曜送自己兩個武功高強的奴隸，他漸漸猜到了高仙芝的意圖，原來高仙芝意在向自己示恩。想通這點他心下釋然，忙對尉遲曜笑道：

「多虧了兄長送我這兩個貼身護衛，多次助我化險為夷，高將軍一旦問起，小弟定不會忘了兄長的大恩。」

尉遲曜大喜，連忙挽起任天翔道：「兄弟旅途勞頓，快隨我入城。為兄將在城中最豪華的酒樓，為兄弟接風洗塵。」

二人一路並轡而行，任天翔說起這一年來的遭遇，聽得尉遲曜目瞪口呆，讚嘆不已。一行人進得于闐城，但見城門守衛比一年前戒備森嚴了許多，任天翔忍不住小聲問道：「我聽說近日似乎有軍事行動，就連通關文牒都已經全部換過，不知可有此事？」

尉遲曜看看左右，壓低聲音道：「兄弟不是外人，我也實不相瞞。去年被高將軍征服的石國和突騎施諸部，在聯合昭姓九胡在向大唐皇帝告狀無果的情況下，倒向了西方的大食帝國。大食國乃西方第一強國，疆域遼闊，兵強馬壯，早就在覬覦我大唐西域疆土，因此咱們不得不做好應戰的準備。」

任天翔想起那些包著頭巾，蒙著臉的大食商人，不由笑道：「就是那些騎駱駝、包頭巾、佩彎刀的大食武士？我看到他們的模樣就覺著好笑，從不覺得他們有啥了不起。」

尉遲曜正色道：「兄弟可千萬別小看這些打扮怪異的大食武士，他們身材魁梧，英雄善戰，若論單兵作戰能力，唐軍多半不是他們的對手。如今大食能成為西方實力第一的強大帝國，絕非偶然。」

任天翔不好意思地吐吐舌頭：「小弟對軍事一竅不通，讓兄長見笑了。不過我想高將軍鎮守西域多年，從無敗績，定有對付大食國入侵的妙策。」

尉遲曜釋然笑道：「高將軍的雄才大略人所共知，不過兄弟也不必過謙，你年紀輕輕就能得到高將軍的賞識，自然有你的過人之處，尤其你率寥寥數人勇闖那神秘高原帝國的壯舉，就不是普通人可以做到。」

任天翔拱手致謝道：「那還得多謝兄長送我的兩個貼身護衛，若非他們協助，只怕小弟早已葬身吐蕃。兄長的大恩，小弟會永遠銘記。」

二人邊走邊聊，不多時，已來到城內一處繁華的大街，突聽前方傳來「劈裏啪啦」的鞭炮聲和陣陣熱鬧的喧囂。任天翔只當是有人娶親，不由鼓掌笑道：

「真是個好彩頭，剛回于闐就趕上有人娶親，咱們定要去討杯喜酒喝喝。」

尉遲曜看了看前方的情形，搖頭笑道：「不是娶親，而是一家新店開張，也算是一大喜事。兄弟既然喜歡熱鬧，為兄就包下這家新開張的酒店，為兄弟接風洗塵。」

任天翔心知自己回來的突然，尉遲曜必定沒有任何準備，也就順水推舟地擊掌讚道：「好極好極！小弟就在這家新開張的店與兄長好好喝上幾杯，也算是討個好彩頭。」說著揚鞭驅馬加快了步伐。

街上看熱鬧的閒漢雖眾，但見是尉遲曜的馬隊，紛紛閃開讓路。

任天翔徑直來到鞭炮聲聲的長街中央，抬頭望去，但見披紅掛彩的門楣上，「大唐客棧」幾個大字赫然在目，他一怔，只當是一個巧合，突見那個燃放鞭炮的少年跳將起來，興奮莫名地向自己奔來，邊跑邊激動地高叫：

「是公子！公子回來了！」

雖然已有近一年不見，少年長高了一頭，但任天翔還是一眼就認出了他，不由激動地迎上去，連聲問：「是小澤？這……這是怎麼回事？你怎麼會在這裏？」

小澤既興奮又激動地比劃道：「公子的大唐客棧在于闐又新開了一家，我知道公子回來必經過于闐，所以求薩多掌櫃讓我來這裏幫忙，也在此等候公子歸來，我相信公子定會平安歸來！」

任天翔有些將信將疑，連忙問道：「大唐客棧竟然在這裏新開了一家？」

「不光是這裏！」小澤欣然道，「大唐客棧在薩多掌櫃經營之下，生意蒸蒸日上，如今已在安西四鎮各開了一家，這是第四家了。」

任天翔又驚又喜，實在沒想到不到一年時間，大唐客棧竟有如此大的發展，薩克太子果然有點石成金的魔力。他急忙問：「薩多掌櫃呢？」

「掌櫃還在店內張羅，我這就去告訴他公子爺回來的消息。」小澤說著轉身就跑，高興得就像個天真的孩子。

緊隨而來的尉遲曜見狀，不由問道：「兄弟認識這家店的掌櫃？那可真是巧了！」

任天翔哈哈大笑道：「認識，當然認識。咱們今天就在這裏喝酒，不過這頓酒得由小弟來請，因為我是這家店的東家，今天小弟是雙喜臨門，定要與兄長一醉方休！」

說話間，就見一個掌櫃打扮的胡商如飛而出，激動地迎了上來，對任天翔拱手一拜，哽咽道：「公子爺……終於是回來了！」

任天翔見是薩克太子，不禁百感交集，挽起他低聲嘆道：

「殿下果是神人，不到一年時間，竟將大唐客棧開到了安西最邊遠的重鎮于闐，實乃天縱奇才。走走走，我今日定要好好敬你幾杯。」

褚然、褚剛也連忙與小澤等人見禮，眾人別後重逢，都異常興奮，忙亂了片刻才將商隊領進客棧。但見客棧內裝飾一新，大堂中排下了十多桌酒宴，這原本是祝賀新店開張的宴席，如今正好為任天翔接風洗塵。

在薩多掌櫃的招呼下，眾人紛紛入席，尉遲曜被任天翔讓到了上首，不過他自恃身分，略坐了片刻就起身告辭。任天翔挽留不過，只得將他送出客棧。

尉遲曜上馬後，回頭對任天翔笑道：「兄弟不必遠送，今日你與故人異鄉重逢，為兄就不打攪了。明日咱們兄弟單獨一聚，定要與兄弟一醉方休。」說完便揮手而去。

任天翔將尉遲曜送走，渾身輕鬆地回到客棧。

雖然他與尉遲曜是結義兄弟，但對方身分與自己天差地別，所以在他面前難免有些壓抑。薩克太子身分雖然也算尊貴，但畢竟是個落難的太子，又是被自己所救，所以在他面前，任天翔才能真正像自家兄弟一般無所顧忌。

尉遲曜走後，眾人總算可以無所顧忌開懷暢飲。席間爭相說起別後情形，任天翔聽說這已經是第四家大唐客棧，便有些疑惑地問薩克太子：

「我不懷疑大哥賺錢的本領，不過要買下這樣一家客棧，怎麼也得要五、六十貫錢，如果另外兩處客棧也是這般規模，那一共就需兩百貫錢以上，不到一年時間，大唐客棧竟賺了這麼多錢？」

薩克太子笑道：「這客棧如果是買，至少需要六十貫錢以上，不過如果是與人合作，就只需二十貫錢足也。」

見任天翔有些疑惑，薩克太子笑著解釋道：

「這客棧原本叫悅來客棧，老闆姓張，生意一直很清淡。我便與老闆商量，由咱們接手經營，並改名大唐客棧，嚴格按照咱們大唐客棧的風格和方式進行改造，所有改造和經營的前期費用由咱們出，每年另付張老闆十貫錢的房租，這樣一來，開這樣一家客棧就只需二十貫錢足也。」

任天翔也是心思活絡之輩，一點就透，略一沉吟便連連點頭：「這叫借別人的雞生自己的蛋，大哥真會賺錢，小弟佩服得五體投地！」

一旁的褚剛有些疑惑道：「別人幹嘛要把會下蛋的雞借給咱們？」

薩克笑道：「大唐客棧的名聲在西域已經打響，只要換個招牌，客人就能多出一倍。這家客棧在張老闆手裏，一年最多也就賺十貫錢，但到了咱們大唐客棧名下，一年至少能多賺二十貫。」

「所以也只有像你這樣會賺錢的人，才能借到別人生蛋的母雞。」任天翔高興地舉起酒杯，對眾人道，「咱們大家一起來敬薩多掌櫃一杯，是他用了不到一年時間，就實現了我將大唐客棧開遍安西四鎮的夢想。」

眾人齊齊舉杯高呼，一時熱鬧非凡。

任天翔見薩克太子眉宇間始終有一絲淡淡的憂悒，心中奇怪，席間卻不好細問。直到眾人盡皆醉倒，他才與薩克太子來到客棧後院的門廊下，遙望初更的夜空淡淡問：

「大哥已經實現了當初的承諾，是不是要走了？」

薩克有些驚訝於任天翔的敏銳，當下也不隱瞞，遙望西方無奈嘆道：

「我前不久聽西方來的行商說起，石國舊臣已大半投奔了大食，欲借大食國的力量為石國復仇。我身為石國太子，自然不能置身事外。」

雖然早知道有這麼一天，但任天翔心中還是有些悵然，他默然片刻，點頭道：

「你走吧，希望以後還有機會再見。」

薩克太子遲疑道：「你是唐人，而我將會成為大唐帝國的敵人，你甘心就這樣放我走？」

任天翔莞爾一笑：「我是唐人不假，不過，我並不覺得國家和民族利益可以大過公義。大唐對石國有虧，作為唐人，我對貴國的遭遇心存同情，可惜我只是一介草民，不能為貴國申冤，唯一能做的就是盡我所能幫助一個落難的太子。」

薩克太子眼眶一紅，感動地握住任天翔的手，澀聲道：

「好兄弟，你的胸襟令為兄嘆服，你的大義讓為兄心中的仇恨也顯得十分渺小。為兄他日若有機會復國，發誓不傷任何一個大唐百姓。」

「大哥有此心，小弟替大唐百姓謝謝你。」任天翔連忙拱手一拜，卻被薩克太子扶起。就聽他沉聲道：「大唐客棧已經開遍安西四鎮，並且每家客棧我都為兄弟找到了一個合格的掌櫃，只要照我留下的辦法經營，四家大唐客棧每年至少能為兄弟帶來兩百貫錢的淨利。如今客棧已走上正軌，我已沒有留下來的必要，我打算明天就帶著愛妃由于闐歸國，今日便正式向兄弟辭行。」

「這麼急？」任天翔十分意外。

薩克太子無奈道：「如今石國舊部已與大食國軍隊正在邊境集結，軍情如火，我恨不得明日就能歸國，希望兄弟能理解。」

看來大食與唐軍這一戰在所難免，任天翔在心中暗嘆。心知已留不住歸心似箭的薩克太子，他只得強笑道：「那好，明日我就送你們出城。」

第二天一早，任天翔親自將薩克太子和碧雅蘭夫婦送出了于闐城，遙望二人漸漸遠去的背影，他心中不禁悵然若失。

由於尉遲曜的殷勤款待，加上新開張的大唐客棧也才剛走上正軌，所以商隊在于闐城又盤桓了數日，這才由于闐出發去往龜茲。沿玉河穿越塔里木盆地，商隊在半個月後平安到達了龜茲。

阿普等人早已得到小澤的訊息，所以與幾個夥計早早就在城外迎接，眾人相見自是一番熱鬧，都有一種恍若隔世之感。

任天翔途中一直在想像著與小芳重逢後的情形，誰知卻不見她的身影，他忍不住小聲問阿普：「小芳姑娘怎麼沒來？」

阿普神情有些尷尬，吶吶道：「小芳姑娘已經走了。」

「走了？」任天翔十分意外，「什麼時候的事？為什麼？」

阿普嘆道：「公子一去不歸，早已超過約定的歸期，小芳姑娘望眼欲穿，卻始終沒有公子的音訊。客棧自薩多掌櫃接手後，周掌櫃便無所事事，一直想回江南老家養老，所以她最後無奈隨爺爺回了江南。臨走前，讓我將這個交給你，並讓我轉告公子——若是有緣，他日自會重逢，若是無緣，也就不必強求。」說著，從貼身處掏出了一方小巧的包裹。

任天翔接過包裹打開一看，就見裏面是一方潔白如雪的汗巾，汗巾上繡著一隻孤孤單單的小鳥，看模樣應該是鴛鴦。這刺繡針法雖然算不上精湛，卻明白無誤地表明了少女的心境。任天翔心中微微一痛，拿著汗巾怔了半晌，心中悵然若失。

阿普見狀，小聲道：「小芳姑娘與她爺爺剛走沒幾天，想他們一老一少也走不了多快，公子若是要追，說不定也還來得及。」

任天翔默然良久，最後苦笑著搖搖頭：「追上又如何？難道要別人一輩子跟我當丫鬟？」說著他仔細收起汗巾，強笑著對眾人一招手，「走！咱們先回客棧好好喝上一杯，今日所有人都必須陪我一醉！」

大唐客棧雖然還是老樣子，但生意卻明顯比一年前好多了，人來人往熱鬧非凡。任天翔凱旋而歸，見客棧生意又如此興隆，原該心情舒暢，可惜店中不再有那個天真純樸的少女，心中哪裡還高興得起來？

阿普在薩克太子調教下，已由賬房變成了一個合格的掌櫃。他早已令廚下在後院設下了酒宴，為任天翔等人接風洗塵。

眾人剛入席，就聽門外馬蹄聲急，有人在門外高呼：「聽說任公子回來了？」

這聲音粗獷豪邁，給人一種如雷貫耳的震撼。任天翔聽出是高仙芝身邊的愛將李嗣業，急忙迎將出來，抱拳笑道：「小人剛回龜茲，不知將軍從何得知？」

李嗣業在門外勒馬道：「幾百匹吐蕃馬出現在龜茲，怎能不引人注目？高將軍得知公子回來，即令末將立刻來請，不得有片刻耽誤。」

剛將薩克太子送走，高仙芝就急切相召，莫非太子落入了高仙芝之手？任天翔心中七上八下，也不知是凶是吉，只得道：「請將軍稍待，這次我從吐蕃回來，為我乾娘和高夫人都準備了吐蕃特產的禮物，容我帶上禮物隨將軍去都護府。」

他心知只要讓高夫人知道自己在都護府，就算窩藏薩克太子的事情暴露，也不會有性命之憂。

崑崙奴兄弟像往常一樣想要跟隨而去，任天翔忙擺手笑道：「這裏不是吐蕃，我不會有任何危險。以後只要沒有我的召喚，你們都不必跟隨。」

任天翔隨同李嗣業來到安西都護府，來不及將禮物給高夫人送去，就被李嗣業帶到了高仙芝的書房。就見跛腳的封常清迎了出來，他連忙上前拜見，封常清欣喜地拍拍他的肩頭：「你回來的正是時候，高將軍早已等候你多時了！」

任天翔見封常清神情，便知自己沒有任何危險，他心中一寬，這才隨封常清進得書房。就見高仙芝背對著自己，凝望著牆上掛著的一幅巨大地圖，正捋鬚沉吟不語。

任天翔忙上前拱手拜道：「草民給高將軍請安！草民幸不辱命，第一次去吐蕃，就為將軍帶回了四百六十匹吐蕃馬。」

高仙芝回頭笑道：「任公子回來的正好，不過，我現在關心的可不是幾百匹吐蕃馬。」

見任天翔有些疑惑，一旁的封常清笑著解釋道：

「想必你已聽說，石國和突騎施叛逆勾結大食帝國，欲犯我疆域，如今大食軍隊已在蔥嶺以西集結。高將軍欲率軍遠征，卻又怕吐蕃趁機侵襲我安西四鎮。公子從吐蕃回來，對吐蕃國內情形瞭若指掌，正可為高將軍提供急需的情報。」

任天翔恍然大悟，難怪高仙芝這麼急切地要見自己。他正要告訴對方吐蕃的內亂，心中卻靈機一動，立刻裝出一副可憐兮兮的模樣，哭喪著臉道：

「按草民與將軍的約定，每月應為將軍提供兩百匹吐蕃馬做為與吐蕃通商的稅金。草民出發去吐蕃已近一年，卻只帶回了四百六十匹吐蕃馬，離約定的數目遠甚。草民無法繳足將軍的稅金，但求將軍治罪。」

高仙芝大度地擺擺手：「只要你告訴我有用的情報，本將軍免你這一年的稅金。」

「多謝將軍！」任天翔急忙一拜，卻又不好意思地掏出通關文牒，吶吶道，「不過還有一事，將軍賜我的通關文牒也已作廢……」

「這個不是問題。」高仙芝揮手打斷了任天翔的話，「我立刻讓人給你換新的文牒。」

任天翔忙道：「我不要文牒，我可不想再被守軍擋在關外。」

「那你想要什麼？」高仙芝皺起了眉頭。

任天翔陪笑道：「我想懇請將軍賜我一件永遠不會作廢的信物，只要將軍在任一天，安西四鎮所有關卡都不會阻攔草民的商隊。」

高仙芝沉下臉來，冷冷道：「我不喜歡別人跟我討價還價，而且，你的要求也實在是過分。」

任天翔笑道：「草民是個商人，總希望自己的東西能賣到最好的價錢，希望將軍理解。」

高仙芝一聲冷哼：「我怎知你的情報值這個價？」

任天翔自信地笑道：「如果我能保證吐蕃在將軍遠征大食國的這段時間，絕不會出兵騷擾安西四鎮，不知這值不值得將軍出高價？」

高仙芝悚然動容，捋鬚沉吟良久，終於咬牙下定決心，從腰間解下一面銅牌，扔給任天翔道：「你的商隊持我通關令符，可以自由出入安西四鎮所有關卡。只要在我駐守安西四鎮期間，它就絕不會失效。」

「多謝將軍賞賜！」任天翔大喜過望，仔細將銅牌收好，然後才將吐蕃贊普被殺，黑教叛亂，以及赤松德贊平定叛亂的經過草草說了一遍，最後道，「如今吐蕃大亂方定，黑教勢力和各地領主尚未徹底臣服，赤松德贊也還沒有真正坐穩贊普之位。所以將軍可放心率軍遠征，赤松德贊處理國內的事情就夠他忙活一陣子，絕對無暇騷擾安西四鎮。」

高仙芝聞言大喜，與封常清對望一眼，擊掌道：「如此說來，我可以抽調于闐的精兵隨大軍遠征，不必再以重兵防著吐蕃偷襲我後路了。」

封常清也連連點頭，對任天翔笑道：

「就這麼一個簡單的情報，你竟然拿來抵了兩千匹吐蕃馬還不算，還換得通行安西四鎮所有關卡的特權。你小子可真是個老奸巨猾的奸商啊！」

任天翔嘿嘿笑道：「我這情報可以令高將軍率大軍放心遠征，不必再擔心自己的後路，只此一點就值得了這個價錢。」

高仙芝一聲冷哼：「本將軍沒有看錯，公子果然精明過人，令人佩服。不過我要好心提醒你，太精明的人往往都不得長壽，公子可千萬要當心。」

任天翔心中一跳，心知自己這次坐地起價近乎敲詐，已令高仙芝心生怨恨，他連忙陪笑道：「將軍所言極是，所以我打算拿出這次吐蕃之行的一半獲利，作為將軍遠征的糧餉。也算是我作為一個大唐子民，為國家安危所做的一點小小貢獻。」

高仙芝聞言面色稍霽，釋然笑道：「公子能將國家安危置於個人私利之上，也算是一個深明大義的商人，本將軍就替將士們謝謝公子的美意。常清，替我送客。」

離開高仙芝的書房，任天翔又去拜望了高夫人和鄭夫人，給她們送去從吐蕃帶回的禮物。

高夫人差不多一年沒有任天翔的音訊，今見他平安回來，自然十分高興，特意留他在府中用膳，也聽他說說在吐蕃的離奇遭遇。任天翔自然是添油加醋，將吐蕃之行說得離奇而驚險，讓兩位老夫人聽得目瞪口呆，為他擔心不已。

這頓飯直吃到黃昏時分，任天翔才帶著幾分酒意告辭而去。想起要將一半的獲利送給高仙芝，他心中還是有些肉痛，不過轉而一想，有了通行安西四鎮的特權，加上在吐蕃境內的自由通行權，不怕以後沒有錢賺，心中也就不太在意一時的得失了。

漫步在龜茲熟悉的街頭，任天翔不禁得意地哼起了小曲。轉過一個街口，卻見一個管家打扮的波斯老人攔住了去路，就見對方撫胸為禮道：

「任公子總算是回來了，我家老爺讓老奴去請公子，沒想到公子卻去了都護府，讓老奴好等。」

任天翔認得是對方是拉賈老爺的管家，便沒好氣地道：

「你家老爺的消息還真是靈通，我剛回龜茲他就得到了消息。他是擔心我還不了他的錢還是怎麼著？這麼晚還差你來請？」

老管家陪笑道：「公子多心了，我家老爺是有新的生意想與公子合作，所以才急著差老奴來請公子。」

任天翔失笑道：「我最近是鴻運當頭還是怎麼著？為何什麼好事都一股腦找上我？吐蕃之行滿載而歸，大唐客棧西域馳名，今日剛敲了高仙芝一竹槓，現在你家老爺又有生意與我合作。呵呵，莫非真應了那句老話，人要走運連神仙都擋不住？」說著登上路邊等候的馬車，「那咱們還等什麼？還不快走？」

老管家連忙登上馬車，親自執鞭打馬而行。

不多時，馬車便來到拉賈老爺的莊園外，任天翔興沖沖便隨管家進了大門。就聽內堂傳出陣陣皮鞭的聲響，以及女子壓抑的哭叫。任天翔心中奇怪，隨管家來到內堂門外，就聽裏面傳出拉賈的斥罵呼喝：

「賤人！我今日要讓你知道馬鞭的滋味，看你還敢逃跑。」

內堂的門半開半掩，門上掛有珠簾。任天翔好奇地從珠簾的縫隙中望去，就見拉賈手執皮鞭，正在抽打一個龜茲女子。那女子倒在地上不住掙扎，臉上的面巾也披散開來，露出了她那張秀美可人的面龐。

此刻她的臉因痛苦而扭曲，不過任天翔依舊認出，她正是拉賈那個體有異香的寵姬，也就是任天翔童年的玩伴可兒。

「住手！」任天翔想也沒想就闖了進去，一把將拉賈推開，然後小心扶起地上的少女。雖然他已記不清可兒的模樣，但憑著對方那獨一無二的體香，他心中早已認定，這就是當年的可兒。

「混蛋！你瘋了？」拉賈既惱怒又詫異，氣沖沖地質問，「我教訓自己的小妾，跟你小子有什麼關係？」

任天翔意識到自己的魯莽，強壓怒火陪笑：「我見老爺年歲已高，為一個女子閃了老腰可不值得。再說咱們還有正事要談，千萬別讓她掃了咱們的興。」

拉賈面色稍霽，扔掉馬鞭對管家吩咐：「把這賤人帶下去，待會兒再收拾她。」

在管家的示意下，兩個女奴將那女子架了出去。在出門前一瞬，她突然回頭望向任天翔，那悽楚、哀求的目光令任天翔徹底肯定，她就是當年的可兒，她也認出了自己！

有女奴奉上了美酒佳餚，並伺候任天翔入席。任天翔像拉賈那樣盤膝坐下後，貌似隨意地問道：「這是怎麼回事？」

「嗨！別提了！」拉賈忿忿地灌了一大口葡萄酒，這才擦著嘴道，「她是我用十匹駱駝換回的寵姬，甚得我的寵愛。沒想到她卻一直想要逃跑，這已經是第三次被抓回來了。再這樣下去，我只好將她賣到妓院，免得她的身價錢全打了水漂。」

任天翔忙道：「老爺不如將她賣給我吧，我願出二十匹駱駝的價錢。」

見拉賈眼中有些狐疑，任天翔陪笑道，「你老別見怪，我是見她長得有幾分像我兒時一個玩伴，所以才出高價來買。」

拉賈呵呵一笑：「好說好說，既然這賤人養不熟，賣給你也無妨。不過，咱們要先談正事，此事容後再議。」

任天翔無奈，只得問道：「我今日剛回龜茲，老爺便立刻派人來請，不知何事這麼著急？」

拉賈淡淡一笑：「公子吐蕃之行一去大半年，想必收穫頗豐吧？」

任天翔忙道：「我粗粗估算了一下，待貨物全部出手，除去夥計們的工錢和奉獻給高仙芝將軍的額外稅金，以及本錢和利錢，這趟大概還能落下個百十貫錢。照約定，咱們將平分這筆獲利。」

拉賈大度地擺擺手：「咱們的賬可容後再算，現在那些借錢給你的富商，都紛紛要收回借款，我作為中間人，只好替他們催討，你必須連本帶利按期還上。」說著，他向一旁的管家招招手，「將賬本拿給公子看看。」

任天翔有些意外：「為何這般著急？」

拉賈聳聳肩道：「現在離一年的期限僅剩不到半個月時間，我們都怕公子沒那麼多錢。月息一分，一年下來，公子需還一千六百貫本錢和一千九百二十貫利錢，一共是三千五百二十貫，你看這賬對不對？」

任天翔愣在當場，當初他將吐蕃之行想得太過簡單，以為最多三個月就能回來，沒想到自己最終在吐蕃耽誤了近一年時間，這高利貸的壓力一下子便顯現出來。雖然這一趟收穫頗豐，獲利超過對半，可就算將貨物全部變賣，也不足以償還這高利貸的本息。

他沉吟良久，無奈道：「我可以先償還一千九百二十貫的利錢，本錢可否再借我一年？如今我已拿到安西四鎮及吐蕃自由通行的特權，只要有本錢，錢財自會滾滾而來。」

拉賈豎起一隻手指搖了搖：「此事沒得商量，公子不必再費口舌。半個月之內必須連本帶利還清這筆欠款，不然你將無法在龜茲立足。」

任天翔皺起眉頭，無奈道：「好吧，你將我這半年多來的傭金付給我，加上我手上的貨物，差不多就能付清我所有欠款了。」

拉賈微微笑道：「忘了告訴公子，你上次離開龜茲不久，沙裏虎就在蘭州鏢局和高仙芝精銳騎師合擊之下被殲，所以咱們當初的君子協議自然作廢，也就是說，我再不欠你一個銅板的傭金。」

任天翔心神俱震，失聲道：「蘭州鏢局的獵虎計畫我特意告訴過你，要你給沙裏虎通個信，你怎麼……」

拉賈無辜地攤開手：「我確實給沙裏虎通過信，只是中間人不知怎麼沒有將信送到，所以沙裏虎落入了陷阱，最終被殲。我對他的遭遇十分遺憾，不過也是愛莫能助。」

按說沙裏虎被殺，對拉賈來說並沒有什麼好處，他不該故意置沙裏虎於死地。可他為何會這樣做？任天翔心中猶如一團亂麻，想不通其中關節。

見拉賈老奸巨猾的眼中有種隱約的得色，他心頭陡然一亮，漸漸理清了那股以利益為主線的卑劣勾當。他微微頷首道：

「你找到了更好的合作夥伴？他是沙裏虎的手下？你跟他合作不用再通過我這個中間

人，還可以趁機壓低給他的報酬，而他則借獵虎計畫出賣了沙裏虎，並取而代之，成為新的匪首？是陰蛇！只有他才有機會出賣沙裏虎！」

拉賈眼中閃過一絲驚訝，拍案讚道：「任公子果然聰明過人，雖未親見，卻也猜了個八九不離十。不錯，現在老夫直接跟陰蛇合作，所以咱們的君子協議自動失效，你不再有一個銅板的傭金。」

「前輩好高明的手段，晚輩佩服得五體投地。」任天翔由衷讚道，說著，雙手舉起酒杯，「我得好好敬你老一杯，是你讓晚輩看到了一個成功富豪的手段，晚輩以後還得多多向你老學習才是。」

「好說好說！」拉賈不以為忤地舉杯一飲而盡，然後用戲謔的目光望著任天翔笑道，「現在你沒有一個銅板的傭金，還欠著三千五百二十貫的高利貸，不知公子打算怎麼來還？」

任天翔強笑道：「前輩是看上了我那幾家客棧，還是看上了我手中通行安西四鎮和吐蕃的特權？明知道我一時間拿不出那麼多錢，所以想以最小的代價拿到自己最想要的東西？」

拉賈突然放聲大笑，笑得渾身亂抖，眼淚鼻涕交泗而下，似乎聽到了天底下最好笑的笑話。好半晌他才止住笑聲，擦著眼淚鼻涕連連嘆道：

「任公子還真是不怕高看自己，我拉賈的商隊一年有數萬貫的收入，你那點東西在我眼裏猶如乞丐的破飯碗，我拉賈再怎麼貪財，也不至於去搶乞丐的討飯碗吧。」

「那你想要什麼？」任天翔皺眉問，「不會是要將我趕出龜茲吧？」

「咱們好歹曾是合作夥伴，老夫怎會如此絕情？」拉賈悠然一笑，跟著面色一正，肅然道，「我確實想要一樣東西，這樣東西，只有任公子才有機會弄到。」

任天翔苦笑道：「我現在是前輩砧板上的魚肉，你就算要我的腦袋我也只有雙手奉上。只是我看遍自己渾身上下，也想不出有什麼東西值得了這麼多錢。」

「你沒有，但安西都護府裏有。」拉賈突然目光銳利地盯住任天翔的眼眸，一字一頓道，「我要你去安西都護府替老夫拿一樣東西。」

「什麼東西？」任天翔突然感到嗓子發乾，渾身發冷。

「高仙芝遠征大食的行軍路線圖！」拉賈淡淡道。

任天翔聞言一跳而起，失聲道：「你……你是大食奸細？」

拉賈微微搖了搖頭：「我只是個商人，有人出高價買唐軍的行軍路線圖，我也不妨順手攬下這筆生意。我知道你如今深得高仙芝信任，出入都護府都無須通報。只要你為我拿到唐軍的行軍路線圖，我不僅替你還清所有債務，還可將你喜歡的那個寵姬送給你。你叫她可兒？嗯，真是個好名字，比黛妮這名字好聽多了。」

任天翔澀聲道：「如果我不答應呢？」

拉賈微微一笑：「老夫既然將如此機密之事都告訴了你，你不答應還能活著走出這莊園嗎？我保證明日一早，你會被人發現死在某個骯髒的暗娼門外，現場看起來就像是嫖客間爭風吃醋而發生的仇殺。」

任天翔淡淡道：「你不怕我先假意答應你，出了你的莊園就向高仙芝告密？」

「不怕！」拉賈泰然自若地笑道，「如果你向高仙芝告密，我拉賈最多失去龜茲的基業，而你卻要先掉腦袋。不僅如此，大唐客棧很多人恐怕都要陪著你掉腦袋。」

見任天翔眼中有些不解，拉賈悠然笑道：「比起陰謀竊取行軍路線圖來，窩藏敵國太子，以高老夫人要脅高將軍，暗中幫助大唐帝國的敵人，不知哪個罪名更大？」

任天翔聞言，臉上倏然變色，失聲道：「你……你在血口噴人！」

拉賈淡淡笑道：「若要人不知，除非己莫為。對於合作夥伴我一向非常關心，總是要派人瞭解他的一舉一動，因為他對我的潛在威脅，其實比敵人還大，我哪敢有半點疏忽？不要以為那個化名薩多的太子已經歸國，你就可以抵賴，看看你身後那人是誰。」

任天翔回過頭，就見一個胖乎乎的龜茲男子正垂手進來。任天翔一見之下渾身如墜冰窟，突然發覺自己實在是低估了這個老狐狸，來人竟然是他十分信任的大唐客棧新掌櫃，也就是當初那個龜茲小販阿普！

在任天翔幾欲殺人的目光注視下，阿普羞愧地垂下了頭，小聲囁嚅道：「小人老婆孩子都在拉賈老爺手裏，我……我實在是沒辦法啊！」

拉賈端起茶杯小嘬了一口，對任天翔徐徐道：

「你別怪阿普掌櫃，他只是個商人，只要我給他的好處比你能給他的多得多，他成為我的眼線自然就是順理成章的事。要怪只怪你沒有認識到人性最大的弱點，竟然以為別人理所當然會為你永遠效忠。」

任天翔釋然一笑，對拉賈舉杯道：「多謝前輩又給我上了一課，我敬你！」

拉賈擺擺手，阿普如蒙大赦地退了出去。

拉賈舉杯與任天翔一碰，用貓戲老鼠的戲謔目光注視著任天翔道：

「如果高仙芝知道是你從他眼皮底下救走了薩克太子，還將他窩藏在大唐客棧，你覺得會有多少顆人頭落地？你心裏沒譜我可以幫你算算。褚氏兄弟、崑崙奴兄弟、小澤、兩個夥計，周掌櫃祖孫倆剛走沒幾天，肯定還追得上，加上阿普和你，一共是十一顆腦袋。

有這十一顆腦袋押在我手裏，老夫哪還用擔心你去告密？」

任天翔額上冷汗涔涔而下，突然發覺自己在拉賈面前猶如渾身赤裸般毫無隱秘可言，如落入陷阱的困獸般無路可退。雖然他可以因同情而幫助大唐的敵人薩克太子，但要他出賣唐軍的情報，他無論如何也做不出來。

「你不必急著答應，我給你一晚的時間考慮。」拉賈說著長身而起，笑道，「你在我這裏好好休息，我讓黛妮好好伺候你。你朋友那邊也不用擔心，我會差人去通知他們，就說你在我這裏醉倒，今晚就在我府中歇息。」說著他拍了拍手，兩個武士應聲而入，將任天翔架了出去。

形如牢籠的客房中，任天翔如困獸般在房中來回踱步。

原本意氣風發、好運連連的他，轉眼間突然發現自己不僅一文不名，還身陷囹圄，這種命運的巨大變化令他一時間還無法適應。想要奪門而逃，卻被門外守衛的武士擋了回來，令他吃了不小的苦頭。

任天翔放棄了逃跑的打算，躺在床上苦思對策，就在他一籌莫展之際，突聽門外銅鎖開啟，有人被守衛的武士推了進來。聞到那熟悉的香味，任天翔從床上一躍而起：

「可兒！」

一個黑影縮在牆角簌簌發抖，雖然黑暗中看不真切，卻也能感受到她心中的恐懼。任天翔小心翼翼地來到她面前，柔聲道：

「可兒，別害怕，我是天翔，還記得嗎？小時候咱們在宜春院手拉過勾勾，我答應過要來龜茲找你，還記得嗎？」

黑暗中的人影不再發抖，她的眸子在黑暗中有著些許微光，似乎在仔細辨認著任天翔的模樣。任天翔輕輕握住她的手，勾住她的小指輕聲道：

「我長大後，一定去龜茲找你！咱們拉勾，反悔是小狗！」

這是任天翔十三年前的誓言，這誓言令朦朧中的女子想起了什麼，她眼光陡然一亮，顫聲道：「你……你真是天翔哥？」

「對！我就是你的天翔哥！」任天翔說著，忍不住將少女攬入懷中，卻聽她「嘶」地抽了口涼氣，赤裸的胳膊像碰著烙鐵般縮了回去。

任天翔借著窗外月光一看，就見她上身僅穿著件小得不能再小的胸兜，裸露出的肌膚上有著一道道血紅的鞭痕。任天翔又是心痛又是憤怒，忙問，「那老混蛋都對你做了些什麼？你為啥會嫁給他？」

少女連連搖頭，眼中滿是驚恐：「你不要問了，天翔哥，你……你一定要救我！」

任天翔小心翼翼地將少女攬入懷中，仔細為她擦去淚水，柔聲問：「這是怎麼回事？你慢慢說。」

少女在任天翔懷中似乎有了點安全感，情緒稍稍平靜了一些，這才顫聲道：「我因為逃跑，老爺就要將我賣到妓院。天翔哥你一定要救我，不然我只有死路一條！」說著淚水滾滾而出，渾身更是恐懼得簌簌發抖。

任天翔連忙輕撫著她的身體安慰道：「可兒別害怕，我一定想辦法救你。我一定不會讓你受到任何傷害，我發誓！」

得到任天翔的保證，少女似乎稍感安慰，放心地蜷縮在任天翔懷中，帶著幾分傷痛和驚恐沉沉睡去。

任天翔打量著可兒那依稀有些熟悉的秀美面龐，既心痛又傷感，沒想到自己竟然在這種情形下與可兒重逢。看到她身上的傷痕和眼眸中那種令人心悸的憂傷和恐懼，任天翔不禁在心中暗暗發誓：我一定要將你救出火坑，絕不容你再受到半點傷害。

漫漫長夜寒氣襲人，任天翔整夜都將可兒緊緊擁在懷中，希望以自己的體溫為她驅散寒意。天剛濛濛亮時，可兒突然驚醒，發現自己蜷縮在任天翔懷中，她雪白的臉頰上泛起一抹紅暈，不好意思地小聲道：「本來我是來伺候天翔哥的，誰知卻……」

任天翔輕輕捂住了可兒的小嘴，微微笑道：「以後你有的是機會，現在我要將你救出去，我不會再讓那個老傢伙傷害你。」說完任天翔徑直來到門邊，敲打著門扉高呼，「快帶我去見拉賈，我要立刻見到拉賈！」

不過片刻功夫，任天翔就被守衛的武士帶到後院一間小客廳，再次見到了滿臉疲憊的拉賈老爺。就見這老傢伙打著哈欠，不悅地嘟囔道：「一大早就將老夫吵醒，你要不給我一個滿意的答覆，老夫一定會讓你後悔！」

「我答應你！」任天翔沉聲道。

拉賈倦意未消的眼眸中陡然閃過一絲驚喜：「你願為老夫拿到唐軍的行軍路線圖？」

任天翔點點頭：「不過我有一個條件。」

「什麼條件？」拉賈皺眉問。

「我要你先將可兒交給我，讓人將她送到大唐客棧。」任天翔沉聲道。

拉賈一聲嗤笑：「公子是個多情人啊，看來老夫讓可兒去伺候你還真是沒錯。只是她既然是你最看重的籌碼，在沒有拿到老夫想要的東西之前，我會輕易交出這籌碼嗎？」

任天翔坦然道：「不錯，我願為可兒做任何事，包括為你去偷唐軍的行軍路線圖。不過，你得先放了可兒，這是我的條件，你若是不答應，咱們就一拍兩散。我若不明不白死在你這裏，我的朋友必定不會善罷甘休，就算他們奈何不了你，也會想法令安西都護府徹查。」

拉賈冷笑道：「老夫若先將那女人交給你，你若帶她逃走，老夫豈不是賠了夫人又折兵？」

任天翔正色道：「任某一言九鼎，言出必踐，答應下的事一定會盡全力做到。」

拉賈想了想，還是搖頭道：「此事關係重大，老夫誰也不敢相信。除非見到我想要的東西，不然絕不會交人。」說到這他頓了頓，語氣一緩，「不過為了表示老夫的誠意，我可以先替你處理那筆高利貸。」

在拉賈的示意下，老管家將一疊文書送到拉賈的面前，拉賈點點那些文書，對任天翔笑道：「這是你的所有欠條，連本帶利共值三千五百二十貫。現在我將它還給你，這筆債咱們一筆勾銷。不僅如此，有關你的所有秘密，我發誓不向任何人提起，你看老夫夠有誠意了吧？」

任天翔心知拉賈不會輕易將可兒先交給自己，只得接過借條道：「從現在起，你不得再動可兒一根寒毛，不然我絕不會放過你！」

拉賈呵呵笑道：「從現在這一刻起，可兒就是你的女人，我絕不會再碰她一根汗毛。不僅如此，我還要將她安排在最尊貴的客房，讓丫鬟僕婦精心伺候，等你帶著我要的東西來交換。現在，咱們該來討論一下如何去拿那件東西了。」

遠征

第十一章

任天翔離開拉賈的府邸時已是第二天正午，望著外面豔陽高照的天色，他有種恍若隔世之感。街頭行人行色匆匆，不時有唐軍馬隊疾馳而過，看衣飾打扮很多並非龜茲駐軍，顯然唐軍正在集結，昭示著一場遠征已近在眼前。

就在任天翔回到龜茲後不幾天，兩隻信鴿就帶著最新的消息飛到了長安。還是那間靜雅的棋室，還是那一老一少祖孫二人，當他們收到新的信件，皆不約而同地停止了對弈。

「那個紈褲在龜茲的好日子恐怕到頭了。」老者看完信後，若有所思地自語。

「爺爺何出此言？」已經不再是少年的孫子有些不解，「那小子現在勢頭正勁，想在龜茲幹一番大事業，如今萬事具備，唯欠時間而已。」

老者微微搖頭：「俗話說謙受益，滿招損，易經也說亢龍有悔。正因為他在龜茲鋒頭太盛，所以必遭打壓，弄不好還會惹來殺生之禍。所以他在龜茲的日子已經不長，我們應該有人去接應。」

年輕人雖然有些不信，還是立刻答應：「我去，定將他給爺爺平平安安地帶回來。」

老者輕輕敲著棋枰：「爺爺正有此意，不過，你不能暴露自己身分，更不能讓他意識到咱們的存在。」

「明白，我會謹慎行事。」年輕人連忙保證。

老者拈鬚嘆道：「爺爺老了，這個世界終歸還是屬於你們年輕人。如今你年已弱冠，去江湖歷練一下也好。」

「多謝爺爺，那孫兒明天就動身。」年輕人連忙拱手拜謝，眼中隱有躍躍欲試的光芒。

任天翔離開拉賈的府邸時已是第二天正午，望著外面豔陽高照的天色，他有種恍若隔世之感。街頭行人行色匆匆，不時有唐軍馬隊疾馳而過，看衣飾打扮很多並非龜茲駐軍，顯然唐軍正在集結，昭示著一場遠征已近在眼前。

任天翔恍若夢遊般回到大唐客棧，褚氏兄弟等人見他回來，都關切地圍了上來。褚然擔心地問道：「公子很少喝醉，昨日怎會醉倒在外面？」

任天翔勉強笑道：「只是高興過頭，沒什麼大事。」說完，他避開眾人回到自己房間，倒在床上怔怔出神。一邊是關係大唐遠征軍命運的情報，一邊是自己和所有朋友的性命，尤其還關係著可兒的命運，實在令人左右為難。

直到正午時分，任天翔終於從床上翻身而起。從懷中掏出那疊改變了他命運的借條，他神情決斷地一張張撕成碎片，然後打開房門對樓下高叫：

「來人！」

褚然應聲來到任天翔面前，關切地問：「公子有何吩咐？」

任天翔沉聲道：「你速將咱們帶回的貨物全部變賣，所得的錢全部換成銀子。一半作為你與夥計們的酬勞，一半交給我送去都護府。」

褚然有些奇怪：「為啥要送一半去都護府？」

任天翔道：「你不用管，只需儘快將貨物換成銀子便是，越快越好。」

褚然連忙點頭：「公子放心，我立刻就去辦，保證明天你就能拿到銀子。」

第二天晌午剛過沒多久，褚然果然將貨物全部出手，換成了三千多兩銀子。任天翔分了一半約一千五百餘兩，讓崑崙奴兄弟輪換挑著隨他去都護府。路過古玩店，他又特意買了一幅價值不菲的猛虎下山圖，讓老闆仔細包好，這才奔安西都護府而去。

有一千多兩銀子開路，任天翔順利地在都護府內堂書房再次見到了高仙芝。

當他被高仙芝的親衛領進書房時，就見高仙芝與封常清正面對著牆上一幅巨大的地圖在邊比劃，邊小聲討論著什麼。任天翔見地圖上有一道新畫的紅線曲曲折折地從安西四鎮伸向西北方，他立刻就肯定，這就是唐軍遠征大食的行軍路線圖，上次見高仙芝他就曾見到過。

聽到親衛的稟報，高仙芝與封常清停止討論回過頭來。任天翔連忙垂手一拜：「草民叩見兩位將軍。」

封常清笑道：「聽說你方才獻了一千多兩銀子做軍餉，你小子吐蕃之行賺得不少啊！」

任天翔陪笑道：「托兩位將軍的洪福，也還馬馬虎虎吧。這次我可是忍痛大吐血，連本錢都搭進去了不少。」

高仙芝不冷不熱地問：「錢我收下了，你還來見我作甚？」

任天翔忙解下背著的畫軸，雙手捧到高仙芝面前：「除了軍餉，我還有件禮物送給將軍。昨日我在這書房見到將軍，就覺得這房中缺了點什麼，所以今日特意送來，希望將軍喜歡。」

「是什麼？」高仙芝臉上有了幾分興趣。

任天翔忙將畫軸展開，笑道：「是一幅猛虎下山圖，聽古玩店老闆說還是本朝哪個名臣的手筆，我對字畫一竅不通，也沒記住他的名字。只是看這幅畫簡直就像是專為將軍而作，所以就買了下來。」

封常清仔細看了看畫上的落款，驚訝道：「是開國名相魏徵先生的親筆，這幅畫花了你不少錢吧？」

「也不算太多，幾百兩而已。」任天翔不以為意的笑道，「高將軍有高原之王的美

譽，而虎為獸中之王，這畫豈不正是為高將軍而作？所以我一見之下十分喜歡，就立刻買了給將軍送來。」

「禮下於人，必有所求，你小子定是有事要求將軍。」封常清笑道。

「哪裡哪裡！只是聊表草民對高將軍的敬佩之情罷了。」任天翔說著左右打量片刻，自然而然地來到那幅巨大的軍事地圖面前，舉著畫比劃道，「我看掛在這裏比較合適，將軍以為如何？」

高仙芝看了看畫，但見猛虎威儀似欲透紙而出，不愧是開國名相的手筆。他滿意地點點頭，淡淡道：「先收起來吧，我與封將軍還有要事商量，沒事你先退下。」

「遵命！」任天翔連忙收起畫軸，卻又望著牆上的軍事地圖問道，「是不是又要打仗了？」

高仙芝斥道：「不該你知道的事，千萬不要多嘴。」

任天翔不好意思地吐吐舌頭，陪笑道：「現在城中早已傳遍，安西四鎮的兵馬也都在向這裏集結，這早已是公開的秘密。不知這次是要和誰打仗，將軍能否透露一二？」

高仙芝臉色一沉就要發火，封常清已一腳踢在任天翔屁股上，罵道：「你小子皮在癢了，竟敢打聽軍國大事。說！你問這做什麼？」

任天翔哭喪著臉道：「我只是想尋找賺錢的機會，也好為大軍奉獻更多的軍餉罷了。」

封常清恍然大悟，笑罵：「原來你送將軍這幅畫的目的在這裏，我說你小子從不做虧本的生意，怎麼會想起白送人重禮。」

高仙芝面色稍霽，手撫髯鬚淡淡道：「以石國為首的昭姓九胡聯絡大食欲犯我疆域，這一戰已在所難免。戰事一起，西去的商路有可能中斷，安西四鎮與大食的貿易將中止。你若提前囤積大食的貨物，或可小賺一筆。」

「多謝將軍指點！」任天翔最後看了一眼牆上的軍事地圖，這才抱拳道，「草民若有收穫，定不忘將軍的點撥之恩。」

出得都護府，任天翔匆匆回到大唐客棧，立刻憑記憶將方才看到的行軍線路圖臨摹出來。他早已在房中準備好了安西四鎮與大食國的地圖，現在只需找到那些關鍵的地名，然後沿著這些地名將高仙芝的行軍線路畫出來即可，這對記憶力超群的他來說不算什麼難事。

只用了不到半個時辰，任天翔就已經將線路圖畫好。他立刻帶上地圖，讓崑崙奴兄弟駕車趕往拉賈的莊園，他知道可兒還在翹首期盼，所以不想再有半點耽擱。

當拉賈看到任天翔畫下的行軍線路圖，先是一喜，仔細一看卻又有些疑惑，遲疑道：「這路線途經的是人跡罕至的崇山峻嶺，許多地方就連飛鳥也難渡，大隊人馬怎可通行？」

任天翔冷笑道：「高仙芝最善於千里迂迴突襲，往往出現在對手最難想到的地方。要想達到這樣的戰略目的，肯定就只有在沒有道路的地方蹚出新路。當年高仙芝遠征小勃律和竭師國正是如此，這兩次偉大的戰績就連我這個後輩都耳熟能詳，拉賈老爺莫非還不清楚？」

拉賈不以為忤地微微頷首：「這樣一說確有幾分道理，高仙芝的用兵確實不是常人所能測度。但願你這圖畫得足夠準確，不然你知道會有什麼樣的後果。」

任天翔點點頭：「你要的東西我已給你，我的人也請你交出來。」

「沒問題！」拉賈仔細收起地圖，大度地笑道，「你現在就可以將她帶走。我還希望有機會與公子繼續合作，所以絕不會為了一個女人失信於公子。」

在後院一間客房中，任天翔總算見到了望眼欲穿的少女。他顧不得解釋，拉起她的手就走：「我說過要帶你離開這裏，現在你總該相信了吧？」

隨著任天翔出得拉賈的府邸，直到上了馬車，可兒都還有些難以置信，連連追問：

「老爺怎麼會輕易就放了我？你究竟給了他多少錢？」

任天翔讓崑崙奴兄弟趕著馬車匆匆離開拉賈的府邸，然後在可兒小巧高挺的鼻子上一刮，得意地笑道：「我一個銅板都沒有花。」

「怎麼可能？」可兒十分驚訝，「老爺最是貪財好色，從不做虧本的生意。」

任天翔哈哈大笑：「他這次虧本生意是做定了。我沒有花一個銅板，只為他畫了張圖就換得一個天生異香的大美人兒。」

「一張圖？什麼圖那麼值錢？」可兒好奇地問。

「是唐軍遠征大食的行軍路線圖。」任天翔眼中閃爍著狡黠之色，壓低嗓子道。

可兒愣了愣，失聲道：「這是軍事機密，一旦洩露就是滿門抄斬的大罪啊！」

任天翔嘴邊泛起一絲得意的詭笑：「是行軍路線圖不假，只是我將終點由怛羅斯改到了幾百里之外的勃羅。就讓大食國的大軍到幾百里之外去伏擊我大唐軍隊吧，哈哈哈……那老狐狸一生都在算計別人，這回我要他也嘗嘗被人算計的滋味。」

二人回到大唐客棧，眾人見任天翔突然帶了個美豔可人的龜茲少女回來，俱看得兩眼發直。任天翔來不及解釋，只對一個夥計吩咐道：

「為這位姑娘安排一間客房，要最好的房間。」

褚然見任天翔沒有向大家介紹的意思，也就不好主動問起，便岔開話提道：「阿普掌櫃已經好幾天沒來了，不知是怎麼回事？」

「他不會再來了。」任天翔嘆了口氣，低聲道，「今天早點打烊，然後叫上褚剛和小澤到我房裏來，我有事跟大家商量。」

褚然見任天翔神情從未有過的凝重，心知必有大事發生，也就不再多問，立刻讓夥計關門打烊，跟著叫上褚剛與小澤，一齊來到任天翔房中。

任天翔仔細關上房門，對褚氏兄弟和小澤鄭重其事地道：

「你們都是忠心追隨我的好兄弟，有些事我不能再瞞著你們。這客棧我已開不下去，咱們在安西立足的時間也是屈指可數，最多還有一個月時間，咱們就得離開西域。」

三人都十分驚訝，褚剛不解地問道：

「客棧的生意現在是從未有過的好，咱們剛剛打通去往吐蕃的商路，前景一片光明，公子為何突然要丟下這裏的基業？」

任天翔嘆了口氣，將營救和窩藏薩克太子，以及被阿普出賣，受拉賈要脅去盜取唐軍行軍路線圖的經過草草說了一遍，最後嘆道：

「我既然將行軍線路圖略作改動，拉賈遲早會發現這點，屆時他必定不會放過我。只要他將我營救和窩藏薩克太子的事透露給高仙芝，只怕所有參與其事的人都要掉腦袋，所以咱們已是不得不走。」

三人面面相覷，盡皆無語。任天翔繼續道：

「我算了下時間，從唐軍開拔到大戰開始，大約還有一個月的時間。這一個月之內，咱們必須將所有客棧全部變賣，換成現錢隨時準備跑路。櫃上那一千五百多兩銀子是咱們吐蕃之行的淨利，照約定，我與褚然褚剛兄弟平分。安西四鎮幾家客棧賣出後所得，就由小澤和眾夥計分了，然後大家各奔東西。」

褚氏兄弟忙道：「櫃上那一千五百兩銀子是公子歷盡艱險賺來的賣命錢，咱們豈敢擅分？再說公子對咱們兄弟有大恩，咱們豈可在這個時候離公子而去？」

小澤也道：「我原本只是個一文不名的孤兒和小廝，整天受人欺辱，是公子給了我做人的尊嚴和出人頭地的機會，我早已決心永遠追隨公子。除非公子不再要我，否則小澤絕不會離開公子。」

任天翔感動地對三人點點頭：「既然你們如此信任，我豈會拋下你們？無論禍福生死，我都會與你們共同擔待。財物的分派就照我說的去辦，我不希望大家再有異議。」說著他轉向褚然，「還請褚兄儘快將安西四鎮的大唐客棧悄悄變賣，記住，咱們只有一個月的期限。」

褚然點點頭：「公子放心，我儘快去辦。」他頓了頓，遲疑道，「不過我覺得公子在剛打通吐蕃與西域的商路之時，就突然拋棄這條商路，實在是太過可惜。」

任天翔嘆道：「確實非常可惜，不知褚兄有什麼挽救之策？」

褚然沉吟道：「如果公子信任褚某，可將通行吐蕃與安西四鎮的信物交給我，我悄悄留下來，只待風頭過去，我再組織商隊去吐蕃，繼續為公子開拓這條商路。公子分給我與兄弟的錢，就作為商隊的本錢，無論賺多賺少，都與公子平分。」

任天翔想了想，從懷中掏出赤松德贊送給自己的牛角匕和高仙芝送給自己的通關令符，交到褚然手中：「那就全權拜託褚兄了，那一千五百兩銀子就全部留給你做本錢。相信以褚兄之能，定會給我一個驚喜。」

雖然剛剛經歷了阿普的背叛，任天翔還是決定相信褚然，甚至不惜將自己僅有的本錢幾乎全部託付給對方。他知道一個人本事再大，也無法事事躬親，必須要有他人的幫助才能有更大的發展，一個人的成就最終是與他可信任和可依賴的朋友多寡成正比。如果因為被朋友出賣就不再相信他人，那麼他就將永遠停留在小富即安的層次。任天翔隱約意識到，尋找可信賴的朋友和幫手，比賺錢本身更為重要，而測試一個人的品德和忠誠度，沒有比錢更簡單直接的了。

接過任天翔遞來的牛角匕和通關令符，褚然感動地點點頭：「公子放心，褚然絕不會令你失望。我這就去聯絡買家，定在一個月期限之內，將客棧賣個好價錢。」

三天後，高仙芝率安西四鎮三萬精銳悄然開拔，萬里奔襲意圖西侵的大食帝國。由於唐軍人馬遠不及大食與諸胡聯軍的數量，為了達到出奇制勝的戰略目的，高仙芝率軍深入敵國七百餘里，從常人認為最不可能的線路，直襲大食帝國邊塞重鎮恒羅斯。

任天翔並不擔心唐軍的命運，他給拉賈的行軍線路圖已經將目的地改成了幾百里之外的勃羅，間接地幫助了高仙芝。如果唐軍遭遇挫折，也肯定與他無關。所以他一面督促褚然暗中聯絡買家，儘快將所有安西四鎮所有大唐客棧變成現錢準備跑路，一面讓小澤去監視拉賈的動靜，防著這老狐狸提前得知實情，對自己不利。

可兒在任天翔精心照顧下，傷勢很快痊癒。從她口中任天翔才得知，當年她被龜茲武士帶回西域後，一直顛沛流離，居無定所。由於她是當年龜茲王唯一留存下來的血脈，所以龜茲人將她當成了復國的希望。

但在官府的嚴厲鎮壓之下，身邊的武士不是陸續戰死，就是悄然離去，最後她流落到了波斯，被當地匪徒擄掠。是拉賈從波斯匪徒手中買下了她，將她帶到了龜茲。為了不暴露身分，她一直對拉賈隱瞞了自己的身分。

任天翔得知當年的龜茲公主，竟然淪落到賣身為奴的境地，心中不勝唏噓。聯想到自己的遭遇，也不禁生出一種同病相憐之感，憐惜之情更是油然而生。他在心中暗暗發誓，一定要好好照顧這個可憐的公主，絕不容她再淪為別人的玩物。

在準備逃離安西的這段時間，任天翔也隔三差五去都護府拜望高夫人，借機打探前方軍情。畢竟他心中有鬼，所以對唐軍這次遠征大食的結果份外關心。

褚然果然能幹，不到一個月時間就為四家客棧找到了新的老闆，並將客棧賣了個不錯的價錢。眼看自己剛剛創下的基業不得不就此放棄，任天翔心中頗為不捨，不過為了自己和朋友們的安全，也不得不忍痛割愛。

在離開大唐客棧的前一天晚上，任天翔換上小二的衣衫，將客棧裏裏外外都打掃了一遍。回想自己剛到這裏做小二的日子，恍若就如隔世一般。

「公子，天已經很晚了，早些歇息吧。」身後傳來褚然的聲音。任天翔回過頭，心不在焉地問：「事情都已經辦妥了？」

褚然點點頭：「明日一早新老闆就來辦交接，所有夥計都拿到一筆不菲的安家費，早已離開了龜茲，咱們明日一早就可以神不知鬼不覺地離開。」略頓了頓，他又小聲問，「今後要去哪裡，不知公子心中有沒有目的地？」

任天翔歪頭想了想，苦笑道：「安西是不能待了，長安又不能回，想來想去，就只有去洛陽看看。洛陽是大唐帝國的東都，繁華不亞於長安，而且，我母親當年就是在那裏認識了任重遠……」

見任天翔神情怔忡，突然住口，褚然心中雖然好奇，卻也沒有多問，點頭道：「明日我送你們出城。我已請了當年隨咱們去吐蕃那幾個刀客護送公子，加上褚剛和小澤一路照應，應該不會有事。」

任天翔啞然笑道：「我現在幾乎身無長物，一文不名，就算遇到盜匪也不會有事。倒是你帶著鉅款獨自留在龜茲，才千萬要當心。」

褚然笑道：「這個公子儘管放心，我褚然也在江湖上行走多年，知道如何在鬧事中藏身。待風頭過去，我再組織商隊去吐蕃，定要為公子賺座金山回來。」

褚然的樂觀情緒感染了任天翔，他不禁點頭笑道：「好！咱倆比一比，以三年為限，看看誰最後賺到更多的錢！」

二人舉掌相擊，相視一笑，都從彼此眼中看到了對未來的希冀和嚮往。

第二天一大早，任天翔帶著可兒、褚氏兄弟、崑崙奴兄弟和小澤，在幾個刀客的護衛下來到龜茲東門。由於有高仙芝的通關令符，守門的兵卒連忙開關放行。

在出城的時候，任天翔回頭遙望都護府方向，突然對褚然道：「高夫人待我如自家子侄，封常清將軍對我更是有知遇之恩，我得去向他們道個別。你們先出城等我，我去去就來。」說完不等眾人阻攔，立刻打馬飛馳而去。

不多時來到都護府，任天翔突然發覺都護府氣氛有些異樣，戒備比往日似乎森嚴了許多。他翻身下馬，對守門的兵卒道：

「不知封將軍是否在府中公幹？麻煩軍爺替我通報一二。」

守門的兵卒有一個認得任天翔，忙道：「封將軍吩咐，任公子無須通報，直接去大堂見他便是。」

「多謝兄弟！」任天翔抱拳一笑，匆匆進得大門，剛進門就聽耳邊一聲大吼：「拿下！」話音未落，任天翔就感覺身子騰空，被人拎了起來，跟著被人五花大綁，捆成粽子一般。他掙扎道：「你們瘋了，我是任天翔！」

「拿的就是你這奸細！」一個小校抬腿給了任天翔一腳，向幾個兵卒一招手，「帶進去！」

被兩個兵卒架著來到大堂，進門就見封常清據案高坐。任天翔不禁高聲質問：「封將軍，這是怎麼回事？」

封常清神情複雜地望著一臉迷茫的任天翔，半晌無語，最後開口輕嘆：「到這個時候你還不據實招來，難道還想蒙混過關？」

任天翔苦笑：「究竟要我招什麼？還請將軍明示。」

封常清緊盯著任天翔，澀聲問：「今日前方傳來最新戰報，高將軍在恒羅斯附近遭到敵軍伏擊，安西遠征軍死傷慘重，幾乎全軍覆沒，數萬將士的屍骨永遠留在了異國他鄉。對這消息不知你有何感想？」

任天翔臉上猝然變色，額上冷汗涔涔而下。心中既驚訝又不解，按說自己已經將路線圖的目的地改到了數百里外的勃羅，遠征軍實不該在恒羅斯附近遭到大食大軍的伏擊，這中間必定出了什麼岔子。可任天翔思來想去，也想不通問題出在哪裡。

見任天翔默然無語，封常清啞著嗓子道：

「高將軍千里奔襲大食，行軍路線和最終目的地是遠征軍最高機密，只有寥寥數人知道，他們都是追隨高將軍出生入死的高級將領，絕無可能洩露這機密。我思來想去，只有你這個外人在高將軍書房中見過行軍路線圖，只有你才有可能洩露這機密！」

任天翔囁嚅著正要分辯，封常清突然拔出佩劍厲喝：「面對著幾萬將士無辜忠魂，面對著你自己的良心，你要再有半句謊言，我就將你立斃劍下！」

任天翔抬頭迎上封常清赤紅的眼眸，坦然道：

「不錯，是我憑著記憶畫下了行軍路線圖，不過我將目的地改到了幾百里外的勃羅，遠征軍怎會在恒羅斯附近遭到敵軍伏擊？」

封常清喝問：「是誰要你這樣幹的？」

「是波斯富商拉賈。」事已至此，任天翔也不想再隱瞞，「是他要脅我去盜行軍路線圖，只是我想不通，他怎麼會猜到高將軍襲擊的目標是深入大食七百餘里的恒羅斯，而不是地圖上的勃羅。」

封常清聞言高叫：「來人！立刻將波斯富商拉賈給我抓來，不得有半點耽誤。」

門外傳令兵應聲而去，不過頓飯功夫，就見一郎將喘著氣匆匆而入，對封常清拜道：

「拉賈的府邸早已空無一人，卑職搜遍了整個莊園，也沒有找到拉賈的下落。」

「給我搜查全城，絕不容這奸細逃出城去！」封常清怒道，郎將領令而去後，他痛心疾首地望向任天翔質問，「你跟那些被征服的邊民不同，你是純粹的唐人，為何要通敵賣國？」

任天翔不敢說是為了可兒，更不敢說是受了拉賈脅迫，他怕連累大唐客棧的夥計和朋友，只得垂頭苦笑：「我欠下了一大筆高利貸，為了還債，我只有照拉賈的吩咐去做。」

「為了錢，你竟不惜出賣我軍情報，令數萬將士葬身異鄉，連高將軍都差點回不來。」封常清怒不可遏，一腳將任天翔踢翻在地，對隨從高呼，「給我押入死牢，待高將軍回來親自處置。」

置身於都護府陰暗潮濕的死牢，任天翔有種恍若夢境般的迷茫，他始終沒想通大食人僅憑那張篡改過的行軍路線圖，就猜到高仙芝會襲擊深入大食國境七百餘里的怛羅斯。也許大食人只是從高仙芝過去的用兵，猜到他要偷襲常人以為最不可能的地點，跟自己那張行軍路線圖沒多大關係。這樣一想，任天翔心中稍稍好受了一點。

不知過得多久，牢門「吱呀」一聲打開，獄卒在門外叫道：「大食狗，有人看你來了。」

任天翔好半晌才回味過來，原來「大食狗」是在叫自己。他不禁搖頭苦笑，在心中暗嘆：誰會在這個時候來看望自己？

一個慈祥的老夫人在丫鬟陪同下來到任天翔的監室外，任天翔一見之下又驚又喜，忙隔著柵欄哽咽道：「嬸娘救我！」

「閉嘴！誰是你嬸娘？」高夫人面色慍怒，含淚質問，「你是唐人，為何要做大食國的奸細？為何要通敵賣國，害得遠征軍幾乎全軍覆沒，仙芝也差點戰死異鄉？」

「我沒有！」任天翔急忙分辯，「不管夫人信還是不信，我都可以問心無愧地告訴你，我沒有出賣高將軍，更沒有做任何人的奸細。」

「你別再說了！」高夫人疲憊地擺擺手，「是不是奸細，待仙芝回來自會親自審訊，在這之前，我不會讓任何人傷害你，這是我能為你做的最後一點事了。」說著，她示意丫鬟放下食盒，這才扶著丫鬟緩緩離去。

任天翔食不知味地吃著高夫人送來的食物和美酒，心中七上八下。雖然他自問並沒有真正出賣唐軍的情報，但要讓人相信這點只怕是難如登天，尤其是大敗而回的高仙芝，就算知道他不是大食奸細，只怕也要用他的腦袋來祭奠陣亡的將士。任天翔思來想去，也不知如何逃過這一劫。

在牢房中度日如年地過了數日，任天翔終於被再次提審。當他看到大堂上端坐的高仙芝時，突然意識到自己無論如何分辯都無濟於事。

只見高仙芝一掃過去的倜儻優雅，猶如受傷的病虎般雙目赤紅，兩腮深陷，頭上甚至還纏著綳帶，胸前衣衫鼓鼓囊囊地凸起，那是包紮後的痕跡，顯然受傷不輕，從他這主帥身上可以想見那一戰的慘烈。從他那殺氣凜然的目光中可以看出，他急需殺人來洩憤，任何人只要撞到他手裏，根本不可能再有生還的機會。

「是你向大食出賣了我的行軍路線圖？」高仙芝一字一頓地問。

「不錯！」任天翔放棄了分辯，他知道任何解釋都毫無意義。

「供出你的同黨！」高仙芝目光冷冽如冰。

「拉賈・赫德。」任天翔苦笑，「除了他，我不知道是否還有其他人。」

一旁的封常清忙小聲稟報：「我已派人查抄過拉賈的莊園，以及這小子的大唐客棧，可惜這兩處都已人去樓空。」

高仙芝盯著任天翔淡淡問：「通敵叛國是死罪，對此你還有什麼話要說？」

任天翔苦澀一笑：「沒有。」

「很好！」高仙芝緩緩站起身來，結束了這次簡單的審訊，「三日後的正午，我將用你的腦袋，祭奠我陣亡的將士。」

如果說法場是黎民百姓最喜歡的舞臺，那被殺者就是這舞臺上唯一的主角。是他們用自己最後的生命和最本色的演出，為黎民百姓提供了最廉價，也是最血腥的娛樂。

當任天翔被五花大綁押入刑場之時，周圍早已是人山人海，所有人的目光都集中到他身上，那目光有憐憫，有惋惜，也有幸災樂禍，不過更多的是鄙夷和仇視。很多人已經知道任天翔被殺的緣由，所以一路上都有人將石塊扔到任天翔頭上身上，並追著囚車呼叫：「活剮了這個大食狗！」

午時三刻，行刑的號炮如期響起，負責監斬的右威衛將軍李嗣業手執陌刀登上刑台，對任天翔恨聲道：「我要親手砍下你的腦袋，祭奠我陣亡的兄弟。只有用你這大食狗的鮮血，方能稍稍消減我心中的仇恨。」

任天翔黯然苦笑，沒想到自己尚未弱冠，就要糊裏糊塗死在這裏，死後還要背個「大食狗」的罵名。回想自己初到龜茲時的自信滿滿，他心中突然生出人生如夢，世事無常的感慨。如果一切從頭再來，他寧願做個本本分分的店小二，他絕不會再狂妄地以為，真能把握自己的命運。

「你安心上路吧！」李嗣業一聲輕斥，陌刀徐徐揚起。

就在這時，突聽一聲銳嘯倏然而至，轉瞬即到了近前。李嗣業一聲大吼，急忙橫刀上撩，將一支射向自己咽喉的弩箭挑開。

幾乎同時，圍觀的百姓中突然衝出數十彪壯大漢，人人手執利刃撲向法場，轉眼便衝開警戒的兵卒，狼群般撲向刑台。尤其領頭的一個金剛般的壯漢和兩個精悍的吐蕃人，武功明顯比同伴高出一大截。

事發突然，負責警戒的兵卒頓時亂了分寸。由於任天翔並不是什麼重要人物，因此根本沒人想到有人來劫法場，何況，法場是設在龜茲城內，行刑時四門緊閉，就算救下死刑犯也是出不了城。所以負責法場警戒的兵卒只有不到百人，而圍觀的百姓卻數量驚人，遇到意外頓時亂作一團，無形中幫了那些打扮成百姓的劫匪的大忙。

李嗣業眼看兵卒擋不住那些來歷不明的漢子，急忙揚刀欲先將囚犯斬殺。就在這時，突見一騎飛奔而至，馬上騎手白巾蒙面，手中長鞭迅若靈蛇，倏然捲住囚犯的腰，跟著借駿馬的飛馳將囚犯身子帶起，穩穩落在了那騎手身後的馬鞍上。

這幾下兔起鶻落，眨眼間那騎手就已帶著囚犯向遠處飛馳。李嗣業一聲大吼，正要追將上去，卻被幾個來歷不明的漢子攔住去路。

李嗣業揮刀連殺數人，但周圍實在太過混亂，待他登上坐騎想要追擊，卻發現那囚犯已不知去向。他不禁咬牙切齒道：「姓任的，追到天涯海角，我也要用你的腦袋祭奠我戰死的弟兄！」說著揮刀連拍馬股，向那騎手消失的方向縱馬追去。

那匹潔白如雪的戰馬神駿無比，即便載著兩人，速度也絲毫不減。在駿馬身後還緊跟著兩個吐蕃武士和一個金剛般的壯漢，轉眼間幾個人就來到城門，守門的兵卒尚不知發生了何事，正要阻攔，卻見那騎手遠遠便亮出一物，同時高呼：「緊急軍情，速開城門。」守軍仔細一看，連忙招呼同伴：「是將軍的通關令符，快開門。」

城門剛開啟一道縫，幾個人就急衝而出，向東狂奔。一路馬不停蹄直奔出數百里，才在一片沙漠中的綠洲徐徐停了下來，綠洲中有塔里木河的支流從中穿過，河邊有幾座帳篷。

聽到馬蹄聲，一個老者與幾個武士從帳篷中迎了出來，赫然就是拉賈和他的手下。與他們在一起的，還有褚然和小澤。

「老臣恭迎公主殿下！」拉賈遠遠便拜倒在地，哽咽道，「公主能從千軍萬馬中平安歸來，定是有神靈庇佑，咱們復國有望了！」

眾武士齊聲歡呼，紛紛拜倒。那騎手徐徐揭去蒙面的白巾，露出了可兒那張俊美無雙的臉。緊隨她身後的，正是褚剛和崑崙奴兄弟。

雖然任天翔早已從體味猜到了騎手的身分，但親眼看到可兒從孤苦伶仃的女奴，變成武功高強、受無數龜茲武士擁戴的公主殿下，心中還是十分震驚。跟著就想通了一直困惑著他的那個難題，他不禁失聲道：

「是你！告訴大食人高仙芝將襲擊恒羅斯的那個人是你！」

「沒錯！」可兒說著翻身下馬，並示意一名龜茲武士為任天翔解開繩索，「我得感謝你告訴我高仙芝真正的目標，不然，大食軍未必能在恒羅斯消滅安西軍精銳。」

任天翔一呆，突然醒悟正是自己洩漏了唐軍的機密，被當成奸細殺頭還真是沒有冤枉。原來拉賈和可兒都在跟自己演戲，什麼賣身為奴的淒慘故事，都是在博取自己的同情，也許那些要脅自己的苦肉計正是出自可兒之手，可嘆自己還拼死要救可兒脫離苦海。現在想來，自己真是天底下最大的笨蛋。

任天翔心中既憤怒又失落，想自己懷著最純真的願望來龜茲尋找童年的玩伴，沒想到可兒卻一直在利用和欺騙自己，從最初在拉賈府上的初次相見，到後來在自己面前賣力地演苦肉計，利用自己最純真的感情去為她竊取軍事情報，甚至不惜將自己和所有朋友都置於險地，差點就讓自己成為高仙芝的刀下之鬼！

女人，這就是女人！任天翔在心中冷笑，並在心中暗暗發誓，從今往後，絕不再相信任何一個女人，尤其是捲入政治鬥爭的女人。

「你是不是怪我欺騙了你？」可兒察言觀色，似有所覺。

「我哪敢？」任天翔苦笑，「只是我不明白，你們為什麼要幫助大食軍？」

「我們不是幫助大食軍，而是在幫助自己。」可兒寶藍色的眼眸中有一絲莫名的哀傷，「龜茲兩字在你們唐人眼裏，只是一座普通的城市，但在咱們龜茲人心中，卻是代表著世世代代生養我們的祖國。我和我的追隨者從未忘記復國的大業，為了復國，我們無所不用其極。」

「所以，你們就借大食消滅安西軍精銳，為你們的復國創造條件?!」任天翔嘆息，「可你為何又要冒險去劫法場救我？要知道那面通關令符有可能已經失效，你很可能就此失陷城中，再也沒有機會繼續你的復國大業。」

可兒避開任天翔質疑的目光，言不由衷地道：「我們不會讓一個幫助過我們的朋友，白白為我們送命。」

「只是朋友？」任天翔心中在冷笑，面上卻出奇的真誠，盯著可兒追問，「如果只是朋友，你會在拿到準確情報之後繼續留在大唐客棧？你會跟著我們一起離開龜茲？你會不惜犧牲你的手下去救我？」

可兒目光有些躲閃，遲疑道：「我只是想在離開龜茲之後，再將實情告訴你，我不想永遠騙你。」

「可你也不能再騙你自己。」任天翔嘴邊泛起了一絲招牌的微笑，那是他在長安將無數無知少女勾上床的迷人之笑。輕輕握住可兒的手，他深情款款地凝望著可兒湛藍如海的眼眸，「其實你心靈深處是不想離開我，那怕多跟我在一起一天，都會感到莫大的幸福。我能感受到你對我的信任和依戀，不然我也不會被你的苦肉計騙過。既然如此，你還是跟我走吧，復國大業是男人們的事，跟你這個嬌弱的女孩子一點關係也沒有。」

可兒眼中閃過一絲迷醉，閉上眼任任天翔輕輕吻上了自己的豐唇，就在對方將要吻實的瞬間，她卻猛然推開了他。轉身避開對方那火辣辣的目光，她深吸了口氣，儘量平靜地道：「我個人的情感與復國大業比起來，根本就微不足道。我是龜茲王族最後的血脈，我不會為了個人的幸福就放下自己的責任。我很感激這些天來你對我的愛護，我會永遠銘刻在心中，今生今世，永難相忘。」

任天翔突然發現可兒貌似柔弱的外表下，有著一顆堅韌剛強的心，讓人肅然起敬。他強忍將她擁入懷中的衝動，澀聲道：「我衷心祝願你的復國大業最後成功！」

可兒欣然回過頭：「如果真有那麼一天，我會邀請你來龜茲做客，你將是龜茲國最尊貴的客人。」

任天翔勉強一笑：「我一定接受你的邀請。」

可兒笑著點點頭：「不過現在你該走了，安西軍隨時可能追到這裏。只要還沒有離開安西四鎮的地盤，你就還是個受通緝的逃犯。」

任天翔吐吐舌頭：「那我還是趕緊逃吧，殺頭的滋味我這輩子都不想再嘗。」

與可兒和褚然揮手作別，任天翔帶著崑崙奴兄弟和褚剛、小澤踏上了東去的漫漫旅途。雖然高仙芝的通關令符肯定已是廢物，但褚然還是堅持要留下來，所以任天翔只好與他在此分手作別。

小澤以前從未離開過龜茲，對外面的世界充滿了憧憬和嚮往。他遙望東方興奮地問：「公子爺，咱們要去哪裡？」

任天翔遙望東方，輕輕吐出兩個字：「洛陽！」

「為什麼是洛陽？」小澤對一切都感到好奇。

任天翔神情複雜地徐徐道：「洛陽是大唐的東都，繁華不亞於長安。我母親正是在那裏認識了任重遠，因為有了我，才被逼從家中出走，最後陷入無邊的苦難。」

小澤好奇地問：「為啥有了你就要被逼出走？」

任天翔眼中閃過一絲隱痛，奮力一鞭抽在馬股上，沉聲道：「趕路要緊，哪來那麼多廢話？」

見任天翔神情不悅地縱馬疾馳，小澤不好意思地吐了吐舌頭，與褚剛相視一笑，急忙打馬追了上去。

在他們身後，崑崙奴兄弟帶著幾匹駱駝的給養，追隨他們慢慢踏上了東去中原的旅途……

請續看《智梟》3洛陽商事

大唐秘梟 卷2 邊塞風雲（原名：智梟）

作者：方白羽
發行人：陳曉林
出版所：風雲時代出版股份有限公司
地址：105台北市民生東路五段178號7樓之3
風雲書網：http://www.eastbooks.com.tw
官方部落格：http://eastbooks.pixnet.net/blog
Facebook：http://www.facebook.com/h7560949
信箱：h7560949@ms15.hinet.net
郵撥帳號：12043291
服務專線：(02)27560949
傳真專線：(02)27653799
執行主編：朱墨菲
美術編輯：許惠芳

法律顧問：永然法律事務所 李永然律師
北辰著作權事務所 蕭雄淋律師

版權授權：方白羽
初版換封：2016年11月

ISBN：978-986-352-380-2

總經銷：成信文化事業股份有限公司
地 址：新北市新店區中正路四維巷二弄2號4樓
電 話：(02)2219-2080

行政院新聞局局版台業字第3595號 營利事業統一編號22759935

定價：280元 特價：199元

國家圖書館出版品預行編目資料

大唐秘梟 ／ 方白羽著. -- 初版-- 臺北市：風雲時代，
2016.08 -- 冊；公分

ISBN 978-986-352-380-2（第2冊；平裝）

857.7 105015223